KB166654

7

탐정은이미 죽었다

니고 쥬우 [illust] 우미보즈

「뭔가 업혀서
온게 이제 와서
부끄러워졌어······」

그리고 나기사도
기어드는 목소리로
말하며 시에스타
옆에 섰다.

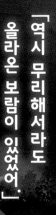

「역시 무리해서라도
올라온 보람이 있었어.」

머리카락을 귀 뒤로
넘긴 시에스타는 전망을 보며
눈을 좁혔다.

「키미즈카 씨와 오랜만에 만나니까 가장 괜찮은 승부복을 고민하다가 이런 복장이 되었어요. 어때요?」

샬럿
아리사카
앤더슨
Charlotte Arisaka
Anderson

「무슨 말? 나는 그저 당신들의 실력이 떨어지지 않았나 시험해본 것뿐이야」

Siesta
시에스타

Nagisa Natsunagi
나츠나기 나기사

리로디드

Reloaded

Mia Whitlock

미아
위트록

《■■력》　　한 청년의 연대기

~11년 4월	내력 불명. 수많은 시설을 전전하며 지냄.
5월	대니 브라이언트에게 보호됨.
~13년 4월	해결사 일을 도우며 공동주택에서 지냄.
5월	대니 브라이언트와 사별.
~14년 4월	중학생으로서 일상을 보냄.
5월	시로가네 겟카와 만남. 대니 브라이언트의 죽음에 얽힌 진상을 조사함.
6월	시에스타와 만남. 지상 1만 미터에서 《인조인간》 박쥐와 싸움.
~17년 5월	시에스타와 세계를 방랑하는 여행. 《SPES》와 싸우는 나날.
	헬과의 조우. 알리시아(나츠나기 나기사)와의 만남.
6월	시에스타와 사별.
~18년 5월	고등학생으로서 일상을 보냄.
6월	나츠나기 나기사와 만남. 그녀의 심장에 얽힌 비밀을 조사함.
	사이카와 유이와 만남. 또다시 《SPES》와 상대함.
7월	샬럿과 재회. 《인조인간》 카멜레온과 싸움.
	「시에스타의 죽음에 대한 진상」 「나츠나기 나기사의 과거」
	「《조율자》의 존재」 등을 알게 됨.
8월	스칼렛과 조우. 카세 후우비와의 대치와 화해.
	미아 위트록과의 만남. 박쥐의 죽음.
	나츠나기 나기사의 심장이 시에스타에게 돌아가며 생사가 뒤바뀜.
	헬과 함께 《SPES》의 보스 《원초의 씨앗》을 해치움.
9월	나츠나기 나기사가 깨어나며 시에스타는 잠듦.
~19년 12월	《대재앙》

탐정은 이미 죽었다

니고 쥬우

[ill] 우미보즈

7

Contents

【프롤로그】

"승객 여러분 중에 탐정님은 안 계십니까?"

나의 눈부신 모험담은 한때 그런 환청을 의심케 할 말로 시작되었다.

그건 대략 상공 1만 미터를 나는 여객기 안에서 들을 만한 말이 아니었다.

평범하게 생각하면 시추에이션에서 요구되는 인재는 의사나 간호사일 것이다.

그게 설마 탐정일 줄이야. 이것도 내가 선천적으로 가지고 태어난 《연루 체질》 때문인가…… 하고 당시에는 생각했었다.

"불합리해."

비행기의 좌석에서 여느 때처럼 한숨을 내쉬면서.

하지만 평범하지 않은 건 오히려 여기서부터였다.

"예, 제가 탐정이에요."

내 오른쪽 옆자리에 바로 그 탐정을 자처하는 소녀가 있었다.

푸른 눈에 은백색 숏컷. 군복을 본뜬 원피스를 휘날리며 머스킷총을 휘두른다. 그녀가 나타났을 때는 이미 사건은 끝이 났다.

완전무결한 명탐정.

코드네임은 시에스타.

그녀의 바람은 모든 의뢰인의 이익을 이루어주는 것.

그런 시에스타에게 어째서인지 조수로 임명되어버린 나는 《세계의 적》을 물리치기 위해 그녀와 함께 3년에 걸친 여행을 떠났고── 이윽고 죽음으로써 헤어졌다.

당시에 《SPES》란 이름의 조직과 싸웠던 우리는 적의 간부인 헬이란 소녀에게 패배하였고 시에스타는 그녀에게 심장을 빼앗겼다.

그렇게 나의 모험담은 막을 내렸다. 내렸을 터였다.

"네가 명탐정이야?"

그로부터 1년 뒤, 한 의뢰인 소녀가 나를 찾아왔다.

붉은 눈에 윤기 나는 검은 장발. 붉은 리본이 트레이드 마크인 여고생은 끓어오르는 듯한 격정으로 현실에 안주해 있던 나의 눈을 뜨게 했다.

의뢰인이자 탐정 대행.

그 이름은 나츠나기 나기사.

소녀의 바람은 생명의 은인을 찾아내는 것.

그런 그녀의 손에 이끌려 또다시 비일상에 몸을 던진 나는 이

웅고 한 가지 바람을 가지게 되었다── 언젠가 시에스타를 되찾는다.

그러나 죽은 이를 되살린다는 금기는 우리에게 커다란 대가를 요구했다. 나츠나기는 말 그대로 자신의 목숨을 걸어서 시에스타가 심장을 되찾게 해주었다.

하지만 그렇게 최후의 적인 《원초의 씨앗》마저 무찌르고 이번에야말로 우리는 바라던 해피엔딩을 쟁취했다. ……그렇게 생각했었다.

오산은 단 하나. 시에스타의 심장에 깃든 《씨앗》이었다.

그게 체내에 남아있는 한 시에스타는 언젠가 육체의 컨트롤을 잃고 괴물로 전락하게 된다. 다만 유일한 대증요법으로 시에스타가 계속 잠들어 있는 한 《씨앗》의 성장을 억제할 수 있다는 것을 알게 되었다.

나는 모든 것을 포기하고 스스로 모습을 감추려고 했던 시에스타와 대립하면서도 마지막에는 동료들의 협력을 받아 그녀를 긴 낮잠에 들게 했다.

그렇게 어느 날 명탐정은 잠자는 공주가 되었다. 행복한 홍차 향기 속에서.

그게 우리가 펼친 모험담의 일단락이었다.

하지만 역시 에필로그는 아직 일렀다.

언젠가 시에스타를 깨우기 위해 나는 같은 바람을 지닌 동료와 함께 여행을 나섰다.

"저는 언제까지나 키미히코 씨의 오른팔이고 왼쪽 눈이 될 거예요."

"나는 키미즈카의 적이야. 당신이 엇나갔을 때는 따귀를 날려 줄게."

"걱정하지 마, 키미즈카와 우리의 소원은 전부 이뤄질 거야."

"그래, 동료를 구하러 여행을 나서자."

그리고 1년이 넘는 눈부신 모험담을 펼친 우리는 훗날 《대재앙》이라 불리게 된 그 최악의 위기마저 극복했고——.

이윽고 기적을 일으켰다.

지금은 그로부터 1년, 모든 것이 시작된 날로부터 7년.

20세, 어른이 된 나—— 키미즈카 키미히코는 일상이란 이름의 후일담에 안주해 있었다.

그걸로 괜찮냐고?

괜찮고말고. 다른 사람에게 피해를 주는 것도 아니니까.

그렇잖아?

탐정은 이미——.

【제1장】

◆ 미스터리의 도입부는 러브신으로 시작된다

"이거 좀 봐! 뭔가 욕조에서 빛이 나!"

욕실 쪽에서 한 소녀의 목소리가 들려왔다.

그렇지만 이 호텔이 뭘 하는 시설인지를 생각하면 욕조가 오로라처럼 빛나든 거품이 뿜어져 나오든 딱히 이상할 건 없었다.

"이쪽으로 안 와?"

내가 대답도 없이 홀로 더블 사이즈 침대에 앉아 있으니 방금 말한 소녀가 재촉하는 목소리가 날아들었다.

나 참, 그건 뭔 권유냐. 나는 그 소녀…… 아니, 지금은 이제 여성이라 불러야 할 연령이 된 그녀에게 이렇게 대답했다.

"오늘은 놀러 온 게 아니라고. 나기사."

그러자 욕실에서 고개를 빼꼼히 내민 나기사가 어째서인지 살포시 미소 지으며 내 쪽으로 다가왔다.

"노는 게 아니라는 건 진심이란 말이야?"

간접 조명이 켜진 방.

침대 위의 내 옆자리에 사뿐히 앉은 나기사는 짓궂게 웃으며 나를 올려다보았다.

"새해 벽두부터 이런 곳에 있으니까…… 알지?"

여고생이었을 때보다도 어울리게 된 화장은 나기사의 또렷한 이목구비를 더욱 매력적으로 보이게 했고 붉은 립스틱이 발라진 입술은 가만히 앉은 나에게 감미로운 말을 속삭였다.

처음 만났을 때보다 어른이 되었다.

당연했다. 방과 후 교실에서 나기사에게 멱살을 잡힌 날로부터 2년 남짓이 지났다. 나도 나기사도 한참 전에 성인이 되어서 둘 다 소년 소녀라 할 수 있는 나이가 아니게 되었다.

"맞다. 입에 손가락 넣어줄까?"

나기사가 나를 침대에 슬쩍 밀어트렸다.

"좋아했잖아, 키미히코."

우리가 서로를 성이 이닌 이름으로 부르게 된 건 언제부터였을까. 그런 걸 일일이 기억하고 있지 못할 정도로 우리는 많은 대화와 경험을 쌓아왔다.

"여자애의 타액으로 온몸이 질척질척해지는 게 취향이었으니까."

"소문이 부풀다 못해 터져버렸는데."

애초에 시작은 옛날에 방과 후 교실에서 네가 내 목에 손가락을 쑤셔 넣은 일 때문이라고.

"그치만 손가락을 꽂아 본다, 라고도 하잖아."

"꽂긴 뭘 꽂아. 손가락으로 헤아린다는 의미로 손가락을 꼽아 본다, 겠지."

평소와 같은 엉뚱한 대화에 나는 가볍게 한숨을 내쉬었다.

"속눈썹이 기네."

나기사의 얼굴이 느닷없이 가까워졌다. 향수의 냄새는 익숙한 시트러스향. 마음이 차분해지는 그 냄새는 사실은 섬세한 나기사의 감정을 잘 표현하는 듯했다.

　"키미히코."

　몸매도 매우 어른스러워진 나기사가 바로 눈앞에 있었다.

　"나기사."

　서로의 얼굴이, 아니, 입술의 거리가 점점 가까워졌다.

　나기사의 눈이 감겼다. 그리고——.

　"아니, 우리 일하러 왔거든."

　눈을 번쩍 뜬 나는 나기사를 침대에 내던지고 트랜시버 이어폰을 통해 들려오는 옆방의 소리에 귀를 기울였다.

　"⋯⋯아니, 알고는 있는데. 나도 도중부터는 장난이라는 걸 알면서도 했지만 그렇다고 여자를 침대에 내던지는 사람이 있어?"

　나기사가 혼자서 구시렁대고 있지만 그런 것보다도.

　"역시 생각대론데."

　나는 아직도 불만스러워 보이는 나기사에게 이어폰을 건넸다. 마지못해 건네받는 나기사. 이어폰을 통해 들려오는 소리의 정체는.

　"아⋯⋯ 이건⋯⋯ 응. 틀림없어."

　나기사가 어색한 표정으로 시선을 피했다. 여기가 뭘 하는 호텔인지를 생각하면 옆방에서 무슨 일이 벌어지고 있는지 굳이 말할 필요도 없을 것이다.

"어? 아, 그렇게까지 하는구나. 응? 거기에 그걸? 아…….”

"의도치 않게 현대 도청기의 성능을 알게 되었는걸."

도청기는 우리가 사전에 타깃의 가방에 숨겨둔 것이다. 이 음성을 손에 넣은 덕분에 확실한 증거를 얻었다.

"의뢰인 남자한테는 안된 일이지만 보고해야겠지.”

나는 핸드폰을 꺼내서 불륜 조사에 관한 보고를 정리했다.

그건 우리가 작년 말에 아내의 외도가 의심된다는 회사원 남자에게 받은 의뢰였다. 그 의뢰인의 아내는 연예계에서 활약하는 인기 모델로 몇 개월 전에 극비 결혼을 한 모양이었다. 그랬는데.

"대단한 미인 모델 부인이 실은 동종 업계 남자와 외도라. 너무하네.”

나기사는 그렇게 말하면서 떫은 표정으로 탄식했다. 지금 옆방에 있는 게 그 두 사람이었다.

"게다가 이렇게 말하기는 뭐하지만 의뢰인은 어리숙한 느낌의 회사원이었으니까. 모델 남자에게 부인을 빼앗겼다는 충격이 더 강하겠지.”

"외도 상대인 남자가 엄청나게 잘생겼으니까.”

"그렇지. 그건 그렇고 나기사, 이제 이어폰 빼도 되는데.”

"……뭐, 뭐가?”

한창 흥분 중인 가운데 미안하지만 나기사에게서 이어폰을 회수한 나는 바로 의뢰인에게 조사 결과 메일을 보냈다.

"그런데 평범한 회사원이 어떻게 모델 여성과 결혼까지 간 걸까?”

확실히 그건 신경 쓰이는 부분이기는 했다. 거기에 결혼하고 몇 개월 만에 아내가 외도를 한 상황도 참 뭐라고 할지.

"그래도 일단 이걸로 해결인 거지?"

역시 뒷맛은 안 좋지만, 하고 말하며 나기사는 머리카락을 귀 뒤로 넘겼다.

"그렇지. 일단은 조사 대상이 방에서 나갈 때까지 대기하고 있을까."

두 시간 정도로 예상하며 손목시계를 보았다. 저녁 식사 시간 대까지는 돌아갈 수 있겠지.

"그래? 그럼 그때까지 뭐 하고 기다릴래?"

그러자 나기사가 안짱다리를 하고 앉아서 나에게 물었다.

올려다보는 나기사의 시선에 내 시선도 반사적으로 내려갔다. 몸매가 드러나는 터틀넥을 입은 나기사는 역시 고등학생 때보다도 여러 가지 의미로 어른이 되어 있었다.

"나 사실은 키미히코가 그렇게 둔감하지 않다는 걸 알고 있거든?"

난방이 켜진 방은 살짝 더워서 나기사의 뺨도 상기되어 있었다.

"……뭐, 아무리 눈을 돌려도 해결되지 않는 게 있나."

그렇게 나는 남은 두 시간을 유용하게 활용할 방법을 생각하며 가방을 뒤적여 어떤 물건을 꺼냈다.

"대학교 동계 과제를 하나도 못 끝냈어. 도와줘."

같은 과에 우수한 친구가 있어서 다행이었다.

이대로는 유급 위기인 나는 어깨를 풀며 노트북을 펼쳤다.

"평생 유급해버리지 그래?"

나기사의 이 뾰로통한 표정만큼은 어른이 되어서도 변함이 없었다.

그로부터 약 두 시간 뒤.

예상대로 옆방에서 움직임이 있었다.

"좋아. 나기사, 뒤쫓자."

"고맙다는 말부터 하지?"

나기사의 도움으로 완성된 리포트를 저장하고 우리는 짐을 챙겨 조사 대상의 행적을 쫓았다. 방을 나가 두 사람이 엘리베이터를 탄 것을 확인하고 우리는 계단으로 달려 내려갔다. 지층이라 다행이었다.

"저기 있어, 코트 입은 두 사람."

호텔 밖 해 질 녘의 어두컴컴한 골목.

나기사가 가리킨 곳에는 외투로 몸을 감싸고 사이좋게 팔짱을 낀 두 사람의 모습이 있었다. 이 밀회를 누군가가 보고 있다는 걸 상상도 못 하고 있겠지.

"어쩔래. 계속 뒤쫓을까?"

나는 나기사의 판단을 물었다.

이미 외도의 결정적 증거는 확보했다. 이 이상 미행하는 건 그다지 의미가 없는 것 같기도 한데…… 그렇게 망설이고 있을 때였다.

50미터 정도 앞에서 조사 대상 여성의 짧은 비명이 들려왔다.

무슨 일이 일어났는지, 일어나려고 하는 건지.

달려간 우리의 눈에 비친 건 뒷골목에서 튀어나온 한 남자였다. 손에는 날붙이 같은 것을 쥐고 있었다. 그리고 그 남자가 소리쳤다──이 배신자, 하고.

"쯧, 의뢰인 남자인가."

멀리서 조사 대상 여성을 불륜 상대가 끌어안으며 지켰다. 흉기남은 한순간 주저하는 모습을 보였지만 재차 절규를 내지르며 꼬나쥔 흉기를 번쩍 들어 올렸다.

나와 나기사는 그 현장으로 달려갔지만 이미 늦은 거리였다. 그리고 날붙이가 남성의 등을 향해 휘둘러졌다.

"또 이렇게 되었나."

나는 이런 상황에서 자신의 부족함, 혹은 또 그녀에게 뒤처진 것에 한숨을 내쉬었다. 그리고 그건 지금 옆에 있는 나기사도 같은 심정일 것이다. 우리는 한숨과 함께 걸음을 멈추면서도 안도하며 서로 얼굴을 마주 보았다.

그래도 괜찮냐고?

괜찮고말고. 사건은 이미 끝났으니까.

"유감스럽게 되었어. 흉기를 버리고 투항해."

어디선가 나타난 하얀 그림자가 흉기남을 제압했다.

오늘도 마찬가지로 이미 사전에 준비를 끝내고 남은 시간에 깜빡 낮잠이라도 잤을 명탐정이 결정적인 순간을 자연스럽게 빼앗아 갔다.

"조수, 멀뚱히 서 있지 말고 빨리 경찰에 전화해."

옛날과 변함없는 시크한 원피스 차림.

하지만 그 용모는 역시 처음 만났을 때보다 어른이 되어 있었다.

두뇌명석, 재색겸비, 완전무결에 흠잡을 데 없는 명탐정.

그런 그녀에게 나는 평소처럼 비꼬는 말투로 이렇게 말할 수밖에 없었다.

"좀 더 빨리 도와주러 와주면 안 되냐, 시에스타."

◆탐정과 조수, 그리고 소장

다목적 빌딩의 2층에 자리 잡은 탐정사무소.

"그래서 결국 이번 사건은 일이 어떻게 돌아간 거야?"

낡은 소파에 등을 기대고 마침 도착한 배달 피자를 열며 나는 시에스타에게 그렇게 물었다.

호텔 앞에서 일어난 조금 전 소동. 흉기남을 무사히 경찰에 넘기고 해가 완전히 졌을 무렵에야 우리는 보금자리로 돌아올 수 있었다. 하지만 나는 아직 사건의 진상을 완전히 이해하지 못하고 있었다.

"아, 나는 새우가 많이 올라간 부분이 좋아."

그러자 사무소 안쪽의 정위치에 앉아 있던 시에스타가 컴퓨터

키보드를 치던 손을 멈췄다. 그리고 마치 꽃에 홀린 나비처럼 따끈따끈한 피자로 다가갔다.

"시에스타, 내 말 들었어?"

"나는 언제나 너의 마음속 목소리를 듣고 있어. 우적우적."

"좀 더 귀여운 의성어로 먹어줄래?"

맞은 편에 앉아 피자를 입에 넣는 시에스타를 보고 나는 진지하게 딴죽을 걸었다.

"외도가 밝혀져서 분노한 의뢰인이 부인과 외도남을 습격했다는 거 아니야?"

이어서 그렇게 질문한 건 나기사였다. 탄산음료가 담긴 잔을 세 개 가져와서 우리 앞의 테이블에 내려놓았다.

"응, 애초에 전제 조건이 한 가지 잘못되었어."

그러자 피자 한 조각을 먹어 치운 시에스타가 그제야 나와 나기사의 질문에 대답했다.

"그 흉기남…… 즉 이번 의뢰인과 그 모델 여성은 부부가 아니었어."

그 예상 밖의 발언에 나와 나기사는 서로의 얼굴을 마주 보았다.

"의뢰인의 정체는 그 여성 모델의 스토커. 그런데 그녀에게 진짜 파트너가 있다는 낌새를 눈치채고 탐정을 써서 그 진위를 알아내려고 한 거지."

……그런 거였나. 그렇다면 우리는 하마터면 스토커 남자의 범죄에 가담할 뻔했다는 거다.

"그러면 일주일 전에 의뢰인이 부부임을 증명하기 위해 들고 온 그 호적등본은?"

"위조겠지. 그런 범죄를 돕는 자들도 있으니까."

"그럼 시에스타는 그 시점에서 의뢰인의 거짓말을 알아챘다는 거야?"

"서류 자체에서 수상한 점을 바로 발견하지 못했지만 그보다도 그가 설명한 부인의 정보가 뭔가 부자연스러웠거든."

시에스타가 그렇게 말하자 나기사가 "부자연스러웠다고?" 하고 물으며 옆에 앉았다.

"응, 뭐라고 할까, 마치 인터넷에 올라와 있는 프로필을 통째로 암기한 듯한 부자연스러움이라고 할까. 부인에 대해서 자세히 아는 듯하면서도 내용이 세밀하지 못했어."

시에스타는 탄산음료를 쭉 들이켜며 이렇게 말을 더했다.

"예를 들어 나는 조수의 잠꼬대 버릇을 알고, 계란프라이에는 간장파라는 것도 알고, 가루약을 먹을 때마다 얼굴을 찌푸린다는 것도 아는 것처럼 조수에 대해서는 뭐든지 알고 있는데."

"어, 뭐야? 잘난 척?"

"그런 함께 생활한 적이 없으면 모르는 파트너의 정보를 의뢰인은 하나도 알지 못했어."

그렇군. 의뢰인…… 아니, 범인은 데이터만으로 그녀를 안다고 착각한 것이다. 그리고 어느 사이엔가 자신만이 그녀를 이해해줄 수 있다는 등의 생각에 빠진 것일지도 모른다.

"그렇구나. 아니, 나도 왠지 모르게 위화감은 있었거든."

사건의 진상을 알고 나기사는 새삼 납득한 것처럼 고개를 끄덕였다.

　그 말대로 나기사는 호텔 방에서도 이번 의뢰에 대해 의문점을 가지고 있었다.

　"으음. 더 노력해야겠어. 모처럼 대학교에서도 공부하고 있으니까."

　나기사는 그렇게 다짐하듯이 뺨을 찰싹 때렸다.

　나기사의 전공은 나와 마찬가지로 심리학이다. 나기사가 말하길 사건에는 반드시 동기가 있다고 한다. 그리고 동기에는 사람의 마음이 있다. 그래서 나기사는 자신이 탐정으로서 성장하기 위해서는 인간의 심리를 좀 더 공부할 필요가 있다고 언제나 말했었다.

　"그런데 그렇게 생각하면 나만 아무것도 눈치채지 못한 건가."

　나 참, 시에스타도 깨달은 게 있다면 알려줬어도 좋았을 텐데.

　"적을 속이려면 우선 아군부터라고도 하잖아?"

　"불합리하다고 하고 싶긴 한데 뭔가 의도라도 있었어?"

　"팀 전원이 같은 입장이면 예기치 못한 상황에서 대처하기 힘드니까. 예를 들어 비행기 운항 중에는 기장과 부기장이 혹시 모를 식중독을 피하려고 다른 음식을 먹잖아? 그러한 리스크 관리도 포함해서 우리는 오히려 방침이 제각각인 편이 좋아."

　"기본적인 목적의식은 같아도 각자의 시점과 할 일을 일부러 따로 두는 게 때로는 유효하다는 건가."

　그러고 보니 돌이켜볼 것도 없이 우리는 옛날부터 그런 방침으로 해왔었다.

"실은 얼마 전에 이런 걸 발견했었거든. 소위 뒷계정이란 건데."

그렇게 말하며 시에스타가 보여준 핸드폰에는 누군가의 SNS 화면이 켜져 있었다.

"이거 그 모델의 계정이야?"

나기사가 눈치를 챘다. 그 SNS의 게시글 중에는 최근에 누군가가 쫓아다니는 듯한 기분이 든다는 식의 기술이 있었다. 그 여성은 스토커의 존재를 깨달았던 것이리라.

"이런 익명의 계정을 어떻게 찾아낸 거야?"

"옛날에 네 계정을 찾아낼 때 쓴 방법을 응용했을 뿐이야."

"나는 너에게 계정을 들킨 과거가 있었던 거냐."

게다가 방법을 알려줄 생각도 없는 듯했다. 최악이군.

"……뭐, 과거 일은 일단 제쳐놓고. 너는 그 모델이 스토커 피해를 받았을 가능성을 염두에 두고 오늘도 현장에 있었던 거지?"

"아직 가설에 지나지 않았지만. 정말로 의뢰인과 그 모델이 극비 결혼했을 가능성을 완전히 버리지 못했었어."

하지만 시에스타가 모든 가능성을 내다보고 있었기에 최악의 사태는 피할 수 있었다.

"옛날이었다면 좀 더 스마트하게 해결할 수 있었겠지만."

시에스타는 지난날을 떠올리듯이 눈을 좁혔다.

그 말대로 시에스타는 과거에 《조율자》로서 어떤 특별한 수첩을 가지고 있었다. 온갖 자격을 소유자에게 부여하는 그 수첩을 쓰면 예컨대 구청에 가서 의뢰인들이 정말로 혼인 관계에 있는지 아닌지를 간단히 알아낼 수도 있었을 것이다.

하지만 지금의 시에스타는 이제 그러한 권한을 가지고 있지 않았다.

"지금의 나는 평범한 《탐정》이니까."

지금의 시에스타는 《조율자》도 《명탐정》도 아니었다.

그녀는 평범한 일개 탐정이었고 거기에.

"이곳의 소장이기도 하잖아."

내가 그렇게 말하자 시에스타는 "그랬지." 하고 미소 지었다.

시에스타가 소장이고 나 기사가 탐정, 그리고 나는 조수.

──지금으로부터 약 1년 전에 이 지구에 갑작스럽게 평화가 찾아왔다. 훗날 《대재앙》이라 불리게 된 일련의 《세계의 위기》가 《명탐정》을 비롯한 많은 영웅의 활약으로 해결되며 세계가 구원받은 것이다.

또한 세계에 항구적인 평화가 찾아왔다는 증거로 《무녀》 미아 위트록의 능력── 미래시가 사라졌다. 요컨대 《성전》에 새로운 《세계의 위기》가 적히지 않게 된 것이다.

그렇게 《조율자》라는 시스템 자체가 해체되고 1년. 평화로워진 이 세계에도 정의를 필요로 하는 사람이 아직 어딘가에 있으리라 믿은 시에스타가 이 탐정사무소를 열었다. 그리고 나와 나 기사도 그 뜻에 공감하여 대학교에 다니며 오늘도 이렇게 일하고 있었다.

"뭐, 네가 붙인 사무소의 이름만큼은 그다지 마음에 들지 않지만."

불현듯 시에스타가 1년도 더 전에 정한 사무소 이름에 트집을 잡았다. 나 참, 귀찮다며 나한테 맡겨놓고 여전히 불평이 많다.

"이름 좋잖아. 시로가네(白銀) 탐정사무소."

나는 어떤 은인의 이름을 빌려 1년 전에 이 사무소에 그런 이름을 붙였었다.

시에스타는 어째서인지 그게 불만인듯했지만.

"그나저나 새해부터 힘든걸."

나는 쭉 기지개를 켠 뒤 다시 힘을 뺐다.

작년 말에 들어온 이 의뢰도 새해 이틀째인 오늘에야 해결되었다. 시에스타가 세운 탐정사무소에 휴가가 없다는 건 알고는 있었지만.

"내일은 기분 전환 겸 새해 참배라도 갈까."

그러자 뜻밖에도 시에스타가 그런 제안을 입에 담았다. 그러고 보니 시에스타는 옛날부터 일과 마찬가지로 계절 이벤트를 중요시하는 사람이었다.

"만세, 후리소데(고급 기모노) 입을 기회야!"

나기사가 주먹을 꽉 쥐며 시에스타의 제안에 찬동했다.

휴일이라고는 해도 시에스타, 나기사와 외출한다는 걸 생각하면 이래저래 고생할 게 틀림없었다. 지금 미리 든든히 먹어 체력을 회복해두려고 피자를 입에 물었을 때였다.

"의뢰인 모양이네."

그 목소리에 돌아보니 어째서인지 시에스타가 사무소의 창문을 열고 있었다.

싸늘한 밤바람이 불어 들어서 반사적으로 옷깃을 여몄다.

그리고 머지않아 그것이 파닥파닥 소리를 내며 사무소 안으로 들어왔다.

"고마워. 받아 갈게."

그렇게 말한 시에스타는 방문자── 한 마리의 올빼미가 입에 물고 온 편지를 펼쳤다.

"네가 마법사냐."

"너는 전서구도 몰라? 천 킬로미터나 날아다녀."

비둘기가 아니라 올빼미라서 지적한 거지만 지금은 그런 것보다도.

"의뢰라니, 누가?"

시에스타의 표정으로는 예상하기 어려웠다. 나기사도 대답을 기다리듯이 시선을 보냈다. 그로부터 잠시간 편지를 읽던 시에스타는 이윽고 고개를 들며 이렇게 말했다.

"1년 만에 《연방 정부》의 호출인가 봐."

◆《명탐정》 대행

다음 날 저녁. 우리 세 사람이 《연방 정부》에 호출을 받은 장소는 사찰의 도시── 교토였다. 신칸센을 타고 두 시간 남짓.

정차역에 내리자마자 맞이하러 온 고급차가 우리를 합법적으로 데려갔다.

"우선은 경단이나 바람떡부터 먹고 싶었는데."

차내에서 그렇게 불평한 건 나기사였다.

다리를 흔들며 우리의 대우에 한탄했다.

"그러게. 거기에 이동도 특석으로 해줬으면 했어."

그리고 나도 추가로 불만을 입에 담았다.

뭐, 이건 주로 우리의 고용주에 대한 주문이었지만.

"의뢰 경비에 포함될지 모르는 일이니 그건 안 되지."

그러자 시에스타는 차창을 바라보며 경영자의 시선으로 말했다.

"그들이 우리의 의뢰인이 될지 어떨지는 아직 알 수 없으니까."

의뢰인── 그건 그 전서효(傳書梟)를 보낸 《연방 정부》를 말한다.

하지만 편지에는 구체적인 용건은 적혀있지 않았고 그저 우리 세 사람에게 이날 이 장소에 오라는 지시만 주어져 있었다.

"나 참, 불합리하구만."

나도 모르게 그런 말이 입 밖으로 나왔다.

최근에는 그다지 말할 기회가 없어진 말버릇. 하지만 지금 내가…… 아니, 그녀들이 처한 이 상황에 어울리는 말은 그것밖에 없었다.

이제 와서 《연방 정부》가 전 《명탐정》에게 무슨 용건이냐는 심정이었다.

　그로부터 목적지까지는 차로 40분 정도가 걸렸다.

　해가 질 무렵에 정차한 차에서 내려 운전사였던 안내인 남자를 따라 자갈길을 걸으니 이윽고 거대한 불당이 눈앞에 나타났다.

　"여기 국가 지정 중요 문화재 아니었어?"

　그렇게 중얼거린 나기사가 보고 있는 건 일본사의 자료집에도 실려있는 건물이었다. 안내인은 일반인의 출입은 금지일 입구로 똑바로 향했다. 안으로 들어가라는 지시겠지. 문득 깨닫고 보니 경내의 비둘기들이 이쪽으로 고개를 향하고 있었다.

　신발을 벗고 본당에 오르자 딱딱한 나무 바닥이 펼쳐져 있었다. 그 옆에는 가면과 하얀 옷을 입은 시종들이 수십 명이나 늘어서 있었다.

　"……다들 창 같은 걸 왜 들고 있는 건지."

　불온한 그 광경에 나는 무심결에 침을 삼켰다.

　"조수, 저거."

　시에스타가 방 안쪽을 가리켰다.

　그곳에 있는 건 어둑어둑한 불빛에 비친 불전. 그리고 거대한 불상을 등에 지고 한 여자가 앉아 있었다. 다른 시종과 마찬가지로 가면을 쓰고는 있지만 여관복 같은 기모노와 기다란 머리카락으로 봐서 여자가 틀림없을 것이다.

　"《연방 정부》의 고관인가."

　지금 옆에 대기하고 있는 시종과는 격이 달랐다. 아무리 이곳까지 오는 동안 투덜거렸다고는 해도 자연스럽게 자세가 바로 잡혔다. 우리는 나기사를 가운데 두며 나란히 그 자리에 앉았다.

"이번에는 갑작스럽게 호출하여 죄송합니다."

순간 누가 한 말인지 알 수 없었다. 하지만 조금 늦게 맞은 편의 고관 여자가 바닥에 머리를 조아린 것을 깨달았다. 그녀가 우리에게 사과를 한 건가.

"나기사, 저 고관에 대해 알아?"

나는 무심코 옆에 다소곳이 앉은 나기사에게 물었다.

왜냐하면 《연방 정부》가 우리에게 저자세로 나오는 모습에 위화감이 있었기 때문이다. 과거에 그동안 만나온 고관들은 하나같이 좀 더 고압적이고, 기계적이고, 인간미가 없는 녀석들 뿐이었다.

"아니, 나도 몰라. 아마 시에스타도."

나기사를 사이에 두고 옆에 다소곳이 앉은 시에스타도 의심스러운 표정으로 그 고관을 바라보고 있었다.

하지만 그런 시에스타가 먼저 입을 열었다.

"그래서 당신이 우리에게 무슨 용건이지?"

"예, 우선은 이걸 봐 주십시오."

그러자 가면의 고관이 고개를 들었다.

그리고 다음 순간, 배후의 불전에 선명한 영상이 투영되었다. 울퉁불퉁한 배경을 스크린 삼아 프로젝션 매핑 같은 광경이 눈앞에 펼쳐졌다.

하지만 정작 그 영상은 반사적으로 눈을 가리고 싶어지는 것이었다.

"정부 고관의 시체?"

나는 무심결에 소리 내어 말했다. 게다가 한 구가 아니었다. 목이 잘린 가면 쓴 고관 여럿의 시신이 차례차례 3D 영상으로 불전 전면에 투영되었다.

"실은 현재 세계 각지에서 《연방 정부》 고관만을 노린 살인사건이 일어나고 있습니다."

……세계를 이면에서 통치하는 《연방 정부》의 고관만을 표적으로 한 살인사건. 정말로 그런 일이 일어나고 있다면 그건.

"새로운 《세계의 위기》라는 거야?"

시에스타가 대표로 그렇게 물었다.

"근데 잠깐만. 이제 《세계의 위기》는 그리 간단히 일어나지 않는다며."

그렇게 끼어든 건 나기사였다. 나기사의 말대로 지난 1년간 지구 상에 새로운 《세계의 적》은 출현하지 않았다. 그리고 그걸 증명하듯이 미아의 미래시 능력도 한 번도 발동하지 않았었다. 그렇다면 현재 실제로 일어나고 있는 이 정부 고관 살해는 대체 어떠한 위기에 해당한다는 거지?

"저희는 이걸 《무녀》도 감지하지 못한 《미지의 위기》로써 문제시하고 있습니다."

맞은편에 앉은 가면의 고관은 그렇게 이번 사태에 이름을 붙였다.

"사정은 어느 정도 이해했어. 그런데 그래서 왜 시에스타와 나기사를 부른 거지?"

그렇게 물었지만 사실 대답은 알고 있었다.

"예, 단도직입적으로 말하겠습니다. 전 《명탐정》이신 두 분께 이 《미지의 위기》 조사를 의뢰하고 싶습니다."

――그게 말이나 되나. 무심코 그렇게 관계도 없는 내가 말할 뻔했다.

하지만 이 감정은 정당한 것이었다. 이미 《명탐정》의 사명을 완수했을 터인 그녀들이 왜 이제 와서 《연방 정부》에 부려 먹혀야 하는 건가.

"이걸 자세히 봐 주십시오."

고관 여자가 그렇게 말하자 영상의 일부가 크게 확대되었다. 거기에 비친 건.

"――촉수의 파편입니다. 그것도 평범한 촉수가 아니지요. 여러분께서 한때 싸우셨던 《인조인간》이 사용한 무기의 파편입니다. 저희는 그 힘을 지금도 악용하는 누군가가 고관을 살해하고 있는 게 아닌가 생각하고 있습니다."

……확실히 지금으로부터 2년 이상 전에 우리는 《원초의 씨앗》에서 태어난 《인조인간》들과 싸웠었다. 하지만 그건 많은 희생을 감수해 종결지었을 터였다.

"아직 뒤처리가 끝나지 않았다고 말하고 싶은 거야?"

나기사가 그렇게 물었다. 자신들의 사명이 아직 끝나지 않은 거냐면서.

"그런 말은 아닙니다. 다만 사건 현장에 그러한 것이 남아있던 의미를 생각했을 때 저희가 또다시 《명탐정》의 힘을 빌리고 싶다는 생각을 한 건 사실입니다. 즉 나츠나기 님과 시에스타 님께서 《연방 헌장》의 특례 조치로써 일시적으로 《명탐정》의 직무를 대행해주셨으면 합니다."

그런 정부 고관의 발언을 듣고 나기사와 시에스타는 서로의 얼굴을 마주 보았다. 예상 못 한 소집 이유와 요구 내용. 하지만 이어서 두 사람의 얼굴이 어째서인지 내 쪽으로 향했다.

"왜 키미히코가 가장 질색한 표정을 짓는 거야?"

"……딱히 그런 표정 지은 적은 없는데."

나기사의 지적을 부정했지만 이번에는 시에스타가 "봐봐." 하고 손거울을 보여줬다.

그렇군, 평소의 20%는 더 눈매가 더러웠다. 어째서 나는 지금 자각 없이 언짢은 표정을 지었던 걸까. ……아니, 그 답도 사실은 이미 알고 있다. 모르는 척하고 있을 뿐이었다.

하지만 그렇더라도 지금은.

"애초에 내가 정할 일이 아니야. 어쩔지는 두 사람에게 맡길게."

그러자 시에스타와 나기사가 고개를 끄덕이며 다시 고관 여자를 돌아보았다.

"알았어. 《명탐정》으로서 이번 일을 맡아줄게."

"응, 나도 마찬가지야. 어디까지나 임시지만."

그래. 그녀들이 도중에 일을 내팽개칠 리가 없다. 알고 있던 귀결이었다.

"협력해 주셔서 감사합니다. 그러면 바로 이것을."

그러자 고관 여자가 품에서 수첩 두 권을 꺼냈다. 오랜만에 보는 물건이었다. 그건 틀림없이 시에스타와 나기사를 또다시 《조율자》로 복귀시키는 증표였다.

"내가 받아올게."

일어서려고 한 두 사람을 제지하며 대신 내가 일어섰다.

나는 두 사람의 선택을 존중한다. 그녀들의 일을, 감정을 무시하지 못한다.

그래도 한 가지, 도저히 납득되지 않는 게 있었다.

"탐정은 언제나 목숨을 걸고 싸우고 있어. 댁들도 성의를 보여."

도망치지 마라. 얼굴도 보이지 않고 가면 너머로 그녀들에게 명령을 내리기만 하는 건 용납할 수 없다. 나는 정부 고관에게 다가가서 그 가면으로 손을 뻗었다.

하지만 그 순간, 곁에서 대기하고 있던 가면의 시종들이 일제히 나에게 창을 겨누었다.

"괜찮습니다."

그러나 그걸 말 하나로 제지한 것도 가면을 쓴 고관 본인이었다.

"이쪽이야말로 무례에 사죄드립니다."

이어서 그녀는 스스로 그 가면을 벗어 얼굴을 드러냈다.

"그러면 지금부터는 얼굴을 드러낸 채로. 몇 가지 더 드릴 이야기가 있습니다."

어깨로 흘러내리는 회색 장발.

무표정하지만 나를 똑바로 올려다보는 황록색 눈에는 고결함이 엿보였다.

그곳에 있던 건 아직 조금 앳된 티가 나는 한 명의 아름다운 소녀였다.

◆ 평화를 고하는 사자의 이름은

"거듭 실례했습니다."

조금 전에 가면을 벗은 고관 소녀가 내 바로 앞에서 머리를 숙였다.

그로부터 우리는 장소를 옮겨 본당의 옆에 있는 다과실 같은 다다미 방에 있었다.

"늦었습니다만 부디 들어주십시오."

이어서 소녀는 내 쪽으로 차와 과자를 내밀었다. 경단과 바람떡. 맞이하러 온 차에서 했던 이야기를 전해 들은 걸까. 이걸 먹고 싶다고 한 건 나기사였다만…….

"죄송합니다. 나기사 님과 시에스타 님은 여러 가지로 절차를 밟아주실 필요가 있어서……."

지금 이 방에 있는 건 나와 고관 소녀뿐이었다. 나기사와 시에

스타는 《조율자》 권한을 일시적으로 얻기 위한 절차로 다른 방에 가 있었다. 어쩔 수 없이 나는 홀로 경단을 입에 넣으며 새삼 고관 소녀를 곰곰이 바라보았다.

가면을 벗은 그녀는 기모노 같은 옷은 그대로 입은 채 마치 전통 인형처럼 다소곳이 바닥에 앉아 있었다. 용모는 유럽인에 가까웠고 아직 어린 티는 나지만 미인이란 게 확실히 드러났다. 《연방 정부》 고관의 얼굴을 본 건 이번이 처음이었다. 그리고 지금에 와서 새삼스럽게 깨달았다. 그 가면 뒤에는 제대로 살아 있는 인간이 있었다.

"……기모노도."

그러고 있자 줄곧 무표정이었던 소녀가 살짝 흔들리는 시선으로 이렇게 입에 담았다.

"가면만이 아니라 기모노도 벗는 편이 좋으신지요."

아무래도 내 시선의 의미를 착각한 모양이었다. 상상력이 지나치게 풍부하군.

"조금 전에도 성의를 보이라고 하셔서."

"그런 의미로 성의를 보이라고 했다면 인간으로 끝장이지."

"죄송합니다. 고관 조크였습니다."

"들어본 적도 없는 카테고리로 조크를 날리지 마."

웃지도 않고 잘도 그런 말을 하는구만.

"커뮤니케이션의 일환입니다. 키미히코 님은 여성과 즐기시는 걸 좋아하신다고 사전 조사로 알게 되었다 보니."

"누구에게 들은 정보냐. 적어도 즐긴다는 표현은 고쳐."

나 참, 쿨한 얼굴을 하고 속은 이런가. 하지만 자기가 엉뚱하다는 자각은 없는 듯했다.

　진지하고 겸허하며 배려심도 있지만 어딘가 다른 사람과 어긋나 있었다. 그게 이 가면을 벗은 소녀에 대한 첫인상이었다.

　"이름은?"

　경계심이 풀렸다고 할까. 나는 무심결에 이름을 물었다.

　"노엘 드 루프와이즈"

　소녀는 내 눈을 똑바로 보며 그렇게 이름을 댔다.

　"고관으로서의 코드네임은 그대로 《루프와이즈》입니다."

　"그 나이로 《연방 정부》 고관이라니 출세하셨군."

　"루프와이즈 가문은 프랑스 귀족의 후예로, 세습제로 《연방 정부》 고관의 자리를 잇고 있습니다."

　그로부터 노엘은 두세 가지 정도 자신에 관한 이야기를 했다.

　고관이 된 건 3년 전이었는데 그건 다음에 당주가 될 손위 형제 오빠가 행방불명된 게 이유라는 것. 지금껏 중요한 일을 맡을 기회는 적었지만 아까 이야기한 그 《미지의 위기》도 있어서 《연방 정부》가 일손이 부족하다 보니 자신 같은 신입도 불려 나오게 되었다는 것. 그런 이야기를 노엘은 차근차근 설명했다.

　"사정은 대충 이해했는데…… 그런 《미지의 위기》를 해결한다면 신입인 그쪽보다 적임자가 있지 않아?"

　예를 들어 우리도 한때 관계가 있었던 고관 중 한 명인 《아이스 돌》. 그 노회한 여자는 옛날부터 《명탐정》에게도 수많은 지령을 내렸었다.

"예, 실제로 저를 제외하고도 이미 움직이고 있는 고관은 있습니다. 다만 그들에게는 현재 담당해야 하는 중요한 일이 한 가지 더 있다 보니."

그걸 키미히코 님께 말씀드리고 싶었습니다, 하고 노엘은 덧붙였다. 그 말대로 노엘은 할 이야기가 더 있다며 나를 이 방으로 불렀다.

"《성환(聖還)의 의식》입니다."

노엘은 그런 낯선 단어를 입에 담았다.

"실은 2주일 뒤에 《대재앙》 종식으로부터 일주년을 기념하는 평화 식전이 《연방 정부》 주도로 개최됩니다. 그리고 세계를 구한 명탐정과 그 조수님도 아무쪼록 그 의식에 참석해주셨으면 합니다."

노엘은 그렇게 말하며 초대장으로 보이는 편지를 내밀었다.

듣자 하니 그 《성환의 의식》에는 전 《조율자》들이나 《대재앙》 해결에 이바지한 인물, 그밖에 세계의 요인 등이 초대되는 모양이었다.

"개최지는 프랑스인가."

"예. 거리가 있어서 송구스럽습니다만 참가해주실 수는 없으신지요?"

2주일 뒤. 겨울 방학은 끝나지만 대학을 쉬고 가지 못할 것도 없나.

"의식이라고 해도 구체적으로 뭘 하는데?"

"일본의 문화 중에 가까운 것으로 말하자면 어분상(御焚上)

이라고 할까요."

내 물음에 노엘은 그렇게 대답했다.

어분상이라고 하면 오래된 부적 등을 불에 태우는 신도의 행사다.

"이번 《성환의 의식》에서는 무녀님이 편찬하셨던 《성전》을 불태움으로써 과거의 재앙을 정화하고 동시에 새로운 평화를 기원하는 겁니다."

"……뭔가 종교색이 짙은데. 그나저나 《성전》을 전부 불태울 생각이야?"

기억하기로 《성전》의 권수는 몇 년 전에 미아가 보여준 시점에서 십만 권을 넘었었다. 그걸 절차에 따라 계속 태운다면 사흘 밤낮을 해도 끝나지 않을 것 같은데.

"아니요, 전부는 아닙니다. 다만 그중에서도 《원전》만큼은 반드시 불태워야 합니다."

돌연히 튀어나온 《원전》이란 낯선 단어에 나는 고개를 갸웃거렸다.

"원초의 성전이라고도 불리는 책입니다. 그걸 소지하는 것이 정당한 《무녀》란 증거. 그 책에는 《무녀》밖에 읽지 못하는 언어로 《성전》에 관한 규율이 적혀있다고 전해집니다만…… 진실은 저도 알지 못합니다."

그렇군. 《성전》은 일반적으로 《연방 정부》의 인간도 볼 수 없다고 하는데 《원전》은 그중에서도 가장 중요도가 높은 건가.

"그리고 《원전》에는 어떤 특별한 힘이 있다고 합니다만……

그걸 불태움으로써 《무녀》가 신께 받은 능력을 정식으로 반환하고 이후의 세계에 재앙이 일어나지 않는 증거로 삼는다는 듯합니다. 저도 들은 이야기입니다만."

무녀님은 자세히 아시리라 생각합니다, 하고 노엘은 덧붙였다.

"그러면 노엘. 요컨대 그 《성환의 의식》을 끝내면 미아를 포함한 《조율자》는 전원이 진짜 의미로 해임된다는 거야?"

"요점은 그렇습니다. 적어도 앞으로 《연방 정부》가 전 《조율자》 여러분께 재앙의 해결을 요청하는 일은 없어지겠죠. ……조금 전에는 그와 모순되는 의뢰를 드려서 대단히 송구스럽습니다만."

요컨대 《연방 정부》는 《조율자》를 해임하기 위해 《성환의 의식》의 개최를 예정했음에도 불구하고 그 타이밍에 고관 살해라는 《미지의 위기》가 발생해버린 것이다. 참으로 타이밍이 안 좋은 이야기인데 그 덤터기를 쓴 게 시에스타와 나기사인 모양이었다.

"무슨 이야기인지 알았어. 나중에 두 사람에게도 전해둘게."

식전에 초대받은 것도 메인은 어디까지나 탐정 두 사람이다. 조수에 불과한 나는 그녀들의 판단을 존중해야 했다.

──다만 그렇더라도.

"노엘, 다시 한번 약속해주지 않겠어?"

나는 그렇게 말하며 이 세계를 지휘하는 정부 고관에게 머리를 숙였다.

"시에스타와 나기사가 《미지의 위기》를 해결하고 《성환의 의식》을 무사히 끝마친다면 이번에야말로 두 사람을 완전히 《조율자》의 사명으로부터 해방해줬으면 해."

바닥을 보고 눈을 감으며 나는 《연방 정부》에 그렇게 의뢰했다.

"예, 약속드리겠습니다."

바로 되돌아온 그 말에 나는 눈을 떴다.

"그런데 어째서 키미히코 님이 그렇게까지 하시는지요."

간단한 이야기였다. 나는 고개를 들고 노엘에게 말했다.

"내 소원은——."

◆ **천 개의 세계와 한 가지 소원**

"조수, 두고 간다?"

해가 완전히 진 산길. 돌계단을 앞서 걷던 시에스타가 상반신만 돌려서 나를 힐끗 보았다.

정부 고관 노엘 드 루프와이즈와의 회담을 끝내고 약 두 시간 뒤. 탐정들과 합류한 나는 지금 어째서인지 부지런히 야밤에 하이킹을 하고 있었다. 최근에 운동 부족이어서 하반신에 꽤 부담이 컸다.

"애초에 왜 이런 상황이 된 거지?"

"왜냐면 새해 참배 가기로 약속했었잖아."

그렇게 입에 담은 시에스타는 하얀색 바탕의 후리소데를 입고 있었다. 은백색 머리에는 언제나 달고 다니는 머리핀 대신 비녀가 꽂혀 있다.

그 말대로 어젯밤에 우리는 탐정사무소에서 새해 참배 계획을 세우고 있었다. 《연방 정부》의 예기치 못한 소환으로 일정에 변경이 있기는 했지만 지금 우리는 처음 목적대로 천 개의 기둥문을 지난 곳에 있는 사당으로 향하는 중이었다.

"이렇게까지 본격적인 건 상정하지 않았지만 말이지."

그저 참배할 뿐이라면 더 가까운 곳에 으리으리한 배전도 있었다. 그러나 시에스타는 "그러면 시시하잖아." 하고 산을 오르기 시작했다. 겨울의 추위를 아랑곳하지 않고 후리소데 차림으로.

"나를 평범한 여자로 만들지 마."

"평범한 여자가 할 소리가 아닌데."

시에스타는 슬쩍 웃은 뒤 다시 앞을 보고 걷기 시작했다.

"그나저나 여기 꽤 으스스한데."

신성한 장소란 건 알고 있지만 무수히 많은 기둥문과 여우상이 심상치 않은 분위기를 자아내고 있었다. 낮이었다면 인상도 좀 더 달랐겠지만.

"가끔 그런 이야기가 있어. 기둥문은 현세와 내세를 잇는 문이 아니냐는."

시에스타가 입에 담은 두 개의 단어가 머릿속에서 바로 이해가 되지 않았다.

"이 세상과 저세상 말이야. 기둥문 너머는 사후세계로 이어져 있는 게 아니냐는 것."

"그만해. 호러엔 약하다고."

……그리고 시에스타의 입으로 그런 이야기는 그다지 듣고 싶지 않았다.

내 표정을 읽었는지 시에스타는 "미안." 하고 쓴웃음을 지었다.

"사후세계가 아니라 판타지스러운 이세계였을지도. 기둥문의 개수만큼 어딘가 다른 세계로 이어져 있는 거야."

"동화책 세계 같네. 어릴 적이었으면 재미있었을 텐데."

그런 대화를 나누고 있을 때 배후에서 찰팍거리는 발소리가 다가왔다.

"너희 좀! 두고 가지 말랬잖아!"

돌아보니 그곳에는 울상과 분노가 반반 섞인 얼굴의 나기사가 있었다. 나기사의 복장도 후리소데로 발은 조리였다. 내가 느긋하게 걷고 있어도 자연스럽게 거리가 벌어지고 말았다.

"벌써 쓸렸잖아."

겨우겨우 우리를 따라잡은 나기사는 발가락 사이를 매만지며 탄식했다.

아무래도 이대로 걷는 건 힘들어 보였다. 하는 수 없이 나는 나기사에게 등을 내밀었다. 여기서라면 남의 시선을 신경 쓸 필요는 없었다.

"어? 업어주게?"

"3분 정도라면 아슬아슬하게 버틸 수 있어."

"믿음직하지 못한 히어로네."

나기사는 웃으면서도 내 등에 올랐다.

전해져 오는 체온과 부드러운 감촉. 나는 나기사를 업은 채 천천히 걷기 시작했다.

"…………."

그런 우리를 보고 뭔가 하고 싶은 말이 있는 듯한 표정의 인물이 한 명 있었다.

"왜 그래, 시에스타. 안 가?"

"……딱히 상관은 없는데."

질문과는 미묘하게 들어맞지 않는 대답을 하며 새침하게 홀로 앞을 보고 걷는 시에스타. 그 등은 살짝 처진 것처럼 보였다.

"저런 귀여운 구석이 있지? 시에스타."

나기사가 내 귓가에 대고 쓴웃음을 지었다. 나는 입 밖에는 내지 않고 슬쩍 동의했다.

그 뒤로도 우리는 중간중간 휴식하며 끝없이 이어지는 기둥문을 지나 이윽고 마침내 목적지에 도착했다. 작은 사당에도 기둥문이 있었다. 그것들을 달빛이 환상적으로 비추었다. 그리고 훤히 트인 그 장소에서는 아래로 거리의 풍경을 내다볼 수 있었다.

"역시 무리해서라도 올라온 보람이 있었어."

머리카락을 귀 뒤로 넘긴 시에스타는 전망을 보며 눈을 좁혔다.

"뭔가 업혀서 온 게 이제 와서 부끄러워졌어……."

그리고 나기사도 기어드는 목소리로 말하며 시에스타 옆에 섰다.

조금 높은 산의 별하늘 아래. 라이트에 비친 기둥문에 후리소데 차림의 두 사람.

나는 그 신비로운 경치를 조금 떨어진 위치에서 바라보았다.

……아니, 경치가 아니다. 두 사람이다. 임시적인 입장이라고는 해도 《명탐정》의 일을 받고 돌아온 두 사람의 등을 나는 뒤에서 바라보고 있었다.

그렇게 잠시 뒤에 말이 없는 나를 의아하게 생각했는지 나기사와 시에스타가 거의 동시에 돌아보았다. 나는 아무것도 아니라는 듯이 고개를 내저었다.

"둘 다 《성환의 의식》에는 참가하지?"

이곳에 오는 중에 나는 노엘에게 들었던 이야기를 두 사람에게도 전했었다. 뭐, 두 사람도 《조율자》 대행의 수속을 하는 사이에 그 설명도 들은 모양이었지만.

"응, 무도회가 있다며? 드레스 입는 거 기대되네~."

나기사가 그렇게 말하자 시에스타도.

"식전에는 만찬회도 있는 모양이니까. 물론 가야지."

"참가 이유가 목적과 전혀 관계가 없는데."

당연히 어디까지나 메인 이벤트는 노엘이 말한 대로 《원전》을 불태우는 의식이겠지만 무도회와 만찬회 등의 초대객을 위한 행사도 있는 모양이었다. 《대재앙》 종식을 축하하는 식전이라는 의미도 큰 거겠지.

"그 전에 《미지의 위기》도 해결해야 하지만 말이야."

"응. 앞으로 2주일인가. 바빠지겠어."

시에스타는 작게 심호흡을 했고 나기사는 쭉 기지개를 켰다.

평화가 달성되었음을 의미하는 《성환의 의식》이 2주일 뒤라면 그전에 위협이 될 《미지의 위기》를 해결하는 게 가장 좋을 것이다. 노엘에게는 뭔가 진척이 있으면 그때그때 이쪽에서 연락하겠다는 약속을 했다.

다만 정말로 가능한 걸까. 고작 2주 사이에 《미지의 위기》를 해결하는 것이. 한때 《명탐정》이 임했던 《세계의 위기》는 하나같이 수년간의 싸움이 필요했고 많은 희생을 동반했다. 그리고 지금의 탐정은 오랫동안 세계와 관련된 일을 해오지 않았다. 그 공백기를 고작 2주 사이에 메꿀 수 있는 걸까.

"저 불빛 하나하나에 사람이 있는 거지?"

불현듯 나기사가 먼 곳의 경치를 바라보며 말했다.

"사람이란 모두 살다 보면 괴로운 일도 슬픈 일도, 이제 내일 따윈 오지 말라며 밤중에 소리치고 싶어지는 일이 반드시 있지만…… 그래도 나는 그런 사람에게 손을 내밀어줄 수 있는 사람이 되고 싶어."

자신도 옛날에 그런 식으로 구원받았으니까, 하고 나기사는 과거를 회상했다.

"응, 우리가 해내자. 사람을 구하고, 거리를 구하고, 도시를 구하고, 나라를 구하고, 그렇게 해서—— 언젠가 또 세계까지도."

그리고 시에스타도 앞선 미래를 바라보듯이 그렇게 선언했다.

공기가 맑은 겨울의 저녁 산. 거리의 불빛을 바라보는 그녀들의 실루엣이 기둥문을 비추는 라이트에 의해 흐릿하게 어둠 속에 떠올랐다.

"그런 건가."

그때와는 다르다. 옛날과는 다르다.

지금은 이 자리에 두 사람이 있다.

어른이 된 탐정 두 사람이 이 자리에 살아 있다. ──그렇다면 분명.

그로부터 우리는 늦은 새해 참배를 했다. 기둥문 앞에 마련된 새전함에 동전을 넣고 신 앞에서 인사 두 번과 박수 두 번. 그대로 합장하며 신에게 빈다.

힘든 일이나 바라는 일. 뭐든지 좋으니 도와달라고 비는 일, 옛날에는 단 하나── 영원한 잠에 빠진 시에스타를 언젠가 깨우고 싶다는 것만을 바랐다.

그런 금기를 이루기 위해 우리는 눈부신 여행에 나섰다. 많은 대가를 치르면서도 세계를 뒤흔든 《대재앙》을 극복했고 기적은 일어났다. 잠든 탐정은 눈을 떴고 우리 곁에 돌아왔다.

그렇게 우리는 손에 넣었다. 이제는 세계가 《조율자》를 필요로 하지 않을 정도로 평화로운 나날을. 우리는 승리했을 터였다. 모든 세계의 위기와 불합리에. 그러므로 지금의 나에게 뭔가 소원이 있다고 한다면 그건 오직 한 가지뿐이었다.

『세계를 구한 탐정이 앞으로는 평온하고 행복한 일상을 보낼 수 있길.』

노엘에게 마지막에 했던 말을 이번에는 입 밖에는 내지 않고 신에게 빌었다.

◆ 철창 속의 파수견

"기다렸지?"

교토에서 돌아온 다음 날.

역 앞에서 손목시계를 보고 있던 내 목덜미에 총구가 철컥 겨누어졌다.

물론 그건 오해고 돌아보니 약속 상대인 시에스타가 손가락으로 총 모양을 하고 있었다. 임시로 《명탐정》으로 복직한 그녀도 아직 애용하는 머스킷총은 되찾지 않은 상태였다.

"낯선 차림인데."

지금부터 어떤 용무로 이동할 예정인데 시에스타는 평소의 원피스나 어제 입은 후리소데 같은 게 아닌 사복 차림이었다.

낙낙한 청바지에 상의는 무늬가 있는 블루종. 거기에 모자를 쓴 모습은 보이쉬하다고 할까 스트리트 스타일이라고 할까. 아무튼 평소와는 다른 분위기의 시에스타를 나도 모르게 관찰해 버렸다.

"그렇게 여자를 빤히 보면 체포될 거야, 보통은."

싸늘한 눈으로 나를 바라본 시에스타는 마찬가지로 싸늘한 숨을 내쉬었다.

"보통은 체포된다는 건 이번에는 괜찮다는 거?"

"날 보고 있는 거라면 말이지."

시에스타는 태연히 그렇게 말하고는 챙이 있는 모자를 고쳐 썼다.

"평소 입던 옷은 어쨌어."

"오늘은 나기사와 쇼핑 갔을 때 샀던 옷을 입고 싶었거든."

"나 그때 안 불렀잖아."

"왜 당연하다는 듯이 여자들 사이에 끼려는 거야?"

"둘이 사이좋아 보이니 잘됐네."

시에스타와 나기사의 관계는 업무 동료인 이상으로 둘도 없는 친구 사이였다.

한때 비극적으로 헤어졌던 두 사람은 이제야 그 시절의 친구 사이로 돌아와 있었다.

"다른 사람이 골라준 옷이라 개인적으로는 조금 위화감이 있지만."

시에스타는 그렇게 말하면서도 기쁜 듯이 자신의 코디를 보았다.

──조금 변했군, 하고 생각했다.

어느 시절과 비교하는 게 타당한 건지는 알 수 없지만 적어도 처음 만났을 때나 함께 여행했을 시절보다 시에스타는 확연하게 부드러워졌다. 웃게 되었다.

물론 예전의 금욕적으로 보일 정도였던 초연함이야말로 시에스타의 아이덴티티이기도 했겠지만 나는 시에스타가 좀 더 사사로운 감정에 휘둘리는 사람으로 있었으면 했다. 그래서 지금 의 시에스타를 나는.

"갈까."

생각에 잠겨 있던 내 쪽으로 하얀 왼손이 내밀어졌다.

이 손만큼은 변함이 없었다.

상공 1만 미터에서도, 땅을 밟고 선 지금의 거리감에서도.

그로부터 나와 시에스타가 택시를 타고 찾아간 곳은 교도소였 다.

교도소란 건 물론 그 교도소인데…… 딱히 내가 범죄를 저질 러서 지금부터 이곳에 수용되는 건 아니었다. 오늘은 이곳에 수 감되어 있는 어떤 인물을 만나러 왔다.

"그건 그렇고 정말로 만날 수 있어? 지금까지는 놀랄 정도로 순조로운데."

안내인인 교도관의 뒤를 따라 걸으며 나는 옆에 있는 시에스 타에게 말을 붙였다.

목적의 인물과는 지금까지도 몇 번이나 만나려고 했지만 한 번도 면회 신청이 통과된 적이 없었다.

"응, 이것만 있으면 확실해."

시에스타가 잠시 보여준 건《조율자》임을 증명하는 수첩이었 다. 어제《연방 정부》로부터 정식으로 지급된 것이다.

"……그렇군. 그러면 1년 만인걸."

그렇게 우리는 계단을 계속해서 내려가 지하의 최심부에 있는 완전히 밀폐된 강철 방에 도착했다.

　이어서 두꺼운 셔터가 육중한 소리를 내며 옆으로 열렸고——
이윽고 감옥 안에 있던 사람 그림자가 모습을 드러냈다. 그곳에
는 신마저 죽일 듯한 눈매의 여자가 턱을 괴고 앉아 있었다.

　면회 시간은 15분, 교도관은 그 말을 남기고 자리를 떴다.

　뒤이어 나는 심호흡을 하고 철창 속에 있는 그녀의 이름을 불
렀다.

　"오랜만입니다, 후우비 씨."

◆ 각자의 정의가 있었기에

　"이거 오랜만이군, 빌어먹을 꼬맹이. 너도 슬슬 잡혔나."

　먹이를 사냥하는 짐승 같은 눈이 번뜩이며 나를 보았다. 그 붉
은 머리 색은 정의의 칼날로 심판한 죄인의 혈흔일까. 그런 그
녀에게는 몇 가지 '전' 이 붙는 직함이 있었다.

　예로 들자면 전 경찰관, 그리고 전 《암살자》——카세 후우비.

　지금은 범죄자로서 이곳에 수감된 그녀를 나와 시에스타는 만
나러 왔다.

　"잡혀서 온 게 아니에요."

　매번 기대에 부응해드리지 못해서 죄송하네요, 하고 어설프
게 머리를 숙였다.

　그러자 후우비 씨는 눈을 가늘게 뜨더니 입으로만 웃어 보였다.

그 시절과는 입장과 상황이 변했음에도 변함없는 그녀가 그곳에 있었다.

"후우비, 당신은 지금 어떻게 지내?"

시에스타가 후우비 씨의 생활에 대해 묻자 "어떻게 지내긴." 하고 그녀는 코웃음 치듯이 일축했다.

"교도작업도 면제된 덕분에 몸을 단련하는 것밖에 할 일이 없어."

살기의 정체는 그거였나. 듣고 보니 후우비 씨의 몸은 옛날과 비교해서 야위었다기보다도 굳건해진 것처럼 보였다. 옷 아래의 복근은 인체의 구조를 넘은 숫자로 갈라져 있지 않을까.

"그건 그렇고 그쪽을 본처로 고른 건가."

후우비 씨는 시에스타를 힐끗 본 뒤에 나에게 그렇게 말을 붙였다.

"딱히 그런 건 아니에요. 나기사는 지금 잠시 다른 일을 처리하고 있을 뿐입니다."

"나는 그 애의 이름을 꺼낸 적 없는데?"

……터무니없이 간단한 덫에 걸리고 말았다.

"그래서? 무슨 용건으로 이런 시궁창에 왔지?"

후우비 씨는 길게 자라난 머리카락을 쓸어올리며 우리의 방문 목적을 물었다.

"그게 실은……."

그렇게 나는 어제 노엘에게 들었던 《연방 정부》 고관 살해 사건에 대해서 후우비 씨에게 설명했다. 그리고 시에스타도 종이

자료 몇 장을 가방에서 꺼내 창살 틈으로 내밀었다. 그건 오늘 아침이 되어 《연방 정부》가 추가로 보내온 《미지의 위기》에 관한 보고서의 사본이었다.

"왜 이 이야기를 나에게?"

개요를 대충 이해한 후우비 씨는 우리를 가늘게 뜬 눈으로 날카롭게 바라보았다.

"이번 사건도 내 소행이라고 생각했나?"

그 물음에 나는 바로 대답할 수가 없었다.

십수 초가량의 침묵이 흘렀다.

"안됐다고 할지, 아무리 나라도 감방 안에서 사람을 죽이지는 못해."

정적을 깬 건 카세 후우비 본인이었다.

"한때 비슷한 사건을 일으킨 인간으로서, 또는 전 경찰관으로서 내가 뭔가 힌트를 주지 않을지 기대한 걸지도 모르겠지만 잘못 짚었어. 이걸로는 정보가 너무 적어."

──역시 그런가. 후우비 씨는 우리가 건넨 자료를 도로 넘겼다. 실은 그 종이에는 온갖 부분이 검게 칠해져 있었다. 전부 《연방 정부》에 검열된 흔적이었다.

"정부 고관이 살해당한 장소도 기밀 사항이라 밝히지 못하나 봐."

시에스타는 돌려받은 자료를 넘기며 작게 한숨을 내쉬었다.

사건의 발생 장소, 발생 일시, 피해자 고관의 코드네임 등, 온갖 정보가 검열 대상. 아는 건 기껏 해봐야 이미 살해당한 고관이 열세 명에 이른다는 것뿐이었다.

세계를 이면에서 지배하는 《연방 정부》가 정보 통제를 하는 의미는 이해할 수 있다. 그렇지만 시에스타와 나기사에게 《명탐정》의 직무를 대행시켜서까지 《미지의 위기》를 조사시킨다면 조금은 더 협력하는 자세를 보여도 괜찮을 터였다.

"마치 진심으로 조사시킬 생각이 없는 것 같아."

나는 내심 조금 분개를 느끼면서 어제 일을 떠올렸다. 노엘만큼은 지금까지 상대한 인간들과는 다르게 말이 통하는 고관이라고 생각했는데.

"도움이 못 돼서 유감인걸. 용건은 그것뿐이야?"

후우비 씨는 나른하게 기지개를 켜고는 안쪽으로 돌아가려고 했다.

"아니, 우리가 이곳에 온 이유는 그 밖에도 있어요."

내가 그렇게 제지하자 후우비 씨는 뭔가 말을 하려다가 말고 그 자리에 머물렀다.

"나는 그저 후우비 씨를 만나고 싶었어요."

줄곧 걱정은 하고 있었다.

그렇게 전하자 그녀는 감정을 읽을 수 없는 눈빛으로 나를 지그시 바라보았다.

후우비 씨가 체포된 건 대략 1년 전, 그 《대재앙》이 종식된 직후였다.

세계가 항구적인 평화를 손에 넣음으로써 《연방 정부》는 《조율자》라는 시스템의 해체를 결정했다. 한편으로 그때까지 정

의의 《암살자》로서 온갖 어둠에 손을 물들여온 카세 후우비는 《조율자》라는 특권적 지위를 잃은 직후에 투옥이 결정되었다.

죄목은 간단히 말하면 국가 반역죄. 《연방 정부》의 고관 한 명을 살해했다는 명목이었지만 그 진상은 알 수 없다. 뭐가 되었든 상부의 인간들은 《암살자》 카세 후우비라는 처치 곤란한 정의를 위험 인자로 판단했다.

"납득하고 있어?"

그렇게 물은 건 시에스타였다.

정부의 판단으로 지금 자신이 수감된 것에 납득했는지를.

"테러리스트란 시대에 따라선 역사에 이름을 남기는 혁명가지."

흔한 말이잖아, 하고 후우비 씨는 이쪽을 보았다.

"나한테 일어난 일도 그와 비슷한 것이거나 그 반대에 지나지 않아. 《암살자》의 사명을 짊어진 그날부터 언젠가 이렇게 되리란 건 각오하고 있었어."

그렇게 이야기하는 후우비 씨는 어딘가 미련을 털어낸 듯한 홀가분한 표정으로 보였다.

"이래 봬도 내 본직은 경찰관이야. 지금 이 세계가 평화롭고 시민이 행복하다면 그걸로 충분해."

바라던 바라며 후우비 씨는 부드러운 표정을 지었다.

"하지만 후우비 씨가 전에 말하지 않았습니까. 위로 올라가고 싶다고요."

당시에 그 말을 들었을 때는 후우비 씨가 경찰관으로서 출세

하고 싶어 하는 거라고 생각했다. 하지만 나중이 되어 생각해보면 그 말의 진의는——.

"키미즈카."

후우비 씨가 내 이름을 부르는 건 좀처럼 없는 일이었다. 이어서 그녀는 조용히 고개를 내저었다.

"나는 이미 답을 얻었어. 그 답을 얻기 위해 경찰관이 되었지. 그래서 이미 충분히 만족하고 있어. 이 평화로운 세계에."

그러고 보니 언제 적 일이었을까. 이전에 나는 후우비 씨가 어째서 경찰관이 되려고 했는지를 들은 기억이 있었다. 1년 전이었던가? 《대재앙》이 일어나기 직전? ……어떤 이야기였더라. 분명 중요한 이야기였을 텐데.

"그건 그렇고 나를 이곳에 처넣은 놈들을 지금 미지의 적이 죽이고 돌아다니고 있나. 과연, 평화롭고 좋은 세계가 맞는걸."

뒤이어 후우비 씨는 일부러 악독한 얼굴을 보여주듯이 슬쩍 웃었다.

하지만 그녀는 아니라고 했다. 자신은 이 사건과 무관계하다고.

나는 그 말을 믿었다. 믿을 수밖에 없었다.

"뭔가 소란스러운데."

그때 불현듯 후우비 씨가 천장을 올려다보았다.

시에스타도 뭔가를 느꼈는지 귀를 기울여 보았다. 지하 감옥의 위, 아마도 일반 죄수들이 수감된 곳에서 무슨 일이 일어나고 있는 건가?

"네 체질도 여전한걸."

"아무리 그래도 우연이죠."

적어도 우연이었으면 좋겠다. 나는 시에스타와 얼굴을 마주 본 뒤 발길을 돌렸다. 탐정과 조수가 있으면서 사건이나 트러블을 그냥 지나칠 수도 없었다.

"당신은 잘못되지 않았어."

가던 중에 시에스타가 잠시 걸음을 멈추고 그렇게 말했다.

"《암살자》 카세 후우비의 정의도 잘못되지 않았어."

시에스타의 표정도, 그런 말을 들은 후우비 씨의 표정도 나에게는 보이지 않았다.

그렇지만 탐정의 그 말이 옳다는 것만큼은 나도 알 수 있었다.

◆ 7년 만에 본 그 등은

"……뭐지 이건."

지하에서 계단을 올라 문을 연 순간, 눈앞의 광경에 나도 모르게 걸음이 멈췄다.

복층 구조의 교도소. 그곳의 무수한 철창이 열린 채 안에서 죄수들이 뛰쳐나오고 있었다. 1층도 2층도 3층도. 캣워크 같은 통로와 복도를 칙칙한 색의 죄수복을 입은 남자들이 달려 나갔다.

"조수, 숨자."

시에스타의 말에 빈 철창 안에서 사태를 주시했다. 우선 확실한 건 죄인들은 결코 간수로부터 도망치고 있는 게 아니라는 점이었다. 왜냐하면 간수도 도망치고 있었기 때문이다.

——누구에게서? 그것도 뻔했다.

저 지네처럼 움직이는 사복검을 휘두르며 날뛰고 있는 거한에게서다.

"어디냐! 그 녀석은 어디 있지?!"

거한은 그렇게 소리치며 그 기묘한 무기를 닥치는 대로 휘둘렀다.

자유자재로 신축하며 꿈틀거리는 검은 2미터로도 3미터로도 뻗어 나가며 철창을 가르고 돌벽을 파괴했다. 그 굽이치는 듯한 형태의 무기는 마치.

"——촉수."

깨닫고 보니 나는 그런 단어를 입 밖에 내고 있었다.

"조수, 자세히 봐봐. 달라."

그러자 시에스타가 지금은 아직 멀리 떨어진 거리에 있는 적을 가리켰다.

사복검은 귀에서 자라난 것도, 어깨에서 뻗어 나온 것도 아니었다. 옷소매에 가려져 있기는 하지만 아마도 평범하게 무기로서 오른손으로 쥐고 있는 듯했다.

어제 그런 이야기를 《연방 정부》로부터 들은 참이었기 때문일까. 그만 과거에 체험한 그 광경과 연관 짓고 말았다.

"그러면 저자가 고관 살해범인 것도 아닌 건가?"

"그렇게 보여. 전혀 관계가 없다고 단언할 수도 없지만."

그렇다면 우연히 이 타이밍에서 저런 상대와 마주친 것에 지나지 않은 건가……?

"그래도 마침 잘됐긴 해."

이어서 시에스타는 어딘가 들뜬 것처럼도 들리는 목소리도 말했다.

"그때와 조금 비슷하니까. 복귀전으로는 딱 좋아."

문득 옆을 보니 어느 사이엔가 시에스타가 평소의 원피스를 몸에 걸치고 있었다.

"모처럼의 변신 신을 적당히 넘기지 마. 내 허락받고 옷 갈아입으라고."

"오랜만에 듣는 개그인걸? 이 이상 개그 실력이 떨어지면 해산할까 했는데."

"비즈니스 파트너의 의미가 너무 광범위하잖아. ……그보다도 시에스타, 적의 움직임은 어떻게 막을 건데."

"우선은 먼저 저 묘한 사복검을 봉쇄하고 싶은데……."

뒤에 이어질 말은 예상이 되었다. 저걸 막을 무기가 우리에게는 없었다.

시에스타가 《명탐정》의 일을 대행하는 지금은 원래라면 당당하게 무기를 소지하는 것도 용인된다. 그러나 이곳은 교도소. 후우비 씨와의 면회에 총의 소지는 인정되지 않았다.

"조수, 이쪽으로."

우리는 조금씩 적에게 다가가며 전황을 살폈다.

여전히 죄수들이 고함을 내지르며 도망 다니고 있었다. 하지만 사복검의 남자는 그런 도망치는 군중을 필요 이상으로 뒤쫓지는 않았다.

"닥치는 대로 공격하는 건 아닌가."

무차별적인 살육이 아닌 이상 범인에게는 명확한 목적이 있을 터였다.

"대단히 좋은 아이디어가 떠올랐어."

그때 시에스타가 뭔가 번뜩였는지 손뼉을 쳤다.

"역시 탐정이야. 믿음직한걸. 구체적으로 무슨 방법인데?"

"우선 네가 저 사복검을 끌어안아 남자의 움직임을 멈춰 세우는 거야. 그러면 그 틈에 내가 다가가서 적의 배에 펀치를 먹이는 거지."

"두 번 다시 명탐정이라고 하지 마라."

지난 1년 사이에 감이 너무 떨어졌잖아.

아니, 옛날부터 대체로 이런 느낌이었던가?

"진지하게 생각하면 범인의 목적을 듣는 게 최우선이겠지."

"처음부터 진지하게 생각해줬으면 했다만 그 의견에는 동감이야."

어째서 저자는 교도소에 침입해서 저런 무기를 휘두르고 있는 건지.

그러나 그 답은 직후에 본인의 입으로 직접 들을 수 있었다.

"내 여동생을 살해한 그 녀석은 용서할 수 없다. 내가 이 손으로 저세상에 보내버리겠다."

……그래, 그것도 어디선가 들었던 이야기였다. 옛날에 우리

가 싸웠던 《인조인간》 박쥐. 지상 1만 미터에서 뱀처럼 움직이는 촉수를 휘둘렀던 그 녀석의 모습이 떠올랐다.

뭐가 되었던 저 범인의 목적은——복수. 그래서 관계없는 죄수들에게는 눈길도 주지 않고 자신의 원수만을 찾고 있는 거겠지.

그런 거라면. 시에스타와 시선을 교환한 뒤, 나는 간수가 도망칠 때 떨어트린 교도관 모자를 주워서 썼다. 옷까지 갈아입을 여유는 없었지만 양복 차림이라면 눈속임은 가능한가.

"너는 특징 없는 얼굴이니까. 변장하는 데 최적이야."

"두고 보자. 징벌방에서 두 시간 동안 간지럽혀주마."

그렇게 간수로 변장한 나는 무기를 휘두르는 거한에게 다가갔다.

이윽고 나를 깨달은 거한이 이쪽의 행동을 살피듯이 눈을 가늘게 떴다.

나는 가볍게 숨을 들이마시고 남자에게 이렇게 말했다.

"당신이 찾는 인물이라면 이곳엔 없어."

사복검의 움직임이 일단 허공에서 멈췄다.

하지만 사냥감을 찾는 남자의 안광은 오로지 나에게 쏟아졌다.

"아니 이곳에 수감되어 있는 게 맞다. 10년 전부터 변함없이 이곳에."

"그래, 당신은 조금 늦은 거야."

나는 마른 입으로 이렇게 대답했다.

"그자는 1개월 전에 옥중에서 병사했어."

사복검 남자의 짐승 같은 눈이 부릅떠졌다.

"그러니 이미 당신의 적은 이 세상 어디에도 없어. 그 무기로 원수를 갚는 건 불가능해."

물론 거짓말이었다. 그래서 입으로는 그렇게 말하면서도 속으로는 사복검 남자의 표적이 된 범인에게 이렇게 빌었다. 부탁이니 이미 도망쳤기를. 적어도 자신이 범인이라며 튀어나오는 명청한 짓은 하지 말아 달라고.

그렇게 포커페이스를 유지한 채 나는 심판을 기다렸다.

"거짓말이로군."

몇 미터 앞에서 사복검 남자의 눈에 어두운 빛이 맺혔다.

"근거가 있는 건 아니지만 원수가 확실하게 근처에 있다는 걸 느끼는 감각은 특별한 능력이 없더라도 알 수 있는 법이다. 말로 속일 수 있는 게 아니야."

다음 순간, 허공에서 맴돌던 사복검의 칼끝이 내 쪽으로 날아들었다.

"······칫, 나까지 적으로 인식한 거냐고."

그러나 그 공격이 나에게 다다르기 직전에 무언가가 적의 무기에 충돌하며 궤도를 비틀었다.

"응, 역시 《인조인간》 같은 게 아닌 것 같아."

시에스타였다. 들고 있던 볼펜을 창처럼 던져서 적의 공격을 막은 것이다.

"저 사복검은 신체의 일부가 아니야. 흉악한 기계식 무기일

뿐이지."

"그런 것 같은데. 다만 상대도 많이 화난 모양이야."

적은 우리를 노려보더니 오른손에 쥔 무기를 채찍처럼 단번에 사출했다.

"조수!"

시에스타가 나를 안고 그 자리에서 뛰어올랐다. 사복검이 방금까지 우리가 있던 콘크리트 바닥을 크게 후벼팠다. 저 공격에 맞으면 잠시도 버티지 못할 것이다.

"좀 전에 그거 나쁘지 않은 작전이었는데 말이야."

"그래, 하지만 조금 안이했어. 인간이 그리 간단히 숙원을 포기할 리도 없나."

우리는 대화를 나누면서도 동시에 적의 공격을 계속해서 피했다.

다만 나는 시에스타에게 안긴 채 몸을 내맡긴 상태였다. 어른이 되어서 조금은 성장했다고는 해도 이것만큼은 어쩔 수 없다. 적재적소란 거다.

"뭔가 좀 그리운 기분인걸."

시에스타가 속삭였다.

"7년 전에도 이랬어."

그래, 그랬지.

시에스타와 처음 만난 지상 1만 미터의 하늘 위.

그곳에서 나는 이 세상에 강대한 적이 있음을 알게 됨과 동시에 그 적과 싸우는 위대한 탐정이 있다는 것을 알았다. 다만 생각해보면 그때도 우리는 적의 뱀처럼 움직이는 공격에 고전했었는데 시에스타는 그때도 지금처럼 이렇게 말했다.

"적어도 무기가 있었다면."

하지만 공교롭게도 7년 전과는 다르게 오늘의 나는 서류 가방을 들고 있지 않았다.

"그래도 아까까지 해서 시간은 어느 정도 벌었나."

"응, 이미 저기까지 와줬어."

한 지점에 도착한 시에스타는 나를 내려놓으며 움직임을 멈췄다.

그리고 또다시 육박해오는 사복검. 아직 포기한 건 아니었다.

탐정은 이미 모든 준비를 끝내고 이 자리에 있었다.

"시에스타! 받아!"

나츠나기 나기사가 위층에서 던진 머스킷총이 시에스타의 손안에 들어왔다.

그게 나기사가 오늘 맡은 일이었다. 모든 준비를 완료한 건 이무기를 전《검은 옷》에게 수령하러 갔었던 또 한 명의 탐정도 마찬가지였다.

"나기사, 최고의 일 처리야."

그리고 한 발의 총탄이 모든 것을 끝냈다.

그 커다란 등은 지금 다시 《명탐정》이 돌아왔다는 증명처럼 보였다.

◆이 이야기를 끝내기 위해 할 수 있는 일

──다음 날. 시로가네 탐정사무소에는 손님, 노엘 드 루프와 이즈가 방문해 있었다.

어젯밤에 고관 살해 사건에 대해 진전이 있었다는 연락을 하자 뜻밖에도 그녀가 몸소 이 사무소를 찾아온 것이다.

"그러면 바로 이야기를 들어볼 수 있을까요? 《미지의 위기》에 대해 새롭게 알게 된 것이란 건⋯⋯."

시에스타와 나기사가 나란히 앉은 소파의 맞은편에서 노엘이 진지한 표정으로 그렇게 물었다. 나는 어쩌고 있냐면 그런 세 사람에게 차를 내고 있었다. 이것도 엄연한 조수의 일이었다.

"본론으로 들어가기 전에 노엘, 이쪽에서 먼저 한 가지 물어봐도 될까?"

나는 노엘의 앞에 홍차 잔을 내려놓으며 물었다.

"그 복장이 너무 신경 쓰이는데 그게 사복이야?"

"제 복장 말씀이신가요? 예, 여러분께 실례가 되지 않도록 맞춰 입고 왔습니다."

그렇게 말하는 노엘이 입고 있는 건 몹시 나풀나풀한 장식이 달린 검은 원피스였다. 소위 말하는 고딕 롤리타라는 걸까. 서양쪽 외모의 노엘은 마치 인형 같아서 패션 자체는 어울렸지만 왜 그렇게 한 거냐.

"그 나라에 가면 그 나라의 법을 따르라는 일본의 속담이 있지요? 저도 일본 전통 복장 이외의 패션 문화를 공부했습니다."

"어디서 배우면 그렇게 되는 건데. 서브컬처의 성지에라도 다녀왔어?"

"어제 갔었던 찻집에서 급사 여성분들이 모두 이러한 차림을."

"그건 그냥 컨셉 카페야. 들어간 가게가 특수한 거라고."

나 참, 메이드나 닌자가 되었을 가능성도 있었던 건가. 성실한 건 좋지만 언젠가 누군가에게 사기당하지 않을까 걱정도 된다.

"노엘, 저번에 만났을 때와는 다른 향수를 썼어?"

그때 돌연히 시에스타가 노엘의 냄새를 신경 썼다.

"향수는 쓰지 않았는데 이상하네요……."

노엘이 코로 자신의 체취를 맡았다. 작은 동물처럼 보이는 그녀를 바라보며 나도 의자를 가져와서 자리에 앉았다.

그럼 잡담은 이 정도로 하고 지금부터가 본론이다.

내가 헛기침을 하자 노엘도 이해했는지 재차 이렇게 질문했다.

"그러면. 고관 살해 사건에 어떠한 진전이 있으셨던 건지요?"

그 질문에 나는 시에스타, 나기사와 얼굴을 마주 보았다. 어제 교도소에서 그 사건이 있고 나서 우리 세 사람은 의논 끝에 한 가지 가설을 세웠었다.

"알았어. 근데 미리 말해두겠지만 진전이 있었던 건 사건 자체에 대해서가 아니야. 좀 더 근본적인 이야기지."

탐정들 대신 내가 그렇게 말하자 노엘은 의도를 이해하지 못한 것처럼 고개를 갸웃거렸다.

하지만 그건 이상하다. 그녀가 그걸 이해하지 못할 리가 없었으니까.

"이번에 그쪽 정부가 시에스타와 나기사에게 《명탐정》의 권한을 넘긴 건 사실 고관 살해 조사를 시키는 게 목적이 아니었지?"

그렇게 생각한 이유는 몇 가지가 있었다. 우선은 고관 살해 사건에 관한 상세한 정보로 보내온 자료의 사본. 검은 칠투성이인 그 정보로는 조사하고 싶어도 할 수가 없다. 사태가 절박하다고 하면서도 진지하게 의뢰할 생각이 있는 것 같지 않았다.

그리고 또 한 가지는—— 지나치게 타이밍이 좋았다는 점. 어제 우리가 후우비 씨와 만나기 위해 교도소를 방문한 타이밍에 마침 어딘가 《인조인간》을 연상케 하는 적과 조우했다. 또 타이밍 좋게 나기사가 근처에서 《검은 옷》에게 머스킷총을 수령했고 시에스타가 그걸로 적을 해치움으로써 과거의 《명탐정》처럼 일을 끝냈다.

……너무 작위적이었다. 그 사복검 남자가 《연방 정부》의 계획이라고까지는 생각하지 않지만 그 타이밍에 그러한 사건이 일어날 수 있다는 건 알고 있지 않았을까. 그리고 《연방 정부》는 우리에게 《조율자》의 수첩을 건네면 우선 그 권한으로 카세 후우비를 만나러 가리라고 추측했을 것이다. 따라서 《연방 정부》는 우리와 그 사복검 남자를 의도적으로 매칭시키는 게 가능했다.

"어째서 저희가 그러한 행동을 했다고 생각하시는 건지요?"

거기까지 설명했을 때 노엘이 그렇게 질문했다. 《연방 정부》가 우리에게 어제와 같은 싸움을 시킨 의도가 있다고 한다면 그게 어떠한 이유냐고.

"우리를 명실상부하게 《명탐정》으로 되돌려놓기 위해서지?"

시에스타는 "덕분에 마음가짐이 변했어." 하고 작게 한숨을 내쉬었다.

계획은 이러했다. 우선은 엊그제 《미지의 위기》라 칭한 다수의 고관 살해가 발생했다는 것을 전하면서 그 사건에는 한때 《명탐정》이 담당했던 《세계의 위기》가 관련되어있다는 식의 정보를 은연중에 드러냈다. 그렇게 함으로써 시에스타와 나기사가 반강제적으로 예전 사건의 뒤처리로써 조사 의뢰를 받아들이게 했다.

여기까지는 아직 시에스타도 나기사도 정부의 명을 받은 임시 《명탐정》으로서 직무를 대행하게 된 것에 지나지 않았다. 하지만 거기서 어제의 사건이 일어난다. 마치 어딘가 옛날에도 체험한 듯한 사건과 또다시 맞닥뜨리게 하고 그걸 해결하게 하여 탐정들에게 《명탐정》으로서의 본능과 감각을 되살리게 한다──그게 《연방 정부》의 목적이었다.

따라서 고관 살해 사건은 어디까지나 탐정들이 다시금 《명탐정》의 일에 흥미를 되찾게 하려는 미끼였다. 전부 날조였는지까지는 알 수 없지만 엊그제 노엘이 말했던 '촉수의 파편' 같은 노골적인 요소는 페이크가 아니었을까, 라는 게 시에스타의 의견이었다.

"……그러면 어째서 저희 《연방 정부》가 시에스타 님과 나기사 님을 《명탐정》으로 되돌려놓고 싶어 한다는 거지요? 무언가 그럴만한 이유가 있다는 말씀이신가요?"

"그걸 물어보기 위해 오늘 당신을 부른 거야."

나기사가 노엘에게 되물었다.

"고관 살해 사건의 조사 말고 우리에게 정말로 시키고 싶은 일이 뭐야? 앞으로 《명탐정》의 존재가 필요해질 일이 기다리고 있는 거지?"

나기사의, 아니, 우리 세 사람의 가설이 다시금 노엘에게 던져졌다.

불현듯 찾아온 침묵. 시에스타가 홍차 잔에 입을 대고 잔 받침에 내려놓는 소리만이 작게 울렸다. 공을 넘긴 우리는 그 공이 되돌아오기를 기다릴 수밖에 없었다.

"Corretto."
정답 이 라 네

이윽고 그런 대답을 돌려준 건 노엘이 아닌 제삼자였다.

사무소의 문을 열고 들어온 그 인물은 쓰고 있던 모자를 살짝 들어 올리며 하얀 수염이 두드러지는 입매로 웃어 보였다.

"──역시."

그렇게 납득한 것처럼 중얼거린 건 옆에 앉은 시에스타였다.

"왠지 당신이 배후에 있을 것 같았어요. 브루노 씨."

"모두 오랜만일세."

손님은 우리 세 사람을 보며 싱긋 웃었다.

전 《정보상》 브루노 베르몬드. 1년 전 그 《대재앙》 이후의 재회였다.

"어째서 브루노 씨가?"

한편으로 나기사는 시에스타와는 다르게 당혹스럽게 고개를 갸웃거렸다. 브루노는 대체 무슨 이유로 온 것이냐는 듯이.

　그 반응에 미소를 띤 늙은 신사는 지팡이로 짚으며 우리의 맞은편…… 즉 노엘의 옆에 앉더니 그 머리를 다정하게 쓰다듬었다.

　"손녀딸이 신세를 졌군."

　그리고 노엘도 살짝 표정을 풀고 그 손길을 받았다.

　"노엘이 브루노의 손녀? 하지만 성이……."

　노엘의 성은 코드네임이기도 한 루프와이즈다. 브루노의 성인 베르몬드와는 달랐다.

　"예. 실은 저는 베르몬드 가문의 양자였던 시기가 있었습니다."

　내 의문에 노엘은 한 번씩 브루노와 얼굴을 마주하며 설명을 보탰다.

　"사정이 있어서 지금은 다릅니다만 저는 오랜 기간 할아버님 밑에서 자랐습니다. 지금의 집으로 돌아온 건 1년 정도 전입니다."

　요컨대 노엘에게는 루프와이즈보다도 베르몬드라는 성으로 살아온 시간 쪽이 길다는 건가. 시에스타도 그 사실은 몰랐는지 작게 고개를 끄덕이며 두 사람을 바라보았다. 그나저나 이 타이밍에서 소개라.

　"나이 탓인지 슬슬 자네들에게도 내 보물을 자랑하고 싶어져서 말이네."

"……할아버님. 약주를 하셨는지요? 부끄러우니 그만해주세요."

언제나 침착하던 노엘이 입을 살짝 오물거렸다. 브루노는 그런 손녀딸을 보고 웃어 보인 뒤 이어서 시에스타에게 시선을 보냈다.

"그건 그렇고 자네는 내가 노엘의 배후에 있다는 걸 눈치챈 모양이던데."

브루노가 그렇게 묻자 시에스타는 "그냥 직감이었어요." 하고 대답했다.

"오늘의 노엘에게서는 당신의 냄새가 조금 났었거든요. 향수와 브랜디, 그리고 백 년을 여행한 바람의 냄새가."

시에스타가 그렇게 말하자 브루노는 순간 허를 찔린 것처럼 눈썹을 들었다가 이윽고 턱을 매만지며 웃었다.

"스스로는 잘 모르는 법이로군."

역시 야생의 케르베로스보다 후각이 좋은 명탐정다웠다.

"그래서 브루노. 이 자리에 왔다는 건 당신이 진상을 알려주려는 건가?"

나는 이야기를 다시 본론으로 되돌렸다. 《연방 정부》는 왜 이런 에두른 방법을 써서까지 시에스타와 나기사를 《명탐정》으로 되돌려 놓고 싶었던 건지. 노엘의 배후에 브루노가 있었다면 그걸 설명하는 건 그의 역할일 터였다.

"우선 첫 번째로 전제부터 이야기하겠네."

그러자 브루노는 진지한 표정으로 이야기를 시작했다.

"자네들이 조금 전에 말한 가설은 대부분 맞다네. 지난 며칠 간 자네들의 주위에서 일어난 일들은 두 탐정을 《조율자》로 되돌려놓는 데 필요한 절차였지. ——다만 《미지의 위기》에 관해서는 전부 날조가 아니었다네. 앞으로 이 세계에 실제로 일어날 위기지."

"그게 언제 일어나는 건지 정해져 있나요?"

나기사가 물었다. 전 《정보상》이라면 그것도 알고 있으리란 것처럼.

"《성환의 의식》 당일이라네."

……그렇게 나오는 건가. 《연방 정부》와 전 《조율자》, 그 밖의 요인들이 한자리에 모이는 기회. 이 세계를 위협하는 미지의 존재가 정말로 있다고 한다면 그날을 노리는 건 합리적인 판단일 것이다.

"《미지의 위기》란 새로운 적을 말하는 건가? 대체 그게 누구지?"

"어떤 성역에서 찾아오는 사자라네."

브루노는 눈을 가늘게 뜨며 살짝 낮춘 목소리로 말했다.

"그곳은 미지의 국가나 대륙, 혹은 미관측 위성이라고도 불리며 《연방 정부》가 유일하게 간섭하지 못하는 생크추어리지. 하지만 그들은 현대 과학으로는 해명할 수 없는 통신 수단을 써서 때때로 《연방 정부》에 일방적으로 접촉해온다네."

……아직 발견하지 못한 국가와 같은 것이 세계의 어딘가에 존재한다는 건가? 그렇지만 미관측 위성에 사는 생명체란 것도

《원초의 씨앗》이라는 존재를 알고 있는 지금이라면 부정할 수 없었다.

"우리는 그 관측 불가능한 영역을 《미답의 성역》^{어나더 에덴}이라 부르고 있다네."

거기까지 말한 브루노는 몇 번이나 작게 기침을 했다. 그러자 옆자리의 노엘이 "할아버님." 하고 그 등을 부드럽게 쓰다듬어 주었다.

"……저도 조금이지만 들어본 적이 있어요. 그 성역에 사는 사자는 지금까지 몇 번이나 이 세계에 공격적인 접촉을 꾀한 적이 있다는 걸."

시에스타가 손가락으로 턱을 짚으며 골똘히 생각했다.

"요컨대 이번에는 그 습격이 《성환의 의식》이 있는 날에 일어나려고 한다는 건가요? 당신들은 그것을 가리켜 《미지의 위기》라 부르고 있고?"

"그 말대로입니다, 시에스타 님."

기침하는 브루노 대신 노엘이 고개를 끄덕이며 말을 이었다.

"얼마 전에 저희 쪽으로 《미답의 성역》으로부터 일방적인 접촉이 있었습니다. 그에 따르면 곧 올 《성환의 의식》의 날에 저희를 습격하고 그때 대답을 듣겠다고 합니다."

"대답? 그 녀석들은 《연방 정부》와 뭔가 교섭이라도 하고 있는 거야?"

"맞습니다, 키미히코 님. 간단히 말하자면 저희에게 어떤 조약을 체결하도록 요구하고 있습니다. 그렇지만……."

노엘이 거기서 말을 흐렸다. 아마도 교섭이 잘 풀리지 않고 있는 거겠지.

거기서 《미답의 성역》의 사자는 여러 번 실력 행사에 나섰다. 그리고 이번에도.

"참고로 그 조약이란 건 어떤 내용이야?"

그때 나기사가 나도 궁금했던 것을 대신 질문해줬다. 비밀주의인 《연방 정부》가 그리 간단히 가르쳐 줄지 의구심이 있었지만 노엘은 뜻밖에도 순순히 그 조약에 관해 이야기해줬다.

간결하게 정리하자면 그건 《연방 정부》와 《미답의 성역》에 의한 화평 조약 같은 것인 모양이었다. 다만 그 조건으로 성역의 사자는 《연방 정부》가 이 세계의 기밀 사항으로 관리하고 있는 '어떤 것'의 양도를 요구했다고 한다. 하지만 정부는 그에 짚이는 바가 없다고 일축해서 여전히 조약 체결에 이르지 못하고 있다는 이야기였다.

"그렇기에 지금은 그날을 대비하는 것밖에 할 수 있는 게 없다네."

기침이 멎은 브루노가 다시금 우리에게 단호히 말했다.

"약 2주 뒤, 《성환의 의식》에서 《미지의 위기》는 반드시 일어난다네. 그때까지 자네들이 조금이라도 세계에 대해 알고 각오를 다져주길 바라고 있지. 다시금 전화 속에 투신할 각오를 말일세."

"······그래서 시에스타와 나기사를 《명탐정》으로 되돌려 놓으려고 한 건가?"

"그렇다네. 노쇠한 내가 할 수 있는 일에는 한계가 있지. 그런 만큼 조금이라도 동지의 수를 늘려두고 싶었다네."

역시 그랬나. 그게 지난 며칠간 우리의 신변에 일어났던 일의 의미였다. 그렇다면 시에스타와 나기사는 지금의 이야기를 듣고 어떻게 생각했을까.

"우리가 해결하는 거야."

시에스타가 누구보다도 먼저 그렇게 대답하리라는 건 머스킷 총을 든 어제의 그 등을 보았다면 알 수 있는 일이었다.

"응, 우리는 탐정이니까."

나기사가 얼마나 탐정의 일에 자긍심을 품고 있는지, 그녀가 아직 탐정 대행이었던 시절을 아는 몸으로써 충분히 이해가 되었다.

지금 이때, 나는 새삼 옆자리에 앉은 시에스타와 나기사를 힐끗 봤다. 두 탐정의 눈은 흔들림 없이 내일을 보고 있었다. 그렇다면 내가 내놓을 대답도 한 가지뿐이었다.

"나는 너희들의 조수야. 어디로든지 데리고 가."

재앙을 종식시킨 지난 1년 동안이 평화로운 에필로그였다면.

앞으로 펼쳐질 미래, 그런 일상을 이어가기 위한 엔딩 크레딧을 맞이하러 가자.

【모 탐정사무소의 어떤 하루】

오전 9시.

대학을 가지 않는 날은 대강 이 시간부터 시로가네 탐정사무소의 하루가 시작된다.

다목적 빌딩의 2층. 열쇠를 열고 문손잡이를 돌리면 익숙한 사무실이 눈 앞에 펼쳐진다.

우선은 커튼을 걷고 나서 자신의 컴퓨터를 켠다. 급한 안건 메일이 오지 않았는지만 확인하고 그 뒤에는 간단한 청소로 넘어간다.

청소한다고는 해도 이곳의 소장도 탐정도 깔끔한 성격이라 언제나 사무소는 비교적 청결하게 유지된다. 가볍게 빗자루로 바닥을 쓸고 나서 서류 정리를 하고 있으니 철컥하고 사무소 문이 열렸다.

"좋은 아침~. 일찍 왔네, 키미히코."

탐정 나츠나기 나기사가 작게 하품을 하며 들어왔다.

외투를 옷걸이에 걸고 자신의 책상에 앉아서 쭉 기지개를 켠다.

"잠 못 잤어? 또 해외 드라마라도 밤새 본 거냐."

"아니, 어제는 늦게까지 연구실 회식이어서. 교수님도 남아 계셔서 돌아가기 눈치 보였어."

"우리 같은 연구실 아니냐. 난 왜 안 부른 거지."

학생들에게도 교수에게도 인식되지 않고 있는 게 아닐까. 장래에 정말로 졸업할 수는 있으려나. 약간 불안을 느끼면서 나도 자신의 책상에 앉았다.

"일이나 할까."

오전 9시 반.

종업원 두 명이 출근해서 슬슬 본격적으로 업무가 시작되어야 했지만…….

"뭔가 새로운 의뢰는 왔어?"

"인쇄기 대여 영업 메일뿐이야."

"평소대로네. 이번 달에 급료는 나오려나."

축 늘어지는 나기사. 저번 불륜 조사── 스토커 사건 이후로 정상적인 의뢰는 오지 않았다. 다만 거기에는 그럴 수밖에 없는 면도 있었다.

왜냐하면 우리 시로가네 탐정사무소는 홈페이지조차 없기 때문이다. 유일한 선전 방법은 역의 게시판에 전단지를 붙이는 것뿐으로 대개의 사람은 이 사무소의 존재조차 깨닫지 못했다.

"뭐, 그게 소장의 방침이라면 우리가 불평할 일이 아니지만."

시에스타가 말하길 서비스업이란 적재적소라 한다. 도움이 필요한 평범한 사람들에게 응해줄 장소와 조직은 이미 많이 있다. 하지만 자신들은 그런 평범함에서 벗어나 버린 사람들을 돕는다고…… 그런 장소를 만든다고 했다.

"한가하니까 나가서 뭐 좀 사 올까 싶은데 뭐 필요한 거 있어?"

"손님용 다과 정도? 결국 우리가 먹어 치우게 된다만."

나기사는 "그러게." 하고 웃으면서 일어나 다시 코트를 집었다.

"나도 갈까? 짐꾼으로."

"음~ 키미히코가 있으면 이상한 사건에 말려들 것 같으니까 됐어."

"그런 불합리한."

그렇게 나기사가 나가면서 나는 다시 혼자가 되었다. 소장은 아직 나오지 않았다.

오전 10시.

커피를 타서 책상으로 돌아오자 컴퓨터에 메일 한 통이 와 있었다.

《연방 정부》 고관 노엘 드 루프와이즈에게서 온 메일이었다. 연락이 온 건 그녀가 우리 사무소를 방문한 이후로 이틀만이었다. 메일에는 화상 통화의 URL이 기재되어 있어서 나는 헤드셋을 준비하고 그 통화에 응했다.

『안녕하세요, 키미히코 님.』

컴퓨터 화면에 비친 노엘은 깔끔한 사복 차림으로 나를 향해 고개를 꾸벅 숙였다. 방에 있는지 배경으로 서양식 인테리어가 보였다. 아무래도 원래 고향(프랑스랬던가?)으로 돌아간 것 같았다. 만약 그렇다면.

"그쪽은 한밤중 아니야? 괜찮아?"

『예, 아직 밀린 일이 많이 있다 보니.』

아무래도 《연방 정부》는 탐정사무소보다 근무 환경이 악덕한 모양이다.

"그래서 무슨 일인데? 소장에게 할 이야기가 있다면 깨우고 올게."

시에스타는 지금쯤 이 건물의 위층에서 새근새근 잠자고 있을 터였다.

『아니요, 괜찮습니다. 탐정님께서 잠이 많으시다는 건 할아버님께 들었습니다. 많이 자고 많이 먹으며 지금도 무럭무럭 자라고 계신다던데.』

"애도 아니고."

그런 이야기를 나누고 있을 때 또 새로운 메일이 왔다.

그 메일에는 프랑스행 비행기 표가 첨부되어 있었다. 열흘 뒤에 있는 《성환의 의식》을 위한 거겠지. 《연방 정부》치고는 드물게 좋은 대우였다.

『그쪽 메일을 확인해주셨으면 하는 것과 지금 호텔 쪽도 알아보고 있는데 객실에 대한 요망은 있으신지요?』

"아니, 적당히 골라줘. 셋이 한 방으로도 문제없고."

한때 시에스타가 끌고 간 방랑 생활을 생각하면 두 다리 뻗고 잘 수 있는 장소가 있는 것만으로도 감지덕지했다.

『세 분은 정말 사이가 좋으시네요. 키미히코 님은 두 분 중 어느 한 분과 교제를 하고 계신지요?』

"둘 중 한 명과 교제 중이라면 셋이 한 방에서 묵지는 않지. 내 윤리관을 어떻게 보는 거야."

『걱정하지 마시길. 지금 바로 일부다처제인 국가와 지역의 리스트를 뽑아보겠습니다.』

"이상한 데서 정부 고관의 실력을 발휘하지 마."

내가 그렇게 태클을 걸자 쿨한 무표정이던 노엘이 살짝 미소지었다.

『그래도 역시 세 분은 가족 같아서 부럽습니다.』

"가족이라. 동료 쪽이 카테고리로서는 맞는 것 같은데."

거기에 가족이라면 노엘도…… 하고 말하려다가 조금 망설였다. 나는 대신 "지금은 어떻게 지내고 있어?" 하고 물었다.

『루프와이즈의 성으로 돌아가기는 했지만 혼자 지내고 있습니다. ……실은 그 집안에는 그다지 좋은 추억이 없다 보니.』

"……그렇군. 그래도 브루노와는 아직도 만날 때가 있지?"

『예, 서로 안부를 묻는 식사 자리를 달에 한 번은 반드시.』

그렇군. 서로의 입장상 반대로 업무 이야기는 할 수 없는 게 많을 것이다. 《정보상》으로 살아온 브루노는 좀처럼 자신의 지식을 나눠주지 않는다고 한다. 그건 정부의 인간이나 가족이 상대라도 예외가 아닐 터였다.

『할아버님께서 그 잡담뿐인 식사 자리가 즐거우신지는 알 수 없습니다만.』

"브루노도 즐거우니까 매달 만나는 거 아니야?"

『그러시다면 좋겠습니다…….』

내 말에 노엘은 그렇게 말을 흐리며 시선을 돌렸다.

"뭐, 상대의 마음은 알 수 없으니까."

내가 그렇게 말하자 노엘은 『키미히코 님도 그러신가요?』 하고 고개를 갸웃거렸다.

그래. 나기사와 시에스타가 지금 무슨 생각을 하는지 사실 알 수는 없다.

"상대의 생각은 함께 지냈던 시간과 추억을 통해 대략적으로 헤아릴 수밖에 없어. 하지만 결국 아무리 혼자 생각해봤자 최종적으로는 자신의 독단으로 판단할 수밖에 없지."

분명 상대는 이렇게 생각하고 있을 테니 자신이 이렇게 하면 상대가 기뻐하리라는 식으로. 사람은 모두 이기적인 생물이라 그런 식으로밖에 살아가지 못한다. 그러므로 적어도 그런 서로의 독단으로 발생하는 충돌을 극복할 수 있는 인간관계를 구축해나가야 할 것이다.

『그렇네요……. 죄송합니다, 이상한 말을 해버려서.』

노엘은 조금 표정을 풀며 나에게 사과했다.

『그리고 감사합니다. ……만약 키미히코 님 같은 분이 가족이었다면 저도 조금 더 당당히 살았을지도 모르겠습니다.』

"그것도 고관 조크야?"

내가 그렇게 묻자 노엘은 『글쎄, 어떨까요.』 하고 살짝 웃었다.

"여러 가지로 힘들겠지만 지금은 우선 《성환의 의식》에 대비해 정신을 바짝 차리고 있어야겠지."

그 《미지의 위기》가 일어난다고 하는 날까지는 앞으로 열흘.

그때까지 우리는 할 수 있는 일을 모색해야 했다.

"우선 《성환의 의식》의 초대객 리스트를 보내줄 수는 없어? 혹시 모르니 참가자를 파악해두고 싶어. 《연방 정부》 관계자의 정보를 밝힐 수 없다면 제외해도 상관없고."

『알겠습니다. 이따가 바로 보내드리겠습니다. 이쪽도 지금은 다른 전 《조율자》분들과 연락을 취하기 위해 움직이고 있습니다. 할아버님도 역시 조금이라도 동지를 늘려두고 싶다고 하셔서요.』

그래, 아군은 많으면 많을수록 든든하다. 또 연락하자는 약속을 하고 우리는 통화를 끝냈다.

"호오, 의외로 너도 섬세한 걱정을 하는구나?"

불현듯 혼자였을 방에서 그런 목소리가 들려왔다.

돌아보니 그곳에는 어느 사이엔가 일어나서 나온 시에스타가 서 있었다.

"어디서부터 들었어?"

"네가 연애 문제로 고민한다는 부분부터."

그런 부분은 없었을 텐데, 아마도.

"이건 말 나온 김에 말하는 건데 일부다처제 국가는 서아프리카에 많은가 봐."

"아, 그래? 이것도 말 나온 김에 말하는 건데 언제 무슨 이유로 그걸 알아본 거냐."

"……일반 상식으로 알고 있던 것뿐이야."

시에스타는 "흠흠." 하고 헛기침을 하고 자신의 책상으로 향했다.

"너는 잘못되지 않았다고 생각해."

이어서 시에스타는 컴퓨터를 켜며 대수롭지 않게 그렇게 말했다. 다른 이야기란 건 알겠는데 대체 무슨 이야기인 건지 알 수 없어서 다음 말을 기다렸다. ──그러자.

"한 소년의 독단에 이끌려 지금 이 자리에 있는 탐정도 있으니까."

시에스타는 딱히 표정 변화도 없이, 하지만 확실하게 내 얼굴을 보면서 그렇게 말했다.

나는 "그래?"라고만 대답하며 아직 간당간당하게 식지 않은 커피를 입에 댔다.

"다녀왔어~. 아, 시에스타 일어났네?"

그때 나기사가 봉지를 들고 돌아왔다.

"한참 전에 일어났었어. 잠깐 샤워하고 책 좀 읽고 홍차 마시다가 영화를 봤더니 늦었을 뿐이야."

"아, 응. 변명은 됐으니까."

나기사가 익숙한 태도로 시에스타의 말을 받아주며 책상 위에 사 온 것을 꺼냈다.

"역 앞에서 맛있어 보이는 빵을 사 왔는데 같이 안 먹을래?"

오전 10시 반.

업무 시작까지는 아직 좀 더 걸릴 것 같았다.

【제2장】

◆그게 아이돌의 일이라면

브루노와 노엘이 사무소를 방문하고 닷새 뒤. 아직 대학이 겨울 방학 중인 나와 나기사는 둘이서 한 아티스트의 라이브에 참가해 있었다.

장소는 유명한 건축가가 디자인을 담당했다는 국립 경기장.

나무에 둘러싸인 그 스타디움은 마치 숲속에 있는 듯한 분위기로 인공물과 자연이 혼연일체가 되어 있었다. 그런 무대에서 지금 일본에서 가장 유명한 톱 아이돌 소녀가 국내 투어의 마지막 무대를 맞이했다.

"좀 더 좀 더 ☆의 너머로~ 분명 계속 ♡는 내 편이야~ ♪"

그리고 라이브도 벌써 중반전. 중앙 스테이지에 선 아이돌 소녀는 분위기를 더욱 고조시키듯이 관객의 호응을 유도하며 노래했다. 우리는 후방의 스탠드석에 서서 분홍색 형광봉을 양손에 들고 그에 응하고 있었다.

"기호=희망으로? 그 모토를 좀 더 좀 더 소리쳐봐~ ♪"

회장은 우렁찬 콜과 함성으로 가득 찼다.

그러나 나는 그저 말없이 스테이지를 향해 빛나는 막대를 들어 올렸다. 그래, 꼭 큰 소리를 지르는 것만이 응원은 아니다. 팬으로서는 때론 이렇게 뒤에서 조용히 지켜보는 것도 중요한…….

"우, 울어……?"

옆에서 나기사가 질겁한 것처럼 나를 바라보고 있었다.

"옛날에는 그렇게 큰 소리로 콜을 외치더니. 오히려 그 시절이 더 건전했던 거 아니야?"

"유이냥이 이렇게 잘 자랐다고. 눈물이 나는 건 당연하지."

"네가 유이의 뭐길래."

나기사는 어이없다는 듯이 한숨을 내쉬었다. 하지만 지금은 나기사를 상대해줄 여유가 없었다.

"모두 고마워요~! '너만의 기믹' 이었어요!"

노래를 끝낸 유이냥—— 사이카와가 우리 팬들을 향해 크게 손을 흔들어줬다.

나도 거기에 맞춰 작게 손을 흔들…… 아, 지금 눈이 마주쳤어! 분명 내 쪽을 본 거야! 틀림없어!

"유이가 어른이 된 대신 키미히코가 퇴화하지 않았어?"

그리고 곧 사이카와가 라이브 MC에 들어갔다.

그런 모습도 옛날 이상으로 당당해져 있었다.

"뭐, 그래도 손이 닿지 않는 곳으로 가버린 느낌은 들지도."

나기사는 그런 사이카와를 어딘가 아련한 눈으로 바라보았다.

현역 여고생 아이돌—— 사이카와 유이.

처음 만났을 때는 여중생이었던 사이카와도 지금은 고등학교 2학년이다. 하지만 그 인기는 떨어지기는커녕 지난 몇 년 사이에 더욱 높아져서 국내에서는 정력적으로 배우 일도 했고 해외

공연도 잇따라 성공시켰다.

　사이카와는 요즘 가장 티케팅이 힘든 아이돌이어서 이 라이브도 나와 나기사는 관계자 표를 받아서 들어왔다. 시에스타도 처음에는 오고 싶어 했지만 오늘은 일이 있다며 사무소에 틀어박혔다.

　"팬클럽에 들어가 있어도 라이브 당첨률은 5퍼센트 이하. 옛날 이상으로 쉽사리 만나지 못하게 되었지."

　"응. 근데 그건 그렇고 키미히코가 유이의 팬클럽에 들어가 있는 것도 금시초문인데."

　말 안 했던가? 3년 전부터 들어가 있어서 매달 팬클럽 회보가 온다.

　"그럼 오늘은 정말 운이 좋았던 거네. 초대해줘서."

　"순수한 팬으로서는 꼼수를 쓴 거 같아서 죄악감도 있지만."

　"아니, 애초에 이 라이브에는 놀러 온 게 아니거든?"

　그래, 알고 있다. 이다음에는 몇 가지 진지한 이야기가 기다리고 있다.

　그때까지는 적어도 이 세상에서 제일 귀여운 슈퍼 아이돌이 보여주는 트렌디하고 크레이지한 세계에 빠져 있을 생각이었다.

　그로부터 약 두 시간 뒤. 예정대로 대기실을 찾아가자 무사히 라이브를 끝낸 사이카와 유이가 차를 마시며 한숨 돌리고 있었다.

　"아!"

우리를 보고 일어선 사이카와가 눈을 반짝이며 달려왔다. 나는 약간 긴장하면서도 양팔을 펼치고 사이카와가 뛰어들기를 기다려──.

"나기사 언니, 만나고 싶었어요!"

사이카와가 다이브한 곳은 나기사의 품이었다.

"유이, 오랜만이야!"

무시된 내 옆에서 나기사가 사이카와를 끌어안고 제자리에서 빙글빙글 돌았다.

그래, 이렇게 되리란 건 알고 있었다고.

"아, 키미즈카 씨. 안녕하세요."

이어서 나기사의 품에서 사이카와가 얼굴을 빼꼼히 내밀었다.

"일부러 그러는 거지? 일부러 데면데면하게 구는 거 맞지?"

내가 흘겨보자 사이카와가 쿡쿡 웃었다.

"그건 그렇고 사이카와, 왜 교복이야?"

라이브를 끝낸 지금 어째서인지 사이카와는 고등학교 교복을 입고 있었다.

"키미즈카 씨와 오랜만에 만나니까 가장 괜찮은 승부복을 고민하다가 이런 복장이 되었어요. 어때요?"

사이카와는 그렇게 말하면서 교복의 리본을 집어 들고 어필했다.

확실히 교복 차림의 사이카와는 신선하긴 한데.

"그렇다는 건 이러니저러니 해도 사이카와도 나와 만나는 걸 기대한 거야?"

"……꼭 한마디가 많으시네요. 정서를 이해 못 하는 사람은 역시 싫어요."

새침하게 고개를 돌린 사이카와가 다시 나기사에게 돌아갔다.

왜 나기사만. 나도 여자로 태어났어야 했나.

"참 여전하시네요."

그리고 그런 나를 냉담한 눈으로 보는 인물이 한 명 있었다.

"남자의 질투만큼 보기 흉한 건 없어요, 키미히코."

사이카와를 위해 차를 타고 있는 그 소녀는 어릴 적 시에스타와 똑 닮은 풍모였다.

"질투하는 데 성별은 상관없잖아, 노체스."

내가 그 이름을 부르자 그녀는 입으로만 옅게 웃었다.

"젠더 프리를 주장하는 세상인데 오히려 살기가 더 힘들어지네요."

클래식한 메이드복을 입은 그녀는 안드로이드답지 않은 비아냥으로 세태를 비판했다. 앞으로 몇 년이 더 지나면 안드로이드 프리란 구호를 외치는 세상이 올지도 모른다.

"그나저나 밖에서도 사이카와와 같이 다니나 보네."

"예, 사이카와 가의 메이드장으로서 유이 님의 호위를 맡는 건 당연하니까요."

노체스가 사이카와 가에서 일하기 시작한 건 1년 전부터였다. 원래 주인이었던 시에스타가 잠든 사이에 줄곧 솔선해서 돌봐온 노체스였지만 시에스타가 눈을 뜸으로써 그 사명으로부터 해방되어 지금은 사이카와 가의 메이드장을 맡고 있었다.

"여전히 바쁘게 사는 모양이네."

"예, 매일 저택과 정원의 관리만으로도 날이 가버려요. 초목들은 어째서 그렇게 성장이 빠른 걸까요."

노체스는 매일의 고생을 그렇게 말하면서도 "좋아서 하는 일이지만요." 하고 덧붙였다. 1년 전에 노체스를 사명에서 해임한 건 다름 아닌 시에스타 본인이었다. 그건 좀 더 자유롭게 살아도 된다는 시에스타 나름의 메시지였다.

"저는 역시 누군가에게 봉사하는 게 좋아요."

그러나 노체스는 자신의 의지로 지금도 메이드로 봉사하고 있었다. 그건 내가 판단할 것도 없이 분명 좋은 경향일 것이다.

"그쪽도 변함없으신가 보네요."

사이카와와 나기사가 이야기꽃을 피우는 모습을 바라보며 노체스가 그렇게 나에게 말했다. 시에스타와 때때로 정보교환을 하는 모양이라 우리의 일상은 노체스도 잘 알고 있었다.

"시에스타와 나기사가 틈만 나면 싸우지만 말이지."

싸운다 싶으면 30분 뒤에는 화기애애하게 여자들끼리 수다를 떨기도 한다.

나는 무심결에 한숨을 내쉬면서 평소 두 사람의 모습을 떠올렸다.

"즐거워 보이네요."

"안 피곤하냐고 딴죽 걸고 싶어지지만."

"키미히코 말이에요."

뜻밖에도 노체스는 나를 바라보고 있었다.

"즐거워 보여요, 키미히코."

"……뭐, 그렇지."

노체스에게 어설픈 얼버무림은 통하지 않는다. 나는 노체스에게만 들릴 목소리로 그렇게 대답했다.

"그러면 슬슬 본론으로 들어가 볼까요."

노체스가 그렇게 운을 떼자 수다를 떨던 사이카와와 나기사도 이쪽으로 다가왔다.

"뭔가 유이 님께 하실 이야기가 있으신 거죠?"

나는 고개를 끄덕이며 그 《미지의 위기》에 관해 한 차례 설명했다. 왜냐하면 저번에 노엘에게 받은 《성환의 의식》의 초대객 리스트에서 사이카와의 이름을 발견했기 때문이다.

한때 사이카와 유이도 우리와 함께 《대재앙》을 저지하기 위해 행동한 적이 있었다. 그러므로 사이카와도 이번 식전에 참가할 권리가 있는 거겠지.

"그렇군요, 일주일 뒤에 그런 위기가 일어나는 건가요……."

이야기를 들은 사이카와는 심각한 얼굴로 생각에 잠겼다. 만약 사이카와도 《성환의 의식》에 참가할 예정이었다면 전해둬야 하는 정보였다.

"실은 저는 아직 그 식전에 참가할지 어쩔지를 고민하는 단계여서요. 일주일 뒤라면 마침 해외 공연과 겹치다 보니……."

"그래? 국내 투어가 끝난 참인데 고생하네."

내가 걱정하자 사이카와는 "즐겁기는 하지만요." 하고 하얀 이를 보이며 웃었다. 그리고 잠시 자리에 침묵이 흘렀지만 다시 말문을 연 건 사이카와였다.

"그런데 여러분은 또 세계에 관여하려고 하시네요."

사이카와도 세계를 무대로 공연하잖아, 하고 대답하려다가 그런 말이 아니라는 걸 바로 이해했다. 사이카와가 말하는 세계란 우리가 지금까지 체험해온 수많은 비일상이다.

지난 1년은 비교적 평온한 나날이 이어졌었다. 하지만 이번 식전에서 《미지의 위기》가 일어난다고 한다. 우리는 오랜만에 비일상의 세계와 접촉하는 것이다.

"저는…… 어떻게 하는 게 정답일까요."

사이카와가 다시 조금 곤란하다는 듯이 웃었다. 다시금 세계에 무언가 위기가 일어날 가능성을 알게 된 지금, 자신은 어떻게 행동하는 게 정답이냐는 듯이.

"얼마 전까지 이 세계에 있던 적은 강대해서 이제 끝장일지도 모른다며 모두가 진심으로 임했었죠. 하지만 지금은 시에스타 씨도 나기사 언니도 있고 우리는 모두 건강하고 행복해요. 지난 1년은 정말 꿈만 같을 정도로 즐거웠어요."

지난 1년간 사이카와는 예전 같은 비일상을 줄곧 멀리해왔다. 아이돌의 꿈을 매일 이루며 지내왔다. 그렇기에 지금 선택을 망설이는 거겠지.

하지만 그래도 사이카와는 오히려 지금까지 잘 따라와 준 편이었다. 사이카와의 왼쪽 눈과 관계가 있던 《원초의 씨앗》을 물리친 뒤에도 사이카와는 시에스타를 되찾기 위해 우리를 계속 도와주었다. 그래서.

"부담되지 않았어?"

지금까지 나는 사이카와의 상냥함에 너무 기대왔던 것일지도 모른다.

불현듯 그런 생각이 들어서 나는 사이카와에게 물었다.

"부담이라…… 그렇네요."

사이카와는 뭔가 생각하는 듯한 기색을 보였다.

그리고 "예, 확실히 부담되었어요." 하고 어째서인지 미소 지으며 나와 나기사를 번갈아 보았다.

"저에게 있어 두 분은 옛날부터 쭉 두 팔로 안는 게 부담스러울 정도로 소중한 분들이니까요."

아이돌의 눈부신 웃는 얼굴이 과거의 정경을 떠올리게 했다.

사이카와와 만나는 계기가 된 사파이어의 왼쪽 눈 사건. 그걸 해결한 그날도 지금처럼 라이브 뒤의 대기실에 있었다. 그때 우리는 나기사의 격정으로 이어졌다. 끊으려 해도 끊을 수 없는 인연으로 이어졌다.

"역시 유이는 아이돌이야."

나기사가 눈을 호선으로 그리며 사이카와를 다정하게 바라보았다.

당연한 말 같지만 아마도 조금 다른 의미일 것이다.

"지금 이 세계가 꿈만 같다고 한다면 유이는 아이돌로서 사람들의 일상을 지켜줬으면 좋겠어."

그래, 나기사가 사이카와에게 전하고 싶은 말은.

"그도 그럴 게 아이돌은 사람들에게 꿈을 보여주는 일이잖아?"

사이카와의 눈이 놀란 것처럼 커졌다.

나기사의 말대로 세상에 관여하는 방법은 한 가지가 아니다.

세계의 위기를 예측하는 이, 거대한 악과 싸우는 이, 상처 입은 사람을 치유하는 이, 그리고 되돌아갈 일상을 지키는 이. 정의를 지키는 방법은 한 가지로 정해져 있지 않다. 그러므로——.

"——예, 기꺼이요!"

사이카와가 그때처럼 순진무구한 웃는 얼굴로 나기사에게 대답했다.

옛날보다도 어른이 된 아이돌은 그래도 여전히 그때와 같은 사이카와 유이였다.

◆ 유괴의 양식미

그 뒤로 사이카와, 노체스와 잠시간 환담을 한 뒤에 나와 나기사는 라이브 회장을 뒤로했다. 그렇게 오늘은 이만 집으로 돌아가려고 한 그때 사건이 일어났다. 내 핸드폰에 송신자를 알 수 없는 메시지가 온 것이다.

그 내용은—— 사랑하는 명탐정은 내가 데리고 있다.

그걸 본 나와 나기사는 곧장 시로가네 탐정사무소로 향했다.

"시에스타!"

잠겨 있던 문을 열고 벌컥 열어젖혔다.

하지만 한 가닥 희망이 헛되게도 사무소 안쪽의 지정석에는 백발의 탐정이 앉아 있지 않았다.

"……큭, 어째서 이런 일이."

이곳에서 시에스타는 누군가에게 납치된 것이다.

──막지 못했다. 저도 모르게 무너져 내린 나는 그대로 의식을 잃었다.

"아니, 노벨 게임의 배드엔딩도 아니고."

그만 일어나, 하고 나기사가 나를 일으켜 세웠다. 그리고 이어서 "이거 봐봐." 하고 책상에 놓여있던 메모장을 보여줬다. 거기에 적혀있는 내용은.

"사랑하는 명탐정을 돌려받고 싶으면 전파탑 정상으로 오란 말이지. 역시 유괴인가?"

"으음…… 근데 그 시에스타가 간단히 납치될 것 같지도 않은데."

그건 그랬다. 오히려 범인 측이 반격을 받고 치명상을 입는 모습 쪽이 상상하기 쉬웠다.

"그럼 관계자의 범행인가?"

"응. 애초에 시에스타는 자신이 납치된다는 것도 알고 있지 않았을까? 범인이 남긴 이 메모도 거기 책상에 있는 만년필로 적은 거잖아."

"그래, 맞네. 잉크의 질감으로 알아볼 수 있을 것 같아."

그렇다는 건 범인은 우리에게 보내는 도전장을 이 자리에서 쓴 건가. 분명 시에스타도 있었을 이 사무소에서.

"그치만 그 만년필은 펜통에 정리되어 있고 사무소도 전혀 어지럽혀지지 않았어. 그러니 이건 피해자도 납득하고 실행된 계획적인 범행이야."

그렇군, 그런 거라면 그다지 긴박한 상황은 아니라는 건가.

"자자, 그런 거니까 사랑하는 명탐정을 찾으러 가자. 사랑하는 명탐정을."

"왜 미묘하게 도끼눈인데. 그거 내가 쓴 것도 아니거든."

나는 다시 유괴범(?)이 쓴 도전장을 집어 들었다. 전파탑의 정상인가.

"그런데 이거 빨간 쪽이랑 파란 쪽 중에 어느 거지?"

일본에서 유명한 전파탑이라고 한다면 오래전부터 있는 빨간 전파탑과 비교적 새로운 파란 전파탑 두 곳이 있었다.

"기억 안 나? 파란 쪽은 저번에 그렇게 됐잖아."

"아, 그랬었지. 그럼 빨간 쪽인가."

우리는 사무소를 나와 택시를 잡았다. 그렇게 일본에서 가장 높았던 전파탑으로 향했지만 그곳에 시에스타는 없었다. 대신 전망대 유리에 붙어 있던 건 아까와 같은 메시지. 거기에는 또 새로운 목적지가 적혀있었다.

카페, 고서점, 교회. 다양한 장소로 끌려다니다가 주위가 완전히 별하늘로 채워졌을 무렵에 나와 나기사는 한 오래된 유원지에 도착했다. 오늘의 영업은 끝나서 남아있는 사람은 아무도 없었다.

하지만 당연히 우리의 목적은 놀이공원에서 노는 것이 아니었다. 메시지의 지시에 따라 한 놀이기구의 정비실로 침입했다. 그곳의 바닥 타일을 치우자 아래로 이어지는 사다리가 나타나서 지하로 내려가 보니 문 하나가 있었다.

"슬슬 좀 끝내자."

정신적으로도 지친 몸으로 그 철문을 열었다. 그러자——.

"샤르, 가만히 있어 봐. 얼굴이 더러워졌어."

"후후, 마담, 간지러워요!"

뭔가 시에스타가 타월로 얼굴을 닦아줘서 기뻐하는 탱크톱 차림의 여자가 그곳에 있었다.

"뭐 하는 거야, 샤르."

"어머나, 생각보다 빨랐네?"

여자의 이름은 샬럿 아리사카 앤더슨. 우리의 예전 동료이자 세계를 무대로 활약하는 에이전트. 그녀가 익힌 암살 기술은 사람을 구하기 위해 쓰였고 실제로 나도 몇 번이나 위기에서 도움을 받았는지 알 수 없을 정도였다.

다만 그런 샤르에게도 약점은 있었다. 예를 들자면 하나는 두뇌 플레이에 약하다는 점, 그리고 다른 하나는 시에스타를 지나치게 좋아하는 나머지 이렇게 무심코 유괴해버리는 점이었다. 무심코 유괴하지 말라고.

"아, 조수, 나기사. 왔구나."

"……나 참, 무사해서 다행이네."

지금 생각해보면 '사랑하는 명탐정'이란 범인 시점의 말이었

나. 세상에서 가장 바보 같은 유괴범이었다.

"일부러 우리를 돌아다니게 한 거지. 시에스타와 둘만의 시간을 즐기고 싶어서."

"무슨 말? 나는 그저 당신들의 실력이 떨어지지 않았나 시험해본 것뿐이야."

시치미를 떼며 미소로 얼버무리는 샤르. 이어서 일어서더니 벽에 기대어놓은 소총을 들어 천으로 닦기 시작했다. 시에스타의 머스킷총이었다.

"여긴 대체 뭐 하는 데야? 시에스타도 여기서 뭐 하고 있었던 건데."

이 방의 첫인상은 말하자면 비밀기지라고 할까. 방에 놓인 수많은 모니터에서는 유원지 안의 영상 등이 비치고 있다. 또 벽쪽의 작업대에는 브러시와 오일캔이 놓여있었다.

"실은 샤르에게 총의 정비를 맡겼어. 그리고 하는 김에 총신에 새롭게 꽃무늬로 데코레이션을 부탁해볼까 하는데 어떨 것 같아?"

"진짜 아무래도 좋거든."

◆ 에이전트의 결과 속

"아무튼 그래서 왜 이런 곳에 기지가 있는 거야?"

나는 방의 모니터로 유원지 안의 모습을 바라보며 샤르에게 물었다. 영상에는 조금 전에 놀러 나간 시에스타와 나기사가 비치고 있었다. 모처럼 왔으니 조금 놀아보고 싶다는 탐정의 요망에 의한 것이었다. 어느 쪽 탐정인지는 함구하겠지만.

"이런 누구도 상상하지 못할 장소에 있으니까 의미가 있는 거야."

그러자 샤르는 작업대를 정리하며 내 질문에 대답했다.

"설마 적도 놀이공원의 지하에 이런 아지트가 있으리라고는 생각 못 할 테니까."

"적이라니 넌 대체 누구와 싸우고 있는 거냐."

"뭐, 그렇지. 지금 와서는 이곳을 쓸 기회도 줄었을지도."

말하는 걸로 보아 예전에는 에이전트로서 이런 남모르는 아지트를 이용하는 일도 많았던 거겠지. 그리고 이번에는 이곳에서 시에스타가 오랜만에 쓰는 총의 정비를 담당하고 있었다는 건가.

"그런데 이런 건 대개 스티븐이 할 일 아니었어?"

시에스타의 그 머스킷총을 만든 건 전 《발명가》 스티븐 블루필드였다. 이러한 무기의 정비도 그 남자의 일인 줄 알았는데.

"그 사람은 지금 행방불명인가 봐. 뭐, 원래는 의사였으니 어딘가에서 본업에 전념하는 중일지도 모르지만."

……그런 건가. 그렇다면 브루노도 연락을 취하지 않은 걸까. 《미지의 위기》에 대한 걸 생각하면 전 《발명가》에게도 협력을 요청했어도 이상하지 않은 일인데.

"마담은 다시 《명탐정》을 맡을 생각인가 보던데."

불현듯 샤르가 손을 멈추고 그렇게 중얼거렸다. 시에스타가 총의 정비를 의뢰했으니 당연히 그렇게 된 경위를 이야기했을 것이다. ……아니, 시에스타가 말하지 않았어도 이 에이전트라면 그러한 세계의 사정은 알고 있었을 게 틀림없다.

"어디까지나 임시의 직무 대행이지만."

적어도 처음에 노엘과 나눈 약속은 그랬다.

"샤르는 참가할 거야? 《성환의 의식》에."

당연하다고 할지, 이 에이전트의 이름도 초대객 리스트에 실려있었다. 내가 뭔가 말할 필요도 없이 샤르라면 스스로 결단을 내리리라 생각했지만 이렇게 만났으니까 그 이야기를 해봐도 괜찮을 것이다.

"……예전 이야기인데."

그러자 샤르는 내 물음엔 바로 대답하지 않고 그렇게 운을 떼며 이야기를 시작했다.

"에이전트 일로 분쟁지에서 한 여자애의 호위에 임명되었어. 그 애의 부모는 둘 다 군의 상층부. 적에게 노려질 가능성이 컸던 그들은 나에게 그 애의 보호를 맡겼었지."

샤르는 옛날부터 자신의 일에 관해 그다지 이야기하지 않았다. 그건 당연히 수비의무도 있었겠지만 스스로 그렇게 다짐한 것 같기도 했다.

"그로부터 3주 동안. 나는 분쟁지에서 전화를 피하며 그 애와 둘이서 지냈어."

지금 이렇게 샤르가 나에게 이 이야기를 한다는 건 분명 뭔가 의미가 있을 것이다. 나는 가만히 그 이야기에 귀를 기울였다.

"대포 소리를 들으며 간이 방공호에서 서로를 의지했어. 점점 식량도 줄어서 둘이 물과 비스킷을 나눠 먹고 필사적으로 희망을 이야기하며 앞만 보고 살아남았지."

"그게 샤르의 일상이었구나."

결코 동정하는 건 아니었다. 동정은 샤르가 선택한 삶을 무책임하게 부정하는 것이나 마찬가지였다. 그것만큼은 해서는 안 되는 일이었다.

"그 도피행 중에서 뭐가 가장 괴로웠을 것 같아?"

나는 샤르가 들려주는 이야기에서 그 정경을 상상했다.

끝없이 이어지는 총성, 공복, 위생 문제, 생명의 위기…… 아니, 샤르가 소중히 여길 건 분명 자신보다도 보호 대상인 소녀의 목숨인가.

"그 생활이 시작된 다음 날에 그 애의 부모가 전사했다는 걸들었던 거야. 그리고 나는 3주 동안 그 사실을 보호 대상에게 숨겼어."

그건 진짜 전장에 선 이밖에 알 수 없는 대답이었다. 샤르는 거짓말을 했다. 소녀가 살아갈 희망을 끊어서는 안 된다고 생각했기에.

"그로부터 겨우 분쟁이 멈춰서 대사관에 그 애를 피난시키면서 처음으로 진실을 전했어. ——거짓말쟁이라며 울었었지."

줄곧 담담히 이야기하던 샤르의 에메랄드색 눈이 처음으로 흔들렸다.

너는 잘못되지 않았다는, 그런 위로가 아무런 도움도 되지 못한다는 것만 알 수 있었다.

동정할 수 없다. 공감은 당치도 않다.

그랬기에 나는 듣고 있을 수밖에 없었다. 샬럿 아리사카 앤더슨의 이야기를.

"미안해. 혼자만 이야기해서."

슬슬 추워졌는지 샤르가 윗도리를 걸쳤다.

"그냥, 이런 체험이 내 일상이라는 사실이 갑자기 한 번씩 무서워질 때가 있어."

약해빠졌지? 하고 샤르가 읊조렸다.

"약한 게 인간이잖아."

내가 그렇게 대답하자 샤르는 쓴웃음을 지었다.

굳이 이런 이야기를 한다는 건 샤르도 망설이고 있다는 거겠지.

예전 같은 일상을 보낼 용기가 지금의 자신에게 있느냐며. 《성환의 의식》에 참가함으로써 다시금 재앙과 관여할 수밖에 없게 되는 건 아니냐며.

"그래도 당신들은 가는 거지?"

"그래, 탐정 두 사람이 그렇게 하겠다니까."

"당신이 싫다고 하면 분명 두 사람은 그에 따를 거야."

"뭐하러 내가 싫다고 하는데."

그렇게 웃어넘기는 나를 샤르는 하고 싶은 말이 있는 것처럼 바라보고 있었다.

"그 두 사람이 걱정되잖아."

나는 그 말에는 대답하지 않고 모니터에 비친 시에스타와 나기사를 바라보았다. 밤의 유원지. 두 사람은 다른 이용객이 없는 밤의 회전목마를 타고 즐거운 듯이 웃고 있었다.

"다 알아. 당신이 무슨 생각을 하는지 정도는."

그런 말에 나도 모르게 돌아보았다.

"정말 싫어하는 사람은 반대로 잘 아는 법이니까."

이어서 샤르는 끝내주는 웃음을 지어 보였다.

나 참, 이렇게 배알이 꼴리는 웃는 얼굴은 난생처음이었다.

"그런데 싫어하는 사람 앞에서 거짓말을 해봤자 의미가 없다고 생각하지 않아?"

그건 요컨대 나에게 본심을 말하라는 거잖아. 어차피 우리 사이에 호감도는 상관이 없지 않으냐며.

"그래, 걱정돼."

나는 모니터를 바라보며 읊조렸다.

"지금도 저렇게 즐거운 듯이 웃고 있는 쟤네들이 또 위험한 꼴을 당할지도 모른다고 생각하면 불안해서 잠도 안 와. 옆에서 같이 자줬으면 할 정도야."

"그렇게까지 말하면 징그러운데."

"갑자기 배신하지 말라고."

나는 헛기침을 하고 다시 말했다.

"확실히 불안한 마음은 있어. 하지만 이대로 《성환의 의식》에 참석하지 않는다면 언제까지고 두 사람은 《조율자》라는 족쇄에서 벗어나지 못해. ──이야기가 끝나지 않아."

그러므로 우리에게는 지금 선택지가 없었다. 무언가를 선택할 권리라는 건 누구에게나 조건 없이 주어지는 게 아니다. 그렇기에 지금 우리는 나아갈 수밖에 없었다. 걸어가는 이 길이 보고 싶은 엔딩 크레딧으로 이어지기를 바라면서.

"그래? 그럼 더는 말 안 할게."

샤르는 그렇게 말하더니 "나도 놀러 갈래." 하고 아지트를 나가려고 했다.

"일단 말해두는 건데 딱히 나는 너를 싫어해서 본심을 말한 게 아니야."

나는 샤르를 불러세우며 그렇게 말했다.

싫어하므로, 아무래도 좋은 상대라고 생각하기에 본심을 말한 건 아니었다.

"동료라서 말한 거야."

내가 그렇게 입에 담자 샤르는 살짝 놀란 것처럼 눈을 동그랗게 뜨더니 이어서 "그래?" 하고만 말하고 등을 돌렸다.

뒤를 도는 그 순간. 잠깐 보였던 옆얼굴이 어딘가 기쁜 듯이 미소 짓고 있는 것 같았던 건 단순한 착각이었는지 어떤지는 알 길이 없었다.

◆ **지상 1만 미터의 밤하늘**

눈을 떠보니 나는 밤의 옥상에 있었다.

아니. 그보다는 정신이 들고 보니 어느 사이엔가, 라고 해야 할까.

빌딩이나 호텔, 혹은 대학교 캠퍼스의 옥상도 아니었다.

이곳은 고등학교 교사의 옥상이었다. 그랬기에 이게 꿈이라는 걸 바로 깨달을 수 있었다.

지금의 나에게 과거의 모교에 침입할 이유는 없었다. 나는 잠재의식에 남아있던 고등학교 시절의 이미지를 우연히 꿈으로 보고 있거나, 혹은…….

"오랜만이야, 나의 사랑스러운 파트너."

불현듯 곁에서 인기척이 느껴졌다. 그 녀석은 나처럼 무릎을 모으고 앉아 있는데 자세와 어울리지 않는 군복 차림이었다. 나는 그 소녀의 이름을 알고 있었다.

"헬."

내가 그 이름을 부르자 그녀는 예전과 같은 붉은 눈을 좁히며 요염하게 미소 지었다.

"네가 나를 이곳에 부른 거야?"

한때 나와 시에스타의 적으로서 앞을 막아섰던 《SPES》의 간부이자 나츠나기 나기사의 별개 인격으로 살아왔던 헬. 《원초의 씨앗》과의 마지막 전투 끝에 사라진 그녀는 지금도 어딘가에서 우리를 지켜봐 주고 있었던 건가.

"이런 꿈이 보고 싶었어?"

그러나 헬은 내 질문에는 직접 대답하지 않고 조용히 시선을 앞으로 돌렸다.

보고 싶었던 꿈. 헬과 이렇게 밤의 옥상에서 이야기를 나누는 걸 내가 무의식중에 꿈꿔왔단 걸까.

"그러고 보니 방금까지 다른 애들이랑 왕 게임을 하며 놀고 있었어. 마침 내가 왕이 되어서 메이드복을 입은 사이카와가 '주인님' 하고 불러주려던 참이었고. 빨리 현실로 돌려보내 주지 않겠어?"

"그런 바보 같은 잠꼬대는 두 번 다시 하지 마. 참고로 말해두자면 네가 사이카와 유이, 샬럿과 사이좋게 놀았던 건 벌써 일주일 전이고 설령 왕 게임을 했다고 해도 너는 평생 굴욕을 당하기만 하는 입장이었을 거야."

내 현실이 너무나도 불합리한데. 할 수 없지, 조금만 더 헬이 보여주는 이 꿈에 빠져 있도록 하자.

"잘 지냈어? ……하고 물어보는 건 이상한가."

"그렇지. 애초에 나는 처음부터 실체가 없던 존재였으니까. 본디부터 삶도 죽음도 없었어."

그렇기에 지금도 이렇게 너와 이야기를 나눌 수 있는 걸지도 몰라, 하고 말하며 헬이 일어섰다.

"너는 기운도 넘치고 즐거워 보이지만."

"그렇게 보여?"

"응. 사랑하는 탐정 두 사람에게 둘러싸여서 말이지."

사랑하는, 이란 건 불필요한 수식어였지만 그래도 하루하루가 그런대로 즐겁다는 건 부정할 수 없었다. 노체스도 꿰뚫어 본 사실이었다.

"그건 자랑스러워해도 되는 일이야. 네가 이룩하고, 네가 손에 넣은 행복이니까. 불과 몇 년 전까지만 해도 이 옥상에서 세상의 부조리를 한탄했었는데도."

"나기사와 있었을 때 말이야?"

"맞아, 주인님이 자신의 내력을 생각해내고 괴로워했던 그 밤."

그래, 그때도 이렇게 별이 아름다운 밤이었다. 나기사가 자신의 정체와 과거의 죄를 알게 된 직후에 흐느껴 우는 그녀와 함께 이곳에서 밤바람을 쐬었었다.

그리고 나는 그런 나기사가 품은 부조리의 반절을 짊어지기로 다짐했었다. 그로부터 벌써 2년 남짓. 그때 울었던 나기사는 이젠 없다.

"──정말로?"

밤바람이 갑자기 불어닥쳐서 헬이 입고 있던 군복이 세차게 나부꼈다.

"주인님뿐만이 아니라. 정말로 이제 이 세상의 어디에도 울고 있는 여자애는 없어?"

헬의 붉은 눈이 나를 바라보았고 그녀의 《언령(言靈)》이 내 사고를 강제했다. 내 머릿속에는 20년 남짓한 세월의 광경이 주마등처럼 흘러갔다.

나는 이런 진저리 나는 체질을 가지고 있었다. 지금까지 소설 한두 권으로는 도저히 담지 못할 만큼의 비통하고 비극적인 에피소드를 목격해왔다. 하지만 1년 전에 재앙은 종결되었다.

사람들은 평화로운 일상을 되찾았을 터였다. 그러므로——.

"모처럼 이렇게 만났으니 하나 약속해줬으면 해."

그리고 헬은 내 대답을 기다리지 않고 뭔가 약속을 받아내려고 했다.

"나기사를 울리지 말라는 거잖아."

한때 헬에게 그렇게 다짐했다. 만약 어기면 2인분—— 두 번 죽겠다고.

"맞아. 근데 어른이 되었으니 한 걸음 더 성장해줬으면 좋겠어."

먼 곳의 별을 보고 있던 헬이 돌아보며 온화한 웃음과 함께 이렇게 말했다.

"나츠나기 나기사와, 나츠나기 나기사가 소중히 여기는 친구를 울리지 마."

나기사가 소중히 여기는 친구란 건 누구일까. 내 머릿속에 몇 명의 얼굴이 떠올랐다.

나는 헬에게 뭔가 대답하려고 하다가…….

"——키미히코. ——얘, 키미히코."

내 이름을 부르는 목소리에 의식이 단숨에 각성했다.

"끙끙대던데 괜찮아?"

눈앞에는 걱정스럽게 나를 들여다보는 붉은 눈의 흑발 소녀가 있었다. 흘러내린 기다란 머리카락을 나도 모르게 손가락으로 집었다.

"머리카락이 많이 자랐네."

"언제 적 이야기야? 잠 덜 깼어?"

그래도 역시 그 녀석과 꼭 빼닮았다.

나는 "지금 몇 시야?" 하고만 물어보며 목과 어깨를 풀었다. 너무 오래 잠들었나.

"그건 그렇고 너네, 남의 자리를 사이에 두고 카드놀이 하지 말라고."

나는 양옆에 앉은 탐정 두 사람에게 한소리 했다. 눈앞의 좌석 테이블에는 두 사람이 가지고 놀던 트럼프 카드가 펼쳐져 있었다.

지금 우리가 있는 곳은 아득한 상공 1만 미터. 프랑스를 향해 날아가는 여객기 안이었다. 손목시계를 보니 이륙하고 두 시간 정도가 지나 있었다.

"모처럼의 여행인데 잠만 자는 키미히코가 이상한 거야."

"동감이야. 조수에게는 여행의 즐거움이 이런 이동에서부터 시작된다는 의식이 부족해."

어째서인지 나기사와 시에스타, 탐정 두 사람에게 되레 혼이 났다. 아니, 내가 잘못된 거야?

"여전하구만, 그 좋은 의미로 긴장감 없는 자세는."

설령 이 앞에 위험이 닥쳐있더라도 지금 눈앞에 있는 즐거움을 잊지 않겠다는 그 자세. 한때 시에스타와 여행을 했던 시절에도, 나기사와 둘만 있었던 시절에도 그랬었다. 그녀들은 지금 그 한순간 한순간을 전력으로 즐기며 살았다.

"물론 일이 터지면 바로 거기에 집중할 거지만. 이번에는 일이 일이니까."

내 말에 시에스타가 그렇게 거듭 말했다.

우리가 지금 프랑스로 향하고 있는 목적은 내일로 다가온《성환의 의식》에 참가하기 위해서였다. 하지만 그 자리에는 노엘과 브루노가 말하는《미지의 위기》가 기다리고 있었다.

일주일 전에 특히 샤르가 그걸 불안하게 여겼다. 그리고 내가 진심으로 설득하면 시에스타와 나기사는 참가를 재고하리라고도 했다. 그러나 결국 나는 그 조언을 무시하는 모양새로 이 비행기를 타고 있었다. 그리고 그렇게 한 건 한 가지 큰 이유가 있었다.

"브루노 씨의 신변에 위험이 다가온다는 것을 알면서도 내버려 둘 수는 없으니까."

그렇게 말한 건 나기사였다. 실은 며칠 전에 우리 시로가네 사무소에 송신인 불명의 편지가 도착했었다.

거기 적혀있던 내용은—— 세계의 치식은 머지않아 스러진다.

이것도 그《미답의 성역》의 사자가 보낸 경고인지, 전혀 상관없는 별개의 제삼자에 의한 것인지는 아직 알 수 없다. 하지만 어느 쪽이 되었든.

"이 식전에서 브루노 씨의 신변에 무슨 일이 일어나려 하고 있어. 하지만 우리가 그걸 막는 거야. 탐정으로서 말이지."

시에스타가 그렇게 이번에 새롭게 더해진 미션을 입에 담았다.

지난 일주일 동안 우리끼리 나름대로 할 수 있는 준비는 여러 가지로 해왔다. 온갖 사태를 상정해서 사전에 손을 써둔 것도 있었다. 설령 의뢰인이 없더라도 탐정은 누군가를 돕는다. 그렇게 지금 우리는 이름도 없는 의뢰인이 기다리는 프랑스로 향했다.

　"——역시 변하지 않으시는군요. 탐정님과 조수님은."

　불현듯 그런 말이 우리 위쪽에서 들려왔다. 통로 쪽에 서서 우리의 대화를 들은 것으로 보이는 여성은 미소 지으며 손에 든 종이컵에 커피를 따랐다.

　"비행기 안에서의 조우율은 120퍼센트인걸, 올리비아."

　나는 모닝 드링크를 건네받으며 그 객실 승무원에게 농담을 던졌다. 이어서 시에스타와 나기사도 그녀에게 "오랜만이야." 하고 인사했다.

　올리비아는 평범한 객실 승무원이 아니었다. 세계를 지키는 《조율자》 중 한 사람인 《무녀》의 사자로서 우리도 몇 번이나 만난 적이 있었다.

　"미아는 잘 지내? 아니, 그보다 식전에는 참가해?"

　전 방구석 무녀와는 최근에 만나지 못했다. 시에스타는 가끔 온라인 게임으로 같이 노는지 때때로 보이스 채팅으로 미아의 목소리가 들려온 적은 있었지만.

　"예. 미아 님도 탐정님과 조수님을 만나 뵙기를 기대하고 계셨습니다. 얼마 전에도 모처럼 여러분과 만나는 거라며 새 드레스를 고르시는 데 여념이 없으셨죠."

　"뭐야, 그 무진장 기특하고 귀여운 에피소드는."

나기사가 무심결에 웃음을 터트렸다. 미아도 올해로 열아홉인가. 어른이 된 모습을 보는 게 기대되었다.

"미아는 이미 현지에 도착했어?"

 그렇게 물어본 건 시에스타였다. 미아의 거점은 지금도 런던의 시계탑에 있다고는 들었는데.

"미아 님은 지금 홀로 북유럽의 한 나라에서 직무를 다하시고 계십니다."

"그 미아가 혼자서……?"

 나는 무심결에 되묻고 말았다. 그렇게나 바깥 세계로 나가지 않으려고 했던 옛날의 미아를 아는 몸으로서는 그 변모에 놀랄 수밖에 없었다. 거기에.

"직무라고 해도 미아에게 그 능력은 이제 없다며."

"예, 말씀대로 지금의 미아 님은 《세계의 위기》를 예언하지 못하십니다. 하지만 그래도 미아 님의 세계를 걱정하는 마음에는 변함이 없으시죠. 이번에는 본인의 눈으로 세계를 보시겠다며 곧잘 여행을 나가십니다."

 예전 여러분처럼요, 하고 올리비아는 그렇게 말하며 우리를 다정하게 바라보았다.

"그리고 아무래도 가만히 있을 수만은 없는 사태가 곧 일어날지도 모르니까요."

 ……그렇군, 역시 미아 쪽에서도 알고 있었나. 알 수 없는 위기가 이 식전에서 일어날 수도 있다는 것을. 그래서 미아는 힘을 잃은 지금도 할 수 있는 것을 하고 있었다.

"미아가 없다는 건 오늘 당신이 여기 있는 건 통상 업무야?"

"예, 물론 객실 승무원의 책무도 다하고 있습니다만……."

이어서 올리비아는 카트 안에 숨겨둔 것으로 보이는 서류 가방을 꺼내어 그 안에 들어있던 것을 우리에게 보여줬다.

"《원전》입니다."

예상 못 한 레어 아이템의 출현에 나도 모르게 굳어버렸다. 이건 노엘이 말했던 《성환의 의식》에서 보게 될 예정의 최중요 서적이었을 텐데 어째서 여기 있는 거지?

"무녀님의 지시이십니다. 설령 그 어떤 규율을 어기게 되더라도 이걸 반드시 키미즈카 님께 건네드리라고 하셨죠."

"……나에게? 의도를 모르겠는데. 배달을 시키려는 것도 아니잖아."

미아도 식전에 참가할 예정이라면 스스로 들고 가거나 적어도 사자인 올리비아에게 계속 맡겨뒀을 것이다. 애초에 《성전》은 본디 미아 말고는 열람하는 게 금지된 서적이었다. 하물며 《원전》이라면 말할 것도 없었다.

"예, 그렇습니다. 그래도 무녀님은 당신께 《원전》을 맡기셨죠. 그 행동에 어떤 의미를 부여하실지는——."

말하면서 올리비아는 나에게 《원전》을 건넸다.

"《×××》이신 키미즈카 님께 달린 일이라 생각합니다."

——덜덜덜 떠는 진동이 내달리며 주위 소리를 덮었다.

난기류로 기체가 크게 흔들린 것인지. 한순간 울렁이며 의식이 날아가는 듯한 감각에 빠진 나는 깨닫고 보니 《원전》을 움켜쥐고 있었다.

"······윽, 올리비아 괜찮아?"

나는 메마른 입으로 무심결에 올리비아에게 그렇게 물었다.

"······? 예. 저보다도 키미즈카 님 쪽이, 그게······."

올리비아가 의아한 표정으로 나를 바라보고 있었다.

"정말이네, 키미히코 왜 그래? 뭔가 땀이 엄청나."

그리고 나기사도 나를 보고 고개를 갸웃거리고 있었다.

나는 이마를 훑었다. 그 한순간에 흘릴 양의 땀이 아니었다.

"······그래, 괜찮아. 그보다도 지금 몇 시야?"

"응? 좀 전에도 물어보지 않았어?"

왼손의 손목시계를 보았다. 비행기가 이륙하고 두 시간을 조금 지났다.

테이블에 놓인 커피는 아직 식지 않았다.

"조수?"

창밖을 보려고 하다가 또 한 명의 탐정과 눈이 마주쳤다.

의아한 표정의 시에스타는 조금 불안한 기색으로 나를 바라보았다. 거기에 나는 조금 전처럼 "괜찮아." 하고 대답했다.

"그거 괜찮지 않은 사람의 말인데?"

"비행기가 흔들려서 무서웠던 것뿐이야. 손이라도 잡아주면 괜찮아지겠지."

"너는 바보야?"

"나 참, 불합리하긴."

뭔가 이 문답도 오랜만이었다. 하지만 그건 이 세상에 불합리함을 느낄 기회가 줄어든 증거라고 생각하면 그렇게 나쁘지만도 않은 것 같았다. 아니, 애초에 바보냐는 말을 안 듣는 편이 좋은가? 헷갈리기 시작했는데.

"미안해, 정말로 이제 괜찮아."

시시한 생각을 했더니 이번에야말로 조금 긴장이 풀렸다.

나는 맡겨진 《원전》을 가지고 있던 가방에 챙기며 시에스타에게 그렇게 말했다.

그로부터 열 시간을 넘는 비행을 끝내고 우리는 목적지인 공항에 도착했다.

그리고 실었던 캐리어를 받으려고 기다렸는데…… 어째서인지 내 짐만 언제까지고 나오지 않았다.

평소대로인 연루 체질을 한탄하다가 겨우 짐을 돌려받았을 때는 이미 나기사와 시에스타가 없었다. 일찌감치 나를 포기하고 한발 먼저 숙소인 호텔로 향했기 때문이다.

"왜 둘이나 있는데 둘 다 박정한 거냐. 한쪽은 상냥하게 대해 달라고."

그렇게 투덜대며 공항을 걷고 있을 때였다.

문득 키가 큰 남자가 한 소녀에게 말을 걸고 있는 광경이 눈에 들어왔다. 프랑스어라 알아듣기 힘든 부분도 많았는데 남자가 뭔가 들고 있는 카메라를 가리키고 있었다. 소녀를 사진의 피사

체로 삼고 싶다는 건가.

"뭐, 모델로 삼고 싶다는 기분은 이해한다만."

쿨한 무표정으로 서 있는 그 회색 머리칼의 소녀. 입고 있는 건 한층 눈에 띄는 고딕 롤리타 드레스. 그런 그녀는 나의 지인……으로 말해도 되는지는 모르겠지만 그 소녀는 틀림없이 노엘 드 루프와이즈였다.

공항까지 마중을 나와준 걸까. 일단 도움을 주러 노엘의 곁으로 다가갔다. 그렇지만 드라마처럼 '내 여자에게 할 말 있나?' 하고 으름장을 놓는 건 뭔가 꺼려졌다.

그러다가 이전에 노엘과 '만약 내가 가족이었다면…….' 식의 이야기를 했던 게 문득 떠올랐다. 그렇다면.

"아!"

노엘이 내 모습을 발견했다. 나는 노엘의 앞에 서서 카메라를 든 남자를 향해 어설픈 프랑스어로 이렇게 말했다.

"내 여동생에게 할 말 있나?"

◆ **오라버님도 나쁘지 않다**

"마중 나와줘서 미안한걸."

노엘이 준비해준 차에 타면서 나는 감사를 전했다.

검은색 고급 차는 다리를 뻗을 수 있을 정도로 안이 넓었고 샴페인 등도 갖춰져 있었다. 호텔까지는 10분밖에 안 걸리니 마실 시간까지는 없겠지…… 하고 생각했더니 노엘이 "드세요."
하고 잔을 내밀었다. 한 잔만 마셔볼까.

"식전의 중요한 손님을 모시러 오는 건 당연한 일이니까요."

노엘은 여전히 인형처럼 표정이 크게 변하지는 않았지만 입가
가 부드러운 미소를 띠고 있었다. 다른 정부 고관 놈들은 전부
노엘의 머리털 끝만큼이라도 본받아줬으면 좋겠다. 그리고 하
는 김에 시에스타와 나기사도. 냉큼 버리고 가고 말이야.

"그리고 감사를 드려야 할 건 이쪽입니다. 조금 전에는 감사
했습니다── 오라버니."

나는 마시던 샴페인을 뿜고 말았다.

"앗, 괜찮으신가요? 죄송합니다. 입에 안 맞으셨나 보네요.
운전사, 바로 포도밭으로."

"괜찮으니까 그보다 호텔로 가줘. 포도 수확도 숙성도 안 해
도 되니까."

나는 뿜어버린 샴페인을 손수건으로 닦아냈다.

"노엘, 누가 누구의 오라버니라고?"

"저기, 뭔가 이상한 점이라도 있으셨나요?"

이상한 점투성이다만.

나 참, 공항에서 엉겁결에 내뱉은 발언이 후회되었다. 뭐가 무
섭냐면 이 호칭을 시에스타와 나기사 앞에서 하지 않을까 하는
점이었다.

"아무래도 불편하게 해드렸나 보네요. 죄송합니다."

이어서 노엘이 공손히 머리를 숙이며 "그러면 이쪽은 어쩌신

지요?" 하고 내 눈을 지그시 바라보았다.

"오빠."

"흐읍."

나는 심장 발작으로 쓰러졌다.

『너는 바보야?』

머릿속에 시에스타까지 나타났으니 말기였다.

"후후, 죄송합니다. 여동생 조크였습니다. 용서해주시길."

노엘은 되도록 평소의 진지한 표정을 유지하려고 했지만 무의식인지 다리가 한 번씩 살랑살랑 흔들렸다.

"그러면 키미히코 님."

"벌써 호칭을 되돌리는 거야?"

"그 안건으로 잠시 이야기를 나누어도 괜찮으실지요?"

조크 타임은 끝난 모양이었다. 그리고 그 안건이라는 말에 떠오르는 건 한 가지뿐이었다.

"브루노의 일 말이지?"

며칠 전에 우리 사무소에 도착한 수수께끼의 편지―― 세계의 지식은 머지않아 스러진다. 그 일은 노엘에게도 바로 공유했지만 아직 상세히 이야기를 나누지는 않았었다.

"실은 아직 우리도 알 수 없는 것투성이라서 이 일은 충분히 알아보지 못했어."

"……그러신가요. 아니요, 그럴 수밖에 없겠지요. 본디 이건 《명탐정》님이 맡으신 일이 아니니까요."

시에스타와 나기사가 처음에 받은 지령은 어디까지나 《미지의 위기》를 타개해서 《성환의 의식》이 무사히 개최되도록 하는 것이다. 브루노의 일은 예기치 못한 일이었다.

"그래도 브루노가 정말로 《성환의 의식》에서 뭔가 위기에 처하려 하고 있다면 우리 탐정은 그걸 간과하지 않아. 직함이 어떠니 사명이 어떠니 하는 건 상관없어."

그 결의는 오는 비행기에서도 이야기를 나눈 참이었다.

"노엘 쪽은 어때. 브루노를 지킬 방법에 뭔가 계획은 있어?"

"그게, 본심을 말하자면 《성환의 의식》의 개최 자체를 중지하는 게 가장 안전하리라 생각합니다. ……그렇지만 이건 현실적으로 어렵습니다. 《연방 정부》는 한시라도 빨리 《성환의 의식》을 개최하여 《원전》을 불태움으로써 세계에 평화를 실현하길 바라고 있으니까요."

그건 노엘과 처음 만났을 때도 들었던 이야기였다. 《원전》을 불태워 《무녀》의 능력을 신에게 반환함으로써 영구적으로 세계의 재앙을 종식시키겠다는 것이다.

"확인차 묻는 건데 정말인 거지? 《성환의 의식》이 무사히 거행되면 앞으로 《세계의 위기》가 절대로 일어나지 않게 되는 거지?"

그건 예를 들어 《원전》의 소유자인 미아에게는 감각적으로 이해되는 것일지도 모른다. 그러나 당사자가 아닌 나는 그 말을 어디까지나 전해 들은 정보로 받아들일 수밖에 없었다.

"……예, 틀림없습니다."

노엘의 눈이 살짝 흔들렸다.

"과거 수천 년의 기록으로도 증명되어 있습니다. 이번의 이

《성환의 의식》이 무사히 종료되면 키미히코 님과 탐정님이 앞으로 《세계의 위기》에 말려들 일은 절대로 없습니다."

그 말을 들은 순간에 어째서 노엘이 한순간 머뭇거렸는지를 어쩐지 알 것 같았다.

과거 수천 년의 기록으로 증명. 요컨대 지금까지의 역사상으로도 《성환의 의식》이 개최된 적이 있는 거겠지. 그런데도 지금 또다시 《성환의 의식》을 개최하려는 데 의미가 있다고 한다면 그건……. 아니, 지금 중요한 건 그 부분이 아니다. 내가 알고 싶은 정보는 충분히 들었다. 지금은 "그래." 하고만 대답해두고 이야기를 이어갔다.

"그러면 브루노만 불참가하는 건 안 돼?"

이 《성환의 의식》은 초대제여서 브루노에게도 거부할 권리는 있을 터였다.

"저도 그럴 수 있다면 그러고 싶은 마음은 있습니다. 그렇지만……."

이어질 말은 예상되었다. 브루노가 거절한 거겠지.

다만 브루노의 입장을 생각하면 그것도 이해가 되었다. 먼저 시에스타와 나기사에게 《미지의 위기》와 싸우는 걸 요청해놓고 자기만 신변의 위험을 느꼈다며 전장에서 이탈하는 건 꺼려졌을 것이다.

"적어도 적의 요구가 좀 더 알기 쉬운 내용이었다면 좋았을 텐데 말이지."

그러면 그나마 교섭의 여지나 세울 수 있는 작전도 있었을 것이다. 그러나 《미답의 성역》의 사자들이 《연방 정부》에 요구하고 있는 '어떤 것'의 정체를 우리는 알지 못했다.

"……실은 조금이지만 소문으로 들은 적이 있습니다."

"소문?"

"예. 한때 《연방 정부》의 고관들이 어떤 중대한 기밀을 판도라의 상자에 감추었다는 소문을. 그러나 지금 그 비밀의 정체를 아는 이는 없지만…… 《미답의 성역》의 사자는 어떠한 방법으로 그걸 안 것이 아니냐는 이야기였습니다."

고관이 되어 가장 처음으로 들은 소문이었습니다, 하고 노엘은 말했다. 옛날부터 《연방 정부》가 숨겨왔다는 중대한 기밀. 적은 그 사정을 알고 협박하고 있었다.

"저는 어쩌면 좋은 걸까요. 어떻게 해야 세계와 할아버님을 지킬 수 있는 걸까요."

이어서 노엘은 자조하듯이 읊조렸다.

노엘의 그 고민은 복잡한 입장에서 비롯된 것이었다. 우선 《연방 정부》 고관으로서는 전 《조율자》인 브루노에게도 《미지의 위기》와 싸우게 시킬 필요가 있었다. 그게 그들이 만든 이 세계를 위한 정의의 시스템이었으니까.

하지만 노엘은 브루노와 또 다른 관계를 맺었다. 그건―― 가족. 노엘이 그 관계를 소중히 여기고 있다면 브루노가 식전에 불참가하기를 바라는 마음이 있는 것도 당연했다.

"노엘에게는 그만큼 브루노의 존재가 큰 거구나."

"……예. 할아버님만이 제 편으로 있어 주시는 가족이니까요."

이어서 노엘은 나직이 자신의 삶을 이야기했다. 15년 전에 《연방 정부》와 관계가 있는 프랑스 귀족 《루프와이즈》의 후예로 태어난 것. 그러나 그녀는 당시 루프와이즈 당주와 저택에서 일하는 메이드 사이에서 태어난 아이였다는 것. 노엘의 모친은 금방 저택에서 쫓겨났고 부친과 그 본처도 그녀의 탄생을 탐탁지 않아 했다는 것.

"저는 줄곧 루프와이즈 가문에서 없는 인간으로 취급되었습니다. 누구도 저에게 말을 걸지 않았고, 누구도 제 말에 대답해주지 않았지요. 조부모도, 부모도, 형제도, 사용인들도. 그 집에서 저는 투명 인간이었습니다."

"그걸 구해준 게 브루노였나."

노엘은 차창을 바라보며 "예." 하고 살짝 미소 지었다.

"10년 전 어느 날 할아버님께서 저를 그 집에서 구해주셨습니다. 누구와도 이야기해본 적이 없던 저에게 말을 건네주시고 웃는 법과 화내는 법을 가르쳐주시며 투명했던 저를 인간으로 되돌려주셨습니다."

노엘과 브루노의 관계는 내가 멋대로 넘겨짚을 게 아니다. 그러나 두 사람 사이에는 둘밖에 알 수 없는 10년 치의 유대가 있었다. 나와 탐정 소녀가 그랬던 것처럼.

"그러나 1년 전부터 저는 다시 혼자가 되었습니다."

노엘의 가라앉은 목소리는 승용차의 경적에 지워지는 일 없이 내 귀에 들어왔다.

1년 전에 노엘과 브루노의 양자결연은 해소되었다. 그 2년 전부터 모습을 감췄다는 오빠 대신 《연방 정부》의 고관으로서 일하기 시작한 모양이지만 그 뒤에 정식으로 브루노와의 양자결연도 해소되어 완전히 베르몬드 가문에서 나오게 되었다.

"때때로 둘만의 식사 자리를 가져주시는 것도 사실은 분명……아?"

노엘의 양 뺨이 오므라들며 입술이 모였다. 내가 오른손으로 뺨을 붙잡았기 때문이다.

"모처럼 웃는 법을 가르쳐줬다며. 스승의 가르침은 지켜야지."

나는 "우으." 하고 웅얼대는 노엘의 입을 쭉쭉 밀어 올렸다.

"브루노와 다시 한번 이야기를 나눠보자."

내가 그렇게 말하며 손을 놓자 노엘은 깜짝 놀란 것처럼 눈을 동그랗게 떴다.

"아직 할 수 있는 일이 있을지도 몰라. 사명에 따라 세계를 지키면서, 가족으로서 브루노도 지킬 방법을 조금 더 함께 생각해보자."

지금의 노엘이 브루노를 잃게 해서는 안 된다.

사명과 이기심의 틈바구니에서 흔들리는 노엘은 마치 누군가를 비추는 거울처럼 보였다.

◆작전 개시

그로부터 얼마 지나지 않아 차가 목적지에 도착했다.

나는 노엘과 일단 헤어져서 마련해준 호텔에 들어가 엘리베이터로 올라갔다.

　평소라면 절대 묵을 일이 없을 듯한 호화 리조트 호텔. 그 35층의 방을 노크하자 시에스타가 "아, 이제야 왔네." 하고 나를 맞이했다.

　"……정 없는 것들."

　"아니야. 나는 네가 설령 어떤 곤경에 빠지더라도 극복하리라 믿고 있어서 먼저 호텔에 온 것뿐인걸."

　나 참, 말이나 못 하면.

　캐리어를 끌고 안으로 들어가자 그 안은 말 그대로 스위트룸이란 구조로 침실과는 별개로 거실이 펼쳐져 있었다. 그리고 거기에서 두 탐정이 티타임 중이었는지 테이블에는 다과와 찻주전자가 놓여있었다.

　"어? 키미히코도 이 방에서 자?"

　한숨을 내쉬며 의자에 앉은 나를 보고 정면에 있던 나기사가 눈을 끔뻑였다.

　"어, 셋이 한 방으로 상관없다고 노엘에게 말했었거든."

　"정조의 위기가 느껴지는데~."

　"꼼지락대며 말하지 말라고."

　"한 적 없거든!"

　그런 즐거운 대화를 나누고 있으니 시에스타가 컵을 들고 왔다.

　"너도 홍차 마실 거지?"

　"어…… 아니, 물이면 돼."

나는 놓여있던 생수병을 집었다.

"……그래?"

그러자 시에스타가 어째서인지 조금 흥이 깨졌다는 듯이 내 옆에 앉았다.

"그건 그렇고 술 마셨어? 알코올 냄새가 나는데."

"아까 데리러 온 차에서 노엘이 주길래 한 잔만."

"나한테는 그렇게 마시지 말라고 했으면서."

그건 자업자득이었다. 이 탐정은 술 먹고 사고 친 전과가 있으니까.

"어? 노엘이랑 만났어? 그러면 그 일도 이야기했겠네?"

나기사가 초콜릿을 입에 넣으며 물었다.

"했어. 역시 브루노는 식전에 불참가할 생각은 없나 봐."

"……그렇구나. 그러면 더더욱 《성환의 의식》에 대비해 만전의 준비를 해야겠네."

"그래서 노엘도 우리를 의지하는 거겠지. 다른 《조율자》와는 대부분 연락이 되지 않는 모양이고."

시에스타의 말대로 전선에서 싸울 수 있는 타입의 전 《조율자》는 이젠 《명탐정》밖에 없었다. 그것도 두 사람 중에서 시에스타뿐이었다.

"응? 왜?"

내 시선을 깨달았는지 시에스타가 고개를 갸웃거렸다.

"아니, 샤르라도 있었으면 하는 생각이 잠깐 들어서."

"그 애는 지금 다른 임무 중이니까."

그 말대로 일주일 정도 전에 《성환의 의식》에 참가할지 말지를 고민하던 샤르는 결국 불참가하기로 한 모양이었다. 하지만 그건 부정적인 의미의 이유가 아니라 에이전트인 샤르에게 다른 중요한 임무가 생겼기 때문이라고 했다.

"걔가 지금 뭘 하고 있는지는 시에스타도 모르는 거지?"

"응, 하지만 샤르는 그거면 돼."

시에스타는 어딘가 아련한 표정으로 말했다. 그 옆얼굴은 조금이지만 자랑스러운 것처럼 보였다.

그랬다. 샬럿은 이제 탐정의 등을 좇기만 하는 에이전트가 아니다.

"유이는 해외 공연 준비 열심히 하고 있으려나."

나기사가 핸드폰을 보며 중얼거렸다. 라이브 날은 모레라고 들었다.

"참고로 아까 '지금 뭐 해?'라고 메시지를 보냈더니 '제 남친이세요?' 하고 답장이 왔어."

"유이 칼 같네."

그런 대화를 한차례 끝낸 뒤.

"그래서 시에스타. 이제부터 어떻게 움직일 거야? 뭐가 되었든 브루노와는 좀 더 이야기를 나눠봐야 할 것 같은데."

"현 단계에서 우리가 할 일은 설령 《성환의 의식》이 누군가에게 습격당하더라도 최소한의 피해로 막을 준비를 해두는 거겠지."

내 물음에 시에스타가 핸드폰을 보며 앞으로의 방침을 이야기했다.

"응? 그런데 이 작전은 아직 조수하고 공유하지 않았던가?"

"나도 보험이라고 할까 준비하고 있는 게 하나 있긴 한데……지금은 됐나."

"야야. 너네 핸드폰만 보지 말고 나한테도 좀 알려달라고."

최근에 팀의 방침을 통일하지 않는 편이 도리어 잘 풀릴 수도 있다는 걸 배우긴 했지만 말이지.

"뭐, 나한테도 일이 터졌을 때를 대비한 비장의 수는 있다만."

"와아, 그거 다행이네."

시에스타, 그 영혼 없는 대답은 좀 많이 상처받는다만.

"그래도 최종적인 판단을 내릴 사람은 필요할지도 모르겠어."

그렇게 의견을 낸 건 나기사였다. 확실히 아무리 작전과 준비를 갖추더라도 그 순간에 결단을 내리지 못한다면 의미가 없었다.

"조수면 되지 않아?"

그런데 뜻밖에도 시에스타가 그렇게 제안했다. 나와 나기사는 나란히 고개를 갸웃거렸다.

"지금 생각해보면 《조율자》의 권한을 되찾는 것도, 《성환의 의식》에 참가하는 것도, 《미지의 위기》에 대비하는 것도 전부 나와 나기사가 정해버렸으니까. 그러니 다음은 네 차례야. 마지막 지휘권은 조수에게 맡길게."

시에스타는 그렇게 말하며 내 뺨을 손가락으로 몇 번이나 쿡쿡 찔렀다.

"신뢰의 증거지? 책임을 떠넘긴 건 아니지?"

내가 쓴웃음을 짓고 있으니 불현듯 핸드폰에 몇 통의 메시지가 왔다.

"……아하, 그렇군."

두 탐정과 각각 한순간씩 눈이 마주쳤다.

작전은 이미 시작되어 있었다.

◆에덴의 사자

그로부터 태양이 30도 정도 기울어진 뒤.

"예뻐라~! 영화 속 세상에 있는 것 같아!"

강을 나아가는 작은 배 위. 석양에 녹아드는 거리를 바라보며 나기사가 황홀한 표정으로 탄식했다. 호텔 방에서 한숨 돌린 뒤에 나는 탐정들과 파리의 경치를 한눈에 볼 수 있는 센강의 크루징 투어에 참가하고 있었다.

이 투어는 한 시간 남짓의 유람으로 에펠탑과 알렉산더 3세 다리를 배 위에서 구경할 수 있다. 다만 어떤 사정으로 곧 투어가 폐지되는 모양이라 우리는 아슬아슬하게 이 영화 같은 경치를 구경할 수 있었다.

"영화 같은 경험은 질리도록 체험했지만 말이지."

그리고 시에스타도 갑판에 서서 내용물은 주스인 와인 잔을 들고 우수에 젖어 있었다. 시에스타의 말대로 스파이 액션 영화도, B급 SF영화도, 물론 탐정 영화도, 우리는 온갖 은막에서 주연을 맡았었다.

"러브 로맨스는 없었지만."

"그러게. 근데 그건 주연 때문일지도."

내 말에 나기사와 시에스타가 하고 싶은 말이 있는 것처럼 나를 바라보았다.

"불합리해."

나는 지금뿐이라는 타이밍으로 그렇게 불평하며 와인을 마셨다.

입속에 퍼지는 떫은맛은 커피와는 또 다른 깊은 풍미가 있었다.

"역시 여러분은 어른이시네요."

우리 세 사람을 보며 그렇게 말한 건 노엘이었다. 이 투어를 대절해서 세팅해준 게 그녀였다.

"분명 저로는 상상도 못 할 일들을 몇 번이나 체험하며 넘어서서 세 분만이 이해할 수 있는 특별한 관계를 쌓았다는 게 느껴집니다."

그런 말에 우리 세 사람은 얼굴을 마주 보았다. 표정은 각양각색. 시에스타는 무심한 표정 안에 자긍심이 엿보였으며 나기사는 만족스러워하면서도 쓴웃음을 지었고…… 내 얼굴은 두 사람에게 어떻게 보일까.

"그런 여러분의 관계를 일본에서는 뭐라고 했었지요? 삼파전은 아니고…… 아, 삼각관계였네요."

"슬슬 본론으로 들어갈까."

나는 노엘이 내뱉은 불온한 단어를 차단하며 이 자리에 있는 또 한 명의 인물에게 시선을 보냈다.

"역시 내일 식전을 불참가할 생각은 없는 거지? 브루노."

모자를 쓴 그 노신사는 우리에게서 조금 떨어진 위치에서 와인 잔을 들고 강을 바라보고 있었다. 브루노를 이 자리에 부른 것도 노엘이었다.

"그렇다네. 자네들을 전장에 세워놓고 나 혼자만 그늘 밑에서 독서를 할 수는 없으니까."

그리고 들었던 대로 브루노는 어디까지나 자신의 사명을 우선시하려고 했다.

"여기서 적에게 굴복하면 정의가 퇴색된다네. 나는 어떠한 협박에도 굴복하지 않아."

"할아버님……."

노엘은 그런 브루노를 걱정스러운 눈으로 바라보았다.

"걱정할 것 없단다. 그리고 《미답의 성역》의 사자가 《연방 정부》를 노리고 있다면…… 노엘, 너도 위험한 건 마찬가지지. 그렇지 않니?"

"그건 그렇지만…… 할아버님은 적에게 유일하게 지목되었어요. 가장 경계하면서 지목된 이유를 살피는 게 급선무라고 생각해요."

브루노와 노엘은 서로를 걱정하며 맞부딪쳤지만 타협안은 나오지 않았다.

"그래도 노엘의 말대로일지도 모르겠어."

그런 두 사람의 대화에 끼어든 건 나기사였다.

"어째서 《미답의 성역》의 사자는 브루노 씨만을 개별적으로 노리는 걸까. 《연방 정부》의 편인 인간은 그 밖에도 있잖아?"

확실히 그랬다. 《연방 정부》와 협력해서 《미지의 위기》를 몰아내려고 하는 건 이 자리에 있는 두 탐정도 마찬가지일 터였다.

"아니, 먼저 말하자면 나는 자네들이 받았다는 편지가 《미답의 성역》의 사자가 보낸 것으로 생각되지 않는다네."

그러나 브루노는 그 전제를 일단 뒤엎었다.

"그들은 이때까지 편지 같은 매체로 《연방 정부》에 접촉을 꾀한 적은 없다고 들었네. 그렇지, 노엘?"

"……예. 간단히 말하자면 전기공학적 의미의 '신호'로, 그들의 메시지가 저희도 이해할 수 있는 언어로 전자단말에 들어옵니다만 무슨 수를 써도 그 프로그램은 해석할 수가 없습니다."

뭔가 골이 아파지는 이야기인데 요컨대 《미답의 성역》이 보낸 통신은 어디에서 보낸 건지 로그를 추적하는 것도 불가능하다는 건가. 그러고 보니 저번에도 그런 이야기를 했었는데, 여하튼 《미답의 성역》의 주민들은 그만큼 미지의 기술력을 가지고 있는 모양이었다.

"그럼 역시 그 편지를 보낸 건 전혀 별개의 제삼자겠어."

이야기를 들은 시에스타는 처음부터 그 가능성이 크다고 짐작했는지 납득한 것처럼 고개를 끄덕였다.

"그렇다네. 하지만 나를 노리는 적이 누구인지는 상관없다네. 《대재앙》이 종식되었어도 지금까지 잠시도 경계를 늦춘 적도, 정의의 마음을 잊은 적도 없지. 그 어떠한 거악이 오더라도 맞상대할 걸세."

브루노는 그렇게 입에 담으며 웅대한 강을 바라보았다. 수면에서는 들새 몇 마리가 날고 있었다.

"비가 오겠어."

뒤이어 시에스타가 하늘을 올려다보지도 않고 그렇게 말했다.

"비? 구름은 별로 안 꼈는데."

"새가 수면 가까이에서 날았잖아. 습기로 날개가 무거워진 벌레를 잡아먹기 위해서야."

……그렇군. 실제로 이때까지도 시에스타의 분석을 바탕으로 한 직감은 대개 적중해왔다. 이제부터 비가 온다면 투어를 일찍 끝내는 편이 좋을지도 모르겠다.

"그리고 무엇보다도 오래된 상처가 조금 아파."

이어서 시에스타가 왼쪽 가슴에 손을 대었다.

내가 시에스타의 그런 행동에 눈을 돌린 다음 순간이었다.

비보다도 먼저 '그 녀석'이 찾아왔다.

『──어째서 우리의 요구를 이해 못 하지?』

우리의 머리 위 몇 미터 앞, 배의 돛대.

발 디딜 데라고는 거의 없는 그곳에 까마귀를 본뜬 마스크를 쓴 누군가가 서 있었다.

"키미히코, 저거……."

"……그래. 물러서 있자."

나는 그 녀석의 정체를 짐작하고 나기사와 함께 일단 뒤로 물러났다.

『연방 정부, 조율자, 응답하라.』

곧 붉은 로브를 걸친 그 녀석이 고개를 90도로 꺾으며 기계음 같은 목소리로 말을 걸어왔다. 의사소통을 시도할 수는 있을 것 같았다.

"당신은 누구지?"

그러자 시에스타가 그 녀석을 향해 머스킷총을 겨누었다. 동요도 초조도 없었다. 그저 옛날처럼 지금 자신이 해야 할 역할을 다했다. 하지만 그런 시에스타의 앞을 조용히 손으로 가리며 일단 진정시키려고 하는 인물이 있었다── 브루노였다.

"귀공이 그 《미답의 성역》의 사자인가?"

브루노는 최대한 침착하게 그 까마귀 마스크의 인물에게 물었다.

『너희가 부르는 이름에 의미는 없다.』

그건 은연중에 브루노의 질문에 긍정하는 것처럼 들렸다. 그리고.

『우리는 그저 세계의 비밀을 바란다.』

미지의 세계에서 찾아온 그 사자는 구태여 우리가 이해할 수 있는 언어로 교섭을 시도했다. 세계의 비밀── 그게 놈들이 《연방 정부》에 양도를 요구하고 있는 것이겠지. ……그렇지만.

"그것만으로는 알 수 없습니다."

노엘이 한걸음 나서며 까마귀 마스크를 상대했다.

"《연방 정부》는 당신들의 모든 것을 거부하는 건 아닙니다. 그저 그 '세계의 비밀'이란 게 대체 무엇을 가리키는 건지 아직 알지 못합니다.”

그러므로 교섭할 길이 없습니다, 하고 노엘이 호소했다.

『어째서.』

그러자 까마귀 마스크가 재차 고개를 반대 방향으로 꺾었다.

『어째서 모르나. 어째서 잊었나.』

다음 순간, 귀청에 불쾌한 째지는 노이즈가 내달렸다. 반사적으로 귀를 막으며 감고 있던 눈을 떠보니 배 주위의 수면에 대량의 물고기와 새가 떠올라 있었다.

“──윽, 노엘 물러나.”

시에스타가 앞으로 나서며 돛대 위에 선 까마귀 마스크를 향해 총구를 겨누었다.

“잊었다는 게 무슨 말이지? 처음부터 모르는 게 아니란 거야?”

『쏴 봐라.』

그 도발에 시에스타는 한순간 얼굴을 찌푸리면서도 방아쇠를 당겼다. 눈으로는 쫓을 수 없는 속도의 총탄이었지만 그 일격은 적에게 적중하기 직전에 멈추더니── 홀연히 사라졌다. 마치 차원의 틈새에라도 빨려 들어간 것처럼.

『교섭은 중단되었다.』

곧 성역의 주민은 기계적으로 그렇게 단정하더니 그 자리를 뜨려고 했다.

“기다려.”

또다시 그렇게 날카롭게 말한 건 시에스타였다.

깨닫고 보니 비가 한 방울씩 내리기 시작하고 있었다.

"당신의 동료에게 전해. 이 상태로는 당신들의 요구는 절대로 받아들여지지 못해. 우선은 당신들의 목표를 확실히 정하고 그걸 우리에게 전하라고 말해."

총은 이제 들지 않았다.

하지만 그 탐정은 미지의 적을 향해 그 어떤 무기보다도 격렬하고 격정적으로 말했다.

"지금은 아직 서로 싸움의 무대 위에 서지도, 교섭의 테이블에도 앉지 못했어. 그럼에도 당신들이 일방적으로 이 세계와 동료에게 피해를 주려고 한다면 나는 불가침의 규율 같은 건 상관없이 성역에라도 지옥에라도 쳐들어가서 싸울 거야——기필코."

그 선언을 들으며 까마귀 마스크는 커다랗고 공허한 검은 눈으로 시에스타를 지그시 바라보았다. 하지만 그 커다란 부리에서 무언가 다른 말이 나오는 일은 없었다.

◆무지의 왕

나와 탐정에게는 옛날부터 이어온 어떤 습관이 있었다. 그건 사건이 하나 해결되면 애프터눈 티나 맛있는 디너로 피로를 푸는 것. 그 자리에서 사건을 돌아보고 반성하며 다음 과제로써 교훈으로 삼았다.

그러나 우리도 예전보다 어른이 되어 그 의례도 조금 형식이 변했다. 식후에 마셨던 홍차와 커피는 때론 와인과 칵테일이 되었다. 아무튼 그건 탐정과 조수에게 있어서 소중한 커뮤니케이션의 일환이어서 그렇게 지금도 다이닝바를 찾아왔는데…….

"하아, 결국 뭐하러 온 걸까, 그 까마귀 마스크."

맥주잔을 테이블에 내려놓으며 나기사가 한숨을 내쉬었다.

두 시간 정도 전에 소형 크루즈선에 나타난 《미답의 성역》의 사자. 결국 녀석은 그로부터 바로 자리를 떴고 남겨진 우리는 어쩔 수 없이 해산하게 되었다. 그렇게 나, 나기사, 시에스타 세 사람은 사건을 해결하지는 못했지만 이 답답한 울분을 풀기 위해 이 바를 찾아와 있었다. 그리고 잔을 기울이고 있는 건 나기사와 나만이 아니었고…….

"멜론은 채소라는 사람도 있지만 나는 과일이라고 생각해. 옛날에 어떤 유명한 코미디언이 마요네즈와 먹어도 괜찮은 게 채소, 안 괜찮은 게 과일이라고 해서 나도 시험 삼아 멜론에 마요네즈를 뿌려서 먹어봤는데 아주 맛이 좋았으니까 결국 멜론은 채소인 거야."

레드 와인이 담긴 잔을 들고 그런 지리멸렬한 소리를 하는 백발의 탐정 시에스타. 상기된 피부에 몽롱한 눈. 역시 평소보다 조금 더 흥분한 상태였다.

술을 마시면 대개 이렇게 되어버리는 시에스타에게는 알코올 금지령을 내렸었는데…… 나와 나기사가 잠시 눈을 뗀 사이에 와인을 입에 대서 깨닫고 보니 이런 꼴이었다.

"얘, 조수. 듣고 있어?"

시에스타가 입을 비죽이며 나를 표적으로 삼았다.

"그래, 시에스타가 좋아하는 과일 랭킹 말이잖아. 빨리 베스트3을 알려줘."

주정뱅이를 적당히 상대하며 물을 마셨다. 알코올이 너무 들어가면 나도 괜한 짓을 저지를 것 같았다.

"……뭔가 대답이 건성인데. 뭐야? 나와 술 마시는 게 재미없어?"

그러자 시에스타가 더욱 언짢은 얼굴이 되어 나를 흘겨보았다.

"아까부터 계속 재미없는 표정이야. 내가 무슨 말을 해도 계속 그런 느낌."

나 참, 예전의 취한 시에스타라면 이 정도의 대응으로도 신나서 웃었을 텐데 그래도 조금은 술이 강해진 모양이었다. 그렇게까지 태도로 고민을 드러낼 생각은 없었는데 들켜버렸나.

"크루즈선에서 있었던 일 말인데."

나는 잔을 내려놓고 시에스타에게서는 시선을 피하며 이렇게 물었다.

"마지막에 왜 적에게 그런 말을 한 거야?"

"……무슨 말? 잘 기억 안 나는데."

노골적으로 시치미를 뗀다는 건 제대로 기억하고 있다는 증거였다.

시에스타는 그 까마귀 마스크를 향해 세계와 동료를 지키기 위해서라면 불가침의 규율을 어겨서라도 성역에 쳐들어가 싸우겠다고 선언했다. 그리고 지금 내 안에서 끓고 있는 불만의 가장 큰 원인은 시에스타의 그 발언이었다.

"내일 있을 《성환의 의식》이 끝나면 시에스타도 나기사도 《조율자》는 졸업이야. 이 이상 《미답의 성역》과 엮일 필요는 없어."

"그 《성환의 의식》이 무사히 끝날지 어떨지를 알 수 없잖아. 그 까마귀 마스크 일당들이 계획한 《미지의 위기》가 해결되지 않으면 나는 계속 싸울 거야. ——너는 어떤 점이 불만인 건데?"

시에스타가 생수를 비우고 말했다.

잔 안의 얼음이 달그락거렸다. 이젠 시에스타도 술기운이 가셨을 것이다.

"시에스타가 그래야 하는 의미는?"

"나는 《명탐정》이니까."

"엄밀하게는 지금도 직무 대행이잖아."

"평범한 탐정이라도 그럴 거야."

"아니, 왜 그렇게까지."

짧은 말의 응수. 둘 다 술은 깼다. 그렇지만 끓어오른 열기는 식지 않았다.

"너희도 그렇게 해줬으니까."

시에스타의 푸른 눈이 나를 보았다.

하지만 금방 눈을 돌리며 이어서 이렇게 입에 담았다.

"너희도 예전에 자신의 목숨을 걸고 나를 구해줬잖아. 그러니 나도 같은 행동을 하는 것뿐이야."

직함이나 사명 같은 건 상관없다고 시에스타는 말했다.

"만약 나의 소중한 것이 상처 입으려 한다면 그때는 나도 전력으로 싸울 거야. 그리고 너희를 지킬 거야."

그렇게 시에스타는 말을 맺었다.

우리 사이의 침묵을 채우는 건 다이닝바에 흐르는 조용한 BGM과 다른 손님의 말소리뿐.

시에스타와 이런 언쟁을 한 건 오랜만이었다.

"자자, 거기까지."

이윽고 그 정적을 완전히 깨트린 건 나기사였다.

짝, 하고 손뼉을 쳐서 긴장되어 있던 분위기를 푼다.

"그리고 하는 김에, 에잇."

꽁, 하고 딱딱한 소리가 났다.

나와 시에스타의 머리를 나기사가 주먹으로 찧은 소리였다.

"아얏?! 나기사, 너⋯⋯!"

"⋯⋯아파, 너무해, 왜."

그러나 나기사는 나와 시에스타의 비난하는 시선에도 굴하지 않고 크게 한숨을 내쉬었다.

"둘 다 두 번 죽어볼래? 어때, 조금은 머리가 식었어?"

⋯⋯그게 목적이라면 처음 박수만으로 충분했던 것 같은데 말이지. 나 참.

"미안. 너무 마셨나 봐."

알코올 때문인 걸로 해달라며 나는 나기사에게 우선 사과했다.

"나도 미안해, 나기사. 이번에는 조수 때문인 걸로 해줘."

끝까지 나쁜 여자였다. 내가 흘겨보자 시에스타는 새침하게 고개를 돌렸다.

그런 우리를 보고 나기사는 "하아, 정말이지." 하고 재차 한숨을 흘렸다. 그리고.

"그래도 결국엔 둘 다 그 부분 때문이란 말이지."

그렇게 천장을 바라보며 작게 중얼거렸다.

"자, 시에스타. 호텔로 돌아가자. 일어날 수 있겠어?"

그러고 나서 나기사는 시에스타를 부축하며 자리를 뒤로하려고 했다.

"나만 두고 가려고?"

"이대로 얼굴 보고 있어도 또 싸울 거잖아. 일단 서로 거리를 두는 편이 좋아."

그리고, 하고 나기사가 이렇게 덧붙였다.

"키미히코는 이제부터 할 일이 하나 있잖아?"

……그랬었다. 그건 시에스타에게 부탁받았던 어떤 일이었다. 나는 뒤에 있을 일을 생각하며 홀로 바 카운터 쪽으로 자리를 옮겼다.

"그럼 나기사. 시에스타를 부탁할게."

내가 그렇게 말하자 등을 돌리고 있던 시에스타는 한순간 반응하기는 했지만 돌아보는 일은 없이 그대로 나기사와 돌아갔다.

"백일몽의 저런 모습을 보는 건 나도 처음이군."

대체 언제부터 그 자리에서 우리를 보고 있었는지. 아까와 똑

같은 양복 차림의 노인은 세 자리 떨어진 카운터석에서 위스키를 마시고 있었다.

브루노 베르몬드, 내가 기다린 사람이었다.

"약속 시각보다 조금 일찍 도착해버려서 말이지. 자네들의 즐거운 연회를 안주 삼아 마시고 있었다네."

브루노가 눈을 좁히며 웃었다. 내가 홀로 이 자리에 남은 건 그와 조금 더 나눠야 할 이야기가 있었기 때문이다. 그런데 설마 계속 보고 있었을 줄이야.

"미안한걸. 이상한 집안싸움을 보여줘서."

"아닐세. 그렇게 감정을 드러낸 모습은 신선했지만 그건 속내를 숨길 수 없는 상대와 진심으로 언쟁했기 때문이겠지. 그게 잘못일 리가 있겠는가."

그렇게 말하며 브루노는 잔을 카운터에 내려놓았다. 어느 사이엔가 가게 내부는 다른 손님이 사라진 상태였다. 듣기 좋은 재즈만이 배경음처럼 흘렀다.

"그러면 슬슬 나를 이 자리에 부른 이유를 물어봐도 되겠는가? 비밀 회담이라고 했는데."

브루노는 위스키를 비우고 몇 자리 떨어진 나를 보았다.

"그렇게 하지. 브루노, 당신은 어째서 그렇게까지 《미지의 위기》와 싸우는 것에 얽매이는 거지?"

결국 그 물음은 아까 나와 시에스타가 언쟁하게 된 원인이기도 했다.

지금 또 그걸 브루노에게 물어본다는 것도 이상한 이야기처럼 느껴졌다. 하지만 그 대답을 알아내는 게 나의…… 조수로서의 일이었다.

"지금에 와서 그걸 왜 이 자리에서 묻지?"

"노엘이 있으면 대답하기 힘든 것도 있을까 싶어서 말이지."

가족이니까. 신뢰할 수 있는 상대이기에 쉽게 말할 수 없는 것도 있다.

적어도 내가 그러했듯이.

"《조율자》로서. 정의의 사도로서 당연한 책무라고 대답하면 납득하지 못하는가?"

"그래, 나는 당신의 프로필이 알고 싶은 게 아니니까."

신분이나 직함이나 경력만으로 그 인물을 안다고 생각해서는 안 된다는 걸 얼마 전에도 일을 통해 배운 참이었다.

"——오래전에 여행을 했었다네."

그러자 브루노는 내 설득에 꺾였는지 정면을 보며 이야기하기 시작했다.

"아직 젊을 적, 저널리스트로서 이 세상을 알기 위해 나선 방랑하는 여행이었지. 그 여행 중에 어떤 나라의 문화가 마음에 들었던 나는 오랜 세월을 그곳에서 지냈다네."

그건 백여 년을 살아온 석학의 정보상이 보낸 과거였다. 나는 그 이야기를 귀 기울여 들었다.

브루노의 말에 따르면 그곳은 소국이면서도 에너지원이 풍부하여 경제적으로도 풍족한 나라였다고 한다.

"하지만 그 풍족함이 침략자에게는 좋은 먹잇감이 되기도 하지. 이윽고 인근의 군사 강국이 그 소국에 불평등조약을 체결하도록 계속해서 압박을 해왔다네. 그에 소국의 왕은 국민을 지키기 위해 어쩔 수 없다며 강요받은 조건을 전부 받아들였지."

브루노는 소국의 그 방침에 반대였다고 했다. 하지만 당시에는 평범한 일개 저널리스트이자 여행객에 지나지 않았던 그에게 나라를 움직일 힘은 당연히 없었다.

"하지만 내 예상과는 다르게 그 소국의 평화는 지켜졌다네. 확실히 옛날만큼 풍족하지는 않게 되었지만 적어도 전쟁의 위험이 국민을 덮치는 일은 없었지. 왕의 영단으로 나라가 지켜진 걸세."

그랬기에 나는 부끄러워했다며 브루노는 중얼거렸다.

안이하게 나라의 풍족함과 사람의 목숨을 저울질하려고 했던 게 잘못이었다고. 그렇게 소국의 왕은 국민의 사랑을 받으며 행복한 채로 수명을 맞이했다고 브루노는 이야기했다.

"그건 어느 나라의 이야기지?"

해피엔딩으로 끝난 그 이야기의 후일담이 신경 쓰였다.

"이름은 없다네."

브루노는 선뜻 말했다.

"지금의 이 세상에는 그 나라의 이름이 없지. 그 왕이 죽고 15년 뒤, 경제가 붕괴된 소국은 당시의 동맹국에 의해 할양되어 지도에서 사라졌다네."

그건 브루노의 연령을 생각하면 아마도 지금으로부터 백 년 가까이 지난 옛날이야기이겠지. 상식적으로 생각해서 자신이 체험하여 이 에피소드를 이야기해줄 수 있는 인물은 이미 이 세상에 달리 없을 것이다. 그건 브루노만이 해줄 수 있는 진실의 이야기였다.

"위대한 왕은 아무것도 모르는 채로 죽었다네. 국민의 사랑을 받으며 자신의 죄를 아는 일 없이 눈을 감았지."

과거의 일을 어렴풋이 떠올리듯이 브루노는 눈을 좁혔다. 나에게는 그런 브루노에게 건넬 수 있는 말이 없었다.

"이건 반드시 무기를 들고 싸워야 한다는 이야기가 아니라네. 그저 우리는 세계를 지킬 방법을 모색하고 끊임없이 노력하는 걸 게을리해서는 안 된다는 걸세."

건넬 말은 없었다. 그래도 브루노의 그 철학이 틀리지 않았다는 것만큼은 나도 알 수 있었다.

"그리고 지금 다시 세계가 전환점을 맞이한다면 우리는 의지를 다져야 한다네. 이번 《성환의 의식》에서 우리는 세계를 지킬 결의를 보여야 하는 걸세. 설령 《미지의 위기》가 그걸 방해하려 획책하더라도."

그게 브루노 베르몬드의 결의였다. 직함이나 프로필은 상관없이 그가 지금까지 살아온 역사에서 비롯된 위대한 의지였다.

"그러니 소년. 나보다도 노엘을 신경 써주길 바라네. 노인의 짧게 남은 인생보다도 미래 있는 젊은이를 지켜줄 수는 없는가?"

브루노는 그렇게 나에게 의뢰했다. 나는 탐정이 아니다. 그러나 사람이었다.

사람으로서 그 소원을 들어주지 않을 수는 없었다. ——다만.

"노엘도 브루노도 구한다는 걸로는 안 되나?"

오만하게도 나는 그런 제안을 입에 담았다.

만약 지금 이 자리에 나의 파트너들이 있었다면 그렇게 말했을 거라고 생각했기 때문이다.

"당신의 말대로 《성환의 의식》은 이루어져야겠지. 그 개최는 나와 탐정이 보증하겠어. 그러니 내일 일은 우리에게 맡기고 브루노는 안전한 장소로 피난해줄 수는 없을까?"

그렇게 말하면서 나는 가방에서 어떤 물건을 꺼냈다.

"이 《원전》은 반드시 《성환의 의식》에 가져갈 테니까."

"……그렇군, 무녀 소녀에게 받았는가."

모든 미래를 내다보는 《무녀》 미아 위트록. 그녀가 나에게 이 책을 맡겼다. 내일의 운명을 내 손에 쥐여주었다.

"하나, 《무녀》는 모든 힘을 잃었지. 진정으로 미래를 예언할 수 있는 이는 이 세계엔 존재하지 않아."

그러나 브루노는 생각을 굽히지 않고 고개를 내저었다.

"그러한 불안정한 미래에서 바라는 미래를 실현할 수 있다고 생각하는가?"

"하지만 당신은 미래 대신 세계의 모든 것을 알고 있잖아."

내가 그렇게 말하자 잠시간 침묵이 있었다. 하지만 잠시는 잠시일 뿐.

"그래, 맞다네. 나는 알고 있지. 모든 것을 알고 있어. 그러나 알고만 있을 뿐이라네. 반드시 정답을 끌어내지 못해. 때로는 잘못된 답을 내놓을 때도 있겠지."

브루노는 자신의 입장과 능력을 냉정하게 그리 분석했다. 알고 있는 것만으로는, 데이터가 갖춰진 것만으로는 혼자서 답을 내놓지 못하는 일도 있다고.

 내 경우에는—— 그럴 때 올바른 답을 제시해 주는 존재가 곁에 있었다. 먼 과거로 거슬러 올라가 보면 내 스승을 자처하던 남자가 그랬다. 그다음에는 시에스타. 그녀가 없어진 뒤에는 나기사. 그리고 지금은 많은 동료가 나와 함께 답을 찾아준다.

 하지만 브루노. 전지일 그가 만약 어떠한 답을 잘못 내놓는다면. 그런 만일의 일이 찾아온다면 그때는.

 "만약 언젠가 내가 잘못된 답을 내놓는다면 마찬가지로 그걸 바로잡을 인물 또한 나타나겠지. 세계는 그렇게 조율된다네."

 브루노는 남아있던 위스키를 비우며 그렇게 말했다.

 "세계의 지식을 바로잡는 인물. 정말로 그런 존재가 태어난다고?"

 "그렇다네. 그런 존재를 뭐라 부르는지 아는가?"

 그런 되물음에 나는 바로 그럴듯한 대답을 하지 못했다.

 그러자 브루노는 유쾌하다는 듯이 웃으며 일어섰다.

 "하하, 내가 알 리가 없지 않은가. 내 존재를 뛰어넘은 인물의 일이니까 말일세."

 그리고 지팡이를 짚으며 브루노는 홀로 자리를 떴다.

 술은 우리를 사람으로 되돌린다.

 탐정도 현자도, 소녀도 노인도 모두 공평하게.

그리고 혼자가 되어 나도 돌아가려고 일어섰을 때 카운터에 놓아둔 핸드폰 화면이 빛났다. 그건 메시지 앱의 알림 메시지로 —— 나기사가 보낸 것이었다.

『돌아오면 이야기 좀 안 할래?』

나는 답장을 하려고 핸드폰을 집어 들었다. 하지만 그 타이밍에 발신자 제한 전화가 울렸다.

"우연이 겹치는걸."

나기사의 메시지에 답장을 할지, 아니면 이 전화를 받을지.

망설인 뒤에 나는——.

◆ 설령 정의가 죽더라도

맞이하러 온 차에서 내려서 도착한 곳은 신전이나 혹은 유적처럼 보이는 장소였다.

지붕이 없어 달빛이 밝게 비쳐드는 그 건물에는 여기저기에 덩굴이 감겨 있었다. 벽과 기둥도 군데군데 무너져 있지만 원래는 장엄한 모습이었으리라는 게 엿보였다.

해 질 녘부터 내리기 시작한 비는 어느 사이엔가 멎어 있었다.

달빛에 더해 최소한의 라이트가 바닥에 설치되어 있어 밤중에도 시야가 확보되었다. 그래서 나를 이 자리에 불러낸 인물이 거기에 서 있는 것도 잘 보였다.

"오랜만인걸, 스티븐."

예전과 변함없는 백의 차림의 그 남자는 뒤를 본 채 뭔가 바쁘게 손을 움직이고 있었다.

"불러내 놓고 미안하지만 조금 기다려줬으면 하는군."

그렇게 말한 스티븐의 앞에는 작은 모니터가 놓여있었다. 모니터에 비친 건—— 꿈틀거리는 붉은 장기, 박동하는 심장이었다. 이어서 메스를 쥔 손이 비쳤다. 다만 그건 사람의 팔이 아니라 기계의 암이었다.

"원격 수술인가."

수년 전에 실용화되었다는 그 기술은 집도의가 현장에 없어도 로봇으로 수술하는 게 가능했다.

다만 심장 수술이나 생체 간이식 등의 기술과 정밀함이 더욱 요구되는 시술을 담당할 수 있는 의사는 대단히 한정되어 있다들었다. 예를 들면 이 전 《발명가》이자 신의 손을 가진 의사 스티븐 블루필드처럼.

"행방불명이라고 들었는데."

그런 사람과 설마 이런 데서 만나게 될 줄이야.

"사람의 생명이 있는 한 의사의 일에 끝은 없다. 지금도 이 세계의 한구석에서 사라져가는 생명을 구할 방법을 바라는 외침은 멈추질 않지."

내 말에 스티븐은 등을 돌린 채 말했다.

달밤 아래서 이루어지는 외과 수술. 그가 움직이는 손끝과 모니터에 비친 기계 암의 움직임은 완전히 일치했다.

"아직 세계에는 분쟁으로 묻힌 지뢰가 남아있는 지역도 많다.

사람이 쉽게 들어갈 수 없는 장소에서도 이 원격 수술은 도움이 되지."

그랬다. 설령 이 지구상에서 《세계의 위기》가 없어지더라도 분쟁이 완전히 사라지는 건 아니었으며 한때 일어났던 재앙의 뒤처리도 완전히는 끝나지 않았다.

그리고 스티븐은 《조율자》라는 입장이 아니게 된 지금도 변함없이 의사로서 활약하고 있었다. 그건 《명탐정》이 아니게 된 시에스타가 마찬가지로 민간 탐정을 계속하려고 한 것과 같을지도 모른다.

"기다리게 했군."

이윽고 스티븐은 모니터의 전원을 끄고 내 쪽을 돌아보았다.

빠른 게 아닌가 싶었는데 아무래도 스티븐은 그밖에 담당하지 못할 처치를 했을 뿐이고 그다음은 현지의 의사에게 맡긴 모양이었다. 그렇게 효율화함으로써 최대 다수의 환자를 구한다. 그건 전에도 들었던 그가 가진 의사로서의 철학이었다.

"당신 덕분에 나기사도 시에스타도 건강해. 다시 한번 감사를 전할게."

이렇게 스티븐과 만나는 건 대략 1년 만이었다.

두 탐정의 목숨을 몇 번이나 구해줬던 전 《발명가》는 1년 전에 시에스타를 깨운 어떤 사건에도 관여했었다.

"아니, 나는 아무것도 하지 않았어."

스티븐은 밤하늘을 올려다보며 부정했다.

겸손해하는 표정으로는 보이지 않았다.

"그래서 스티븐. 아까 했던 말이 사실이야?"

브루노와 대화를 나눴던 그 바에서 걸려 온 한 통의 전화.

나는 그 지시에 따라 맞이하러 온 차를 타고 이곳에 왔다.

"정말로 있다면 들려줘, 《미지의 위기》를 막을 방법이라는 걸."

그 말을 바로 믿은 건 아니었다. 하지만 이야기를 들어보지 않으면 알 수 없는 것도 있으리라 생각한 나는 그 제안을 받아들였다.

"그래, 사실이다. 지금까지 우리는 줄곧 그 방법을 모색했지."

──우리? 달리 누군가가 있는 건지 주위를 둘러보니 갑자기 눈 부신 빛이 들이쳤다. 바닥에 설치된 라이트의 광량이 커진 거겠지. 그리고 그 빛의 선이 스티븐의 배후에 있던 거대한 물체를 비추었다.

"포대?"

올려다볼 수밖에 없는 모뉴먼트 같은 그건 자세히 보니 덩굴에 감겨 있었다. 그러나 하늘을 향해 길게 뻗은 강철의 원통은 역시 대포처럼 보였다.

"지금은 쓰이는 일이 없어진 고대의 유산이다."

스티븐도 그걸 바라보며 말했다.

"저 포구는 어디를 겨누고 있는 것 같나."

불현듯 그 병기 근처에 두 개의 실루엣이 떠올라 있는 걸 깨달앉다. 아니, 근처라기보다 그중 한 사람은 거대한 포대 위에 책상다리로 앉아 있었다.

"저자는……."

라이더 재킷을 입은 그 녀석은 머리를 덮는 기계형 마스크를 쓰고 있었다. 이쪽을 돌아본 얼굴에서는 알 수 없는 녹색 빛이 점멸했다. 나는 저자를 알고 있었다. 처음 녀석을 본 건 10년 전 —— 미국에서 공개되어 눈 깜짝할 사이에 대 히트한 한 영화였다.

—— 전《조율자》풀페이스. 직함은《명배우》.

오토바이 헬멧을 쓴 남자가 어느 날 초인적인 힘을 각성해 악의 조직과 싸우는 액션 영화 '풀페이스' 시리즈. 시리즈의 주연을 맡았던 그 남자는 놀랍게도 현실에서도 히어로였다. 영화처럼 실제로도 초월적인 힘을 발휘하여 인간의 몸으로 수많은《세계의 적》을 무찔러 왔다고 한다.

그리고 또 한 사람, 스티븐의 곁에 서 있는 건 트임이 들어간 원피스를 입은 키가 큰 여자. 얼굴은 베일에 가려져서 보이지 않았다. 그래도 그녀가 발하는 오라라고 할지 기라고 할지, 그건 떨어져 있어도 전류처럼 전해져 왔다.

—— 전《조율자》요화희(妖華姬). 직함은《혁명가》.

그 미모만을 무기로 나라를 멸망시킨다는 경국의 미녀. 선대《혁명가》였던 프리츠 스튜어트가 죽은 뒤에 새롭게 그 자리에 취임한 요화희의 활약, 혹은 암약으로 멸망한 국가가 몇 개나 되는지. 하지만 절세의 미녀로 이름 높은 그 존안은 언제나 베일에 가려져 있어서 일반인이 보는 건 불가능했다.

"스티븐, 당신이 이 면면을 모아 《미지의 위기》를 막을 방법을 찾고 있었다고?"

나는 쉽게 믿어지지 않아서 의문을 드러냈다. 풀페이스도 요화희도 기본적으로는 단독행동을 선호해서 이렇게 남 앞에 모습을 드러내는 것조차 드물었다. ……거기에.

"이만큼 전 《조율자》를 모았으니 브루노도 당신에게 접촉하지 않았어? 함께 《미지의 위기》를 막자며."

"그래, 하지만 거절했다."

스티븐은 담담히 그렇게 말했다. 그리고.

"《정보상》도 우리와 같은 목표를 추구하는 건 맞다. 하지만 그는 결코 타협을 용납지 않아. 정의를 위해서라면 자기 자신을 지금 당장이라도 불사를 각오를 하고 있지. 나는 그 정의를 위태롭다고 판단했다."

키미즈카 키미히코, 하고 스티븐이 내 이름을 불렀다.

"너도 같은 생각을 하지 않았나?"

그렇지는 않다며 바로 부정하고 싶었다.

하지만 속내를 읽혔다.

바에서 브루노의 과거를 듣고 그가 생각하는 타협 없는 정의를 알게 되면서 그 철학은 결코 잘못되지 않았다고 생각했다. 하지만 정답이 아니었으면 했다. 나는 브루노의 지나치게 완성된 정의의 방침이 두려웠다.

그와 같은 생각을 가지고 스스로 스러지는 것을 개의치 않았던 파트너가 있었기 때문이다.

"완성된 정의의 위험함을 깨달은 우리는 《정보상》과는 다른 어프로치로 새로운 평화의 실현 방법을 모색했다. 중요한 건 타협점을 찾는 것. 그렇게 함으로써 정의와 악, 질서와 혼돈의 균형을 취한다."

그건 합리주의적인 스티븐이기에 할 수 있는 생각이었다. 의사로서 살 가망이 없는 환자에게는 아무런 손도 쓰지 않는다. 최종적으로 최대 다수의 목숨을 구하기 위해서.

"그 방법이란 게 뭐지? 어떻게 하면 누구도 상처받는 일 없이 《미지의 위기》를 끝낼 수 있는 거지?"

스티븐에게 그렇게 물으며 나는 새삼 깨달았다.

그랬다. 나도 줄곧 그 방법을 찾고 있었다.

노엘이 《미지의 위기》를 막으려 하면서도 브루노의 안전을 바란 것처럼. 나도 《미지의 위기》가 일어난다는 것을 알면서도 사실은 시에스타와 나기사가 《명탐정》으로 돌아가지 않기를 바라고 말았다.

1년 전에 《대재앙》이 끝난 뒤로 내 소원은 하나뿐이었다. 두 탐정이 평온하고 행복한 나날을 보냈으면 한다. 그것뿐이었다.

"이게 세계를 지킬 유일한 방법이다."

그렇게 말한 스티븐의 곁에 새로운 그림자가 조용히 다가섰다.

『──우리의 요구는 하나.』

크루즈선에서 만났던 그 까마귀 마스크가 그 자리에 있었다.

붉은 로브를 바람에 휘날리며 공허한 눈으로 나를 바라보았다.

"우리는 《미답의 성역》의 사자와 독자적으로 거래했다. 물론 여기에 《연방 정부》는 관여하지 않았다."

"······거래? 요구란 게 뭐지?"

본디 《미답의 성역》은 《연방 정부》와 어떠한 조약을 체결하려고 했었을 터. 그 대신이 될 거래를 스티븐 일행이 제안한 건가?

"네가 지금 옷 안에 숨겨둔 그 《원전》이다. 그걸 《미답의 성역》에 넘기는 것만으로 이 위기는 종식된다."

스티븐은 나를 가리키며 안경 안쪽의 혜안을 내게 향했다.

그렇군. 내가 이걸 가지고 있다는 걸 알고 불러낸 건가.

"그런데 왜 《원전》을? 이걸 놈들이 원하는 이유가 뭐지?"

"《원전》에는 정당한 인간이 지님으로써 일어나는 특별한 능력이 있다고 한다. 《미답의 성역》의 사자들은 그 힘이 자신들에게 불이익이 되는 형태로 행사되는 걸 우려하는 듯하더군."

"당초에 놈들이 《연방 정부》에 요구한 건 《원전》의 양도가 아니었을 텐데. 그랬던 게 왜 지금 갑자기 변한 거지?"

오늘 크루즈선에서도 까마귀 마스크는 세계의 비밀이란 걸 원했었다. 그게 실은 《원전》이었다는 것도 아닐 터였다.

"그게 바로 우리가 대화로 끌어낸 타협점이다. 그들은 《원전》만 손에 넣으면 이 세계에 위해를 가하지 않겠다고 약속했다."

좀처럼 믿을 수 없는 이야기였다.

전부 구두 약속. 지켜진다는 보증은 없었다. 거기에.

"이 《원전》을 지금 건네면 내일 있을 《성환의 의식》이 성립되지 않아. 그렇게 되면 내 가장 큰 목적이 이루어지지 않지."

그랬다. 《성환의 의식》이 거행되지 않는다는 건 요컨대 내가 노엘과 나누었던 약속이…… 시에스타와 나기사를 《조율자》에서 졸업시킨다는 소원이 이루어지지 않는다는 말이다.

내 요망은 어디까지나 《미지의 위기》를 막고 두 탐정이 살아갈 앞날의 평화를 지키는 것이었다.

"아니, 《성환의 의식》은 예정대로 치러진다. 이걸 쓰면 돼."

내 말에 스티븐이 가방 안에서 한 권의 책을 꺼냈다.

"두 번째 《원전》……?"

아니, 달랐다. 많이 닮았지만 아마도 가짜인가.

"아무리 《발명가》가 만든 모방품이라도 미아를 속일 수 있나?"

"무녀 본인을 속일 필요는 없다. 다른 많은 이들을 일시적으로 착각하게 만들 수만 있으면 돼."

잘 생각해봐라, 하고 스티븐은 말했다.

"미아 위트록은 분명한 의도를 가지고 그 책을 너에게 맡겼을 텐데. 그건 요컨대 네 선택에 긍정도 부정도 하지 않는다는 거다."

"……미아는 이게 페이크라는 걸 눈치채도 그걸 받아들일 거라는 거야?"

"그래, 그게 《무녀》의 마지막 일이란 걸 그녀는 알고 있을 것이다."

거기까지 이야기를 듣고 나는 머릿속으로 이유를 찾아봤다. 스티븐이 가져온 이 제안을 거절할 합리적인 이유를 찾았다.

이 책을 그들에게 넘기면 어떻게 될지. 그로 인해 발생할 수 있는 위협과 리스크를 떠올렸다. 그 리스크를 그들의 요구를 거부할 이유로 삼을 수 있을까. ──생각한다. 생각에 생각을 거듭한 끝에 불현듯 과거의 한 광경이 머리를 스쳤다.

『──너와 또 홍차가 마시고 싶어.』

 언젠가 탐정이 입에 담았던 말이었다. 그게 그녀의 '살고 싶어'였다.
 "그러고 보니 최근에 홍차는 마시지 않았었군."
 불현듯 오늘 시에스타가 어딘가 쓸쓸한 표정을 지었던 게 떠올랐다.
 이 사건이 정리되면 오랜만에 셋이서 느긋하게 애프터눈 티라도 마시러 가자.
 저벅, 하고 발소리가 났다. 깨닫고 보니 까마귀 마스크가 내 쪽으로 다가오고 있었다.
 "이게 그렇게 가지고 싶나?"
 나는 《원전》을 쥔 오른팔에 힘을 주었다. 아무리 생각해봐도 스티븐의 제안을 거절할 이유가 지금의 나에게는 떠오르지 않았다.
 "누군가가 이걸 한시적인 정의라 부르더라도."
 그래도 세계와 그 녀석들을 둘 다 지킬 수 있다면.
 『교섭 성립이다.』
 내 손에서 운명의 분기점이 멀어졌다.
 월하의 신전에서 나는 하나의 미래를 선택했다.

【Side Noel】

시곗바늘이 머지않아 꼭대기를 가리킬 무렵. 저택의 객실을 노크하자 "들어오게." 하고 친숙한 목소리가 들려왔다.

"실례합니다."

문을 열자 그곳에는 손님—— 브루노 베르몬드가 있었다. 할아버님에게는 《성환의 의식》의 초대객으로 내가 사는 집…… 《연방 정부》가 관리하는 저택의 방을 내어드렸다.

옛날에는 가족으로서 함께 지냈지만 지금은 호스트와 게스트라는 관계. 그 사실에 형용하기 힘든 감정이 샘솟으려는 것을 자각하고 나는 조용히 마음의 문을 닫았다.

"늦은 시간에 돌아오셨네요."

마침 외투를 옷걸이에 걸고 있던 할아버님에게서는 살짝 알코올의 냄새가 났다. 술을 마시는 건 할아버님의 몇 안 되는 취미의 하나였다.

"그래, 지인과 말이지. 유쾌한 만남이었단다."

할아버님은 간단히 그렇게 설명을 끝마쳤다.

누구와 만났는지, 무슨 이야기를 했는지는 가르쳐주지 않는다.

언제나 그랬다. 옛날부터 할아버님은 그다지 자신의 이야기를 하지 않으려고 했다.

그건 《정보상》으로서의 입장이 있기 때문일까, 아니면——.

"할아버님, 그건."

문득 시야에 들어온 것이 신경 쓰였다. 서 계시는 할아버님 옆의 테이블. 마시다 남은 페트병의 물과 약봉지 같은 게 보였다.

"혈압약이란다. 신경 쓸 건 아니야."

"할아버님? 술을 드셔도 괜찮으신가요?"

"……의사에게는 비밀로 해줬으면 좋겠구나."

할아버님은 어색한 표정을 지으며 살짝 한쪽 손을 들어 양해를 구했다.

그런 장난스러운 행동을 보는 건 오랜만인 것 같았다.

"그래서 무슨 일 있니?"

할아버님이 계속 방의 입구에 서 있던 나에게 그렇게 물었다.

"내일 식전 일 때문에? 그 일이라면 역시 나는."

"아니요, 알고 있어요. 할아버님이 사명을 도중에 내팽개치실 리가 없죠."

설령 신변에 위험이 닥쳐오더라도 세계의 안정을 유지하는 걸 무엇보다도 우선시한다. 그게 《정보상》 브루노 베르몬드의 삶이란 걸 나는 다른 누구보다도 이해하고 있었다.

"미안하구나. 폐를 끼치겠어."

할아버님은 그렇게 말하며 나에게 살짝 미소 지었다.

"아니요, 폐라니요."

가족이니까요. 그렇게 말하려다가 바로 이제 그럴 자격이 없다는 걸 깨달았다.

침묵이 찾아왔다. 사실은 좀 더 물어볼 게 있었다. 하지만 순간적으로 말이 나오지 않았다. 할아버님은 그런 나를 보고 가까이에 있는 의자에 앉도록 권했다.

"……할아버님은 무엇이든 알고 계세요."

이어서 내 입에서 나온 건 그런 뻔한 사실이었다.

"정치와 경제, 문화와 예술을 아시죠. 때로는 《무녀》도 보지 못하는 미래도 알고 계세요."

그리고 분명 나와 《연방 정부》조차 모르는 것도. 그렇기에.

"할아버님은 사실 내일 무슨 일이 일어나는지 알고 계시지 않나요?"

나는 자신의 손을 내려다보며 거듭 질문했다.

"그렇죠? 전지한 《정보상》이라면 내일 일어날 세계의 행방을 알고 계실 거예요. 그뿐만이 아니죠. 할아버님은 내일을 사는 저희 인간의 일도……."

"노엘."

내 이름을 부르는 목소리에 고개를 들자 부드럽게 웃는 할아버님의 얼굴이 보였다. 할아버님은 이어서 조용히 입술 앞에 검지를 세웠다.

내가 아무 말도 하지 못하고 가만히 있으니 할아버님은 조금 떨어진 테이블 앞의 의자에 앉았다. 어두컴컴한 오렌지색 조명이 할아버님의 얼굴에 그림자를 만들었다.

"나는 백 년의 여행을 해왔단다."

이윽고 할아버님은 애용하는 지팡이를 천으로 닦으며 나직이 이야기를 시작했다.

"변두리의 주점에서 들은 풍문을 세상 끝의 사막과 설산에서 직접 체험했지. 수몰된 고대도시의 유적을 발견했지만 그와 똑같은 도시가 어떤 베스트셀러 소설 안에서 이미 묘사되어 있었다는 걸 찾아냈어. 50년 전에 밀림 오지에서 찾아낸 몇 종류의 미발견 생물은 지금에 와선 초등학생이 읽는 도감에 실려있지."

지식은 점이란다, 하고 할아버님은 그렇게 입에 담았다.

"점과 점은 백 년 사이에 선이 되어 세계의 상식으로 변하지."

그게 브루노 베르몬드라는 《정보상》의 삶이자 《조율자》로서 세계에 관여하는 법이었다. 내가 베르몬드 가문에 양자로 들어오기 훨씬 더 전부터 할아버님은 지구를 여행하며 지식을 쌓아 시기적절하게 세계에 환원해왔다.

"나는 알고 있지. 모든 걸 알고 있어. ──하지만 그건 이 세계가 나에게 허락한 틀 안의 이야기에 지나지 않아."

그건 뜻밖의 부정이었다.

할아버님은 알고 있다. 모든 걸 알고 있다. 하지만.

"사람의 지식이 세계가 정한 영역을 넘는 일은 결코 없단다."

할아버님은 자신의 지식에 한계가 있다는 걸 깨닫고 있었다.

"아무리 《정보상》이라도 알 수 없는 게 있다는 건가요?"

내가 그렇게 물어봤을 땐 할아버님은 어딘가 먼 곳을 보고 있었다.

창밖, 밤의 장막, 지나온 과거.

그건 분명 내가 모르는 광경일 것이다.

"나는 한때 어떤 금기 영역에 도달해 그곳에서 선택했단다. '세계'를 알 것인지, 그 이외의 모든 것을 알 것인지. 나는 후자를 골랐단다."

몹시 추상적으로 들리는 이야기였다. 하지만 그 이야기를 믿는다면 한때 할아버님은 세계 이외의 모든 것을 알기를 선택했다.

그건 반대로 말하자면 세계를 아는 건 포기했다는 말이다.

할아버님이 말하는 '세계'란 대체——.

"이야기가 조금 많았구나. 역시 술은 적당히 마시는 게 좋아."

할아버님은 쓴웃음을 지으며 이야기를 끝내려고 했다. 결국 할아버님은 처음에 했던 내 질문에는 대답해주지 않았다. 내일 있을 식전에서 무슨 일이 일어나는지, 그걸 알고 있는지 어떤지.

하지만 내 그런 질문에 대해 할아버님은 방금 이야기를 했다. 브루노 베르몬드는 반드시 세계의 모든 것을 알고 있는 건 아니라고.

그럼 그 이야기의 의도는 무엇이었을까. 만약 명탐정이었다면 무슨 대답을 내놓을지를 생각하며 나는 무심결에 핸드폰을 움켜쥐었다.

"자아, 슬슬 착한 아이는 잘 시간이구나."

할아버님은 그렇게 말하며 일어서서 내 머리를 다정하게 쓰다듬어주었다.

"……저는 이제 어린애가 아닌걸요."

할아버님은 이럴 때 꼭…… 아니, 지금까지와 마찬가지로 나를 어린애처럼 대했다.

다만 그게 분한 건지 기쁜 건지 스스로도 잘 알지 못한 채 나는 한동안 할아버님의 커다란 손바닥을 느꼈다.

감기에 걸린 내 이마에 올려준 물수건의 차가움. 세계의 풍경이 담긴 카메라의 필름. 교통량이 많은 도로에서 어린 내 손을 잡아끌어 주던 따뜻한 손. 할아버님 옛 모습을 떠올리며 나는 눈을 꼬옥 감았다.

"피곤하실 텐데 죄송했습니다."

그리고 나는 자리에서 일어나 할아버님께 머리를 숙이고 등을 돌렸다.

"노엘."

문으로 손을 뻗은 나를 할아버님이 불러세웠다.

"마음 가는 대로 행동하렴. 우리는 피가 흐르는 인간이니까."

나는 그 말에 제대로 대답하지 못한 채 "안녕히 주무세요." 하는 말을 남기고 문을 닫았다.

【제3장】

◆이 열차의 종착지에는

다음 날 아침에 호텔의 침대에서 눈을 떠보니 방에는 나 말고 아무도 없었다.

"⋯⋯외출했나."

비어있는 침대 두 개. 거기에는 어젯밤까지 나기사와 시에스타가 있었을 터였다.

어젯밤. 스티븐 일행과의 대화 끝에 나는 《미답의 성역》의 사자에게 《원전》을 넘겼다. 그리고 호텔에 돌아왔지만 시에스타와 나기사는 이미 침대에 누운 뒤였다. 그러나 나기사는 내가 돌아온 소리에 깼는지 일어나서 브루노와의 대화가 어떻게 되었는지를 물었다.

역시 식전에 불참가시키지는 못했다는 걸 전하고 그 뒤에 스티븐과 만났던 일도 이야기할까 망설이다가⋯⋯ 왠지 주저되어서 말하지 못했다. 그리고 아직 뭔가 이야기를 더 하고 싶어 하던 나기사를 두고 나는 자신의 침대에 누워 눈을 감았다.

"둘 다 실은 그렇게 화나지 않았다는 패턴은 없나?"

⋯⋯없나. 시에스타와는 어젯밤에 바에서 싸운 채였고 나기사도 나와 뭔가 이야기를 하고 싶어 했는데 결국 들어주지 않았

다. 껄끄러운 아침을 보내는 것보다는 두 사람이 외출해줘서 다행이라고도 할 수 있나.

"아니, 빨리 만나러 가자."

그리고 이제 괜찮다는 걸 전하자. 오늘 일은 걱정할 것 없다고.

일단 옷을 갈아입고 두 사람을 찾으러 가려고 침대에서 일어났을 때였다.

"탐정님은 두 분 모두 드레스업을 하러 가셨을 뿐입니다."

돌아본 곳에는 한 소녀── 노엘 드 루프와이즈가 서 있었다. 저번 고딕 롤리타 의상과는 다르게 평범하게 고귀한 드레스 차림이었다.

"《연방 정부》의 예장이 아니네."

"예, 오늘 제가 할 일은 식전의 운영과 여러분의 안내입니다."

그렇군, 그래서 데리러 와준 건가.

"그런데 노엘, 불법침입인데."

"죄송합니다. 사실은 좀 더 일찍 와서 깨워드릴 생각이었는데……."

사과할 포인트가 완전히 다르다만.

"잠든 오라버니를 살며시 깨워주는 기특한 여동생처럼 행동할 생각이었습니다만."

그건 좀 체험해보고 싶었을지도 모르겠다.

"후후, 여동생 조크입니다."

노엘은 또 그렇게 말하며 미소를 지었다.

그래서 시에스타와 나기사는 드레스업을 하러 갔다고 했던가?

"《성환의 의식》 전에 무도회가 있어서 여성 참가자분들은 조금 일찍 준비에 들어가십니다."

……그렇군. 나한테 화가 나서 나간 건 아니었나.

"그런데 두 분을 모시러 왔을 때 특히 시에스타 님께서 처음 보는 언짢은 표정을 하고 계셨는데 어제 무슨 일이 있으셨는지요?"

"역시 화났잖아."

나 참, 만나기 싫어졌는데.

나는 우울한 기분이 되어 미적미적 밖에 나갈 준비를 시작했다.

"결국 이날이 와버렸네요."

그러자 노엘은 여기서 기다릴 생각인지 나에게서 등을 돌리고 말을 건넸다.

"어젯밤에는 푹 주무셨나요?"

"크루즈 투어 뒤에 술을 꽤 마셔서 말이지. 덕분에 늘어지게 잤어."

"다행이네요. 할아버님과도 다시 만나셨다지요?"

"그래, 영광스럽게도 세계의 지식과 대작했지."

"재차 할아버님을 설득하려고 해주셨군요. 감사합니다."

노엘은 어제의 대화 내용을 어느 정도 파악하고 있는지 그렇게 감사를 전했다.

하지만 브루노가 식전에 불참가하지 않는다는 결과는 변함없었다. 그건 노엘이 바라던 바가 아니었겠지. 35층의 방에서 먼 경치를 바라보는 노엘. 창문에 비친 그녀의 눈은 불안스럽게 떨리고 있었다.

"키미히코 님은 만약 자신이 탄 열차에 폭탄이 실려있다는 사실을 알고 있다고 한다면 그래도 그 열차에 계속 타고 계실 건가요?"

이어서 노엘은 그런 추상적인 물음을 던졌다.

의도를 알 수 없었던 나는 몇 가지 질문을 해보기로 했다.

"그 폭탄은 언제 폭발할지 알 수 없는 거야?" "예."

"우리는 그 열차에 자신의 의지로 탔고?" "예."

"우리에게는 그 목적지에 반드시 도착해야 하는 이유가 있어?" "예."

그렇군, 그런 거라면.

"나는 지금까지 줄곧 그런 열차를 타왔어."

노엘은 돌아보며 다음 말을 기다리듯이 나를 지그시 바라보았다.

"그리고 그 폭탄의 도화선에는 아직 불이 붙은 상태지. 몇 번이나 꺼졌다고 생각했어. 껐다고 생각했지. 그런데 깨닫고 보면 언제나 그 불은 바로 앞까지 닥쳐와 있어. ──하지만 어쩔 수 없잖아. 따라다니는 대가는 소원의 크기를 증명하는 거니까."

시련과 맞닥뜨려서 대가에 고통받으며 그날 그런 소원을 바라지 말 걸 그랬다는 생각까지 하게 되는 건 틀림없이 거기에 강한 마음이 있었다는 증거다.

"저희는 그런 이기적인 소원을 바라도 되는 건가요?"

"소원은 목표가 돼. 목표가 있으면 행동할 수 있지. 그게 없는 인간은 안주해 있는 미적지근한 현실에서 빠져나오지 못해."

이제 와서는 과거의 일. 시에스타가 죽고 1년간 나는 줄곧 미적지근한 현실에 안주하고 있었다. 그날 나기사의 들끓는 듯한 격정과 만나기 전까지.

"그러면 무언가를 대가로 소원을 바라는 건 악한 게 아닌가요?"

"무엇이든 대가로 바칠 수 있는 악이 되었을 때, 비로소 소원을 이룰 수 있는 걸지도 몰라."

한때 나에게 그렇게 말하며 스러진 적도 있었다.

그게 무엇을 걸어서라도 이루고 싶은 바람이라면 앞으로 계속 나아가라고.

그러니 설령 세계가 그걸 악하다 하더라도 우리는——.

"감사합니다."

노엘은 평소의 인형 같은 무표정에 살짝 웃음을 띠며 나를 향해 머리를 숙였다.

"그러면 가실까요? 회장까지 안내해드리겠습니다."

"그래, 부탁할게."

옷을 다 입은 나는 소중한 것을 넣어둔 가방을 들고 일어섰다.

수많은 인간의 생각이 뒤섞인 식전이 머지않아 시작된다.

◆오늘 밤, 정의가 이 자리에 모인다

무도회가 열리는 회장은 마치 궁전 같은 호사스러운 건물 안에 있었다. 노엘의 설명에 따르면 이곳은 《연방 정부》가 관할하는 시설로 《연방 회의》가 열리기도 하는 모양이었다.

회장에는 이미 턱시도와 드레스를 입은 남녀가 입식 파티를 즐기고 있었다. 그중에는 텔레비전에서 본 적이 있는 어딘가의 정치가와 재벌의 얼굴도 보였다. 이곳에 초대되었다는 건 그들도 세계의 뒷사정에 관여했던 거겠지.

"한 번 더 설명을 드리자면 오늘은 이다음에 17시부터 무도회, 19시부터 《성환의 의식》이 거행됩니다. 의식 자체는 30분 정도로 끝날 예정이고 그 뒤에는 만찬회가 이어집니다."

노엘은 웰컴 드링크를 나에게 건네며 오늘의 예정을 한 번 더 설명해줬다.

처음 무도회는 유지들만 참가하는 여행인 듯 어디까지나 본 행사는 그다음에 있을 《성환의 의식》이었다.

"회장에는 경비 시스템도 도입되어 있습니다만 그걸로 《미답의 성역》의 공격을 막을 수 있다는 보증은 없습니다. 만약 그렇게 되면……."

"《명탐정》의 힘을 빌려달라는 거지?"

내가 묻자 노엘은 미안한 표정으로 고개를 끄덕였다.

하지만 그게 처음부터 노엘과 브루노와 나눴던 약속. 시에스타와 나기사가 《조율자》의 권한을 일시적이라고는 해도 되찾은 의미였다.

"그래, 내가 정할 수 있는 일은 아니지만 만약 그렇게 되면 탐정들은 전력으로 사명을 다할 거야."

그렇게 말하면서도 나는 그런 사태가 되지 않기를 바라고 있었다. ……아니, 믿고 있었다. 그러기 위한 준비를 어젯밤에 끝냈으므로.

"……감사합니다. 그러면 저는 지금부터 의식을 준비해야 하므로 일단 실례하겠습니다."

노엘은 공손히 인사한 뒤 자리를 떴다.

그렇게 곳곳에서 교류가 시작된 홀 안에서 나는 하릴없이 우두커니 서 있었다. 드레스업 중이라는 나기사와 시에스타는 아직 도착하지 않은 건가. 나는 두리번거리며 주위를 둘러보았다.

"──여전히 선배가 없으면 안절부절못하나 봐, 키미히코는."

그리고 그때. 내 등 뒤에서 그런 목소리가 들려왔다. 나를 이름으로 부르는 사람은 그리 많지 않았다. 거기에 그 목소리와 발언으로 누구인지 금방 알 수 있었다.

"남 얘기를 할 때야? 미아."

내가 그렇게 대답하자 그녀는 시치미를 떼듯이 고개를 핵 돌렸다.

전 《조율자》인 《무녀》 미아 위트록. 품위 있는 보랏빛 드레스를 입은 미아는 한때 시계탑에 틀어박혀 살던 시절과 비교해서 훨씬 어른스러워져 있었다.

그리고 내 시야에는 미아에 더해 또 한 명의 인물이 보였다. 그녀석은 미아가 미는 휠체어에 탄 채 나를 새치름한 얼굴로 올려다보았다.

"──릴의 펫인 주제에 건방져. 당신은 주인님만 보고 있으란 말이야."

전 《조율자》인 《마법 소녀》 리로디드. 화사한 주황빛 드레스는 그녀의 명랑 쾌활한 성격과 잘 어울렸다.

"오랜만이야, 릴. 만나고 싶었어."

"……만나고 싶었다면 만나러 왔으면 됐잖아."

내가 예상과는 다르게 고분고분했기 때문인지 릴은 뺨을 손가락으로 긁었다.

나 참, 그렇게 쉽게 만나러 가면 화낼 거라고 생각했는데 말이지.

"그나저나 둘만 있어? 올리비아는 어쩌고?"

나는 미아에게 그렇게 물었다.

올리비아도 미아의 사자로서 식전에는 참가하리라 생각했는데.

"……올리비아는 날 두고 인사 중이야."

미아의 원망스러운 시선이 멀리 떨어진 올리비아에게 향했다. 아는 사람도 없는 곳에서 혼자 남겨진 건가. 가엽지만 귀엽군.

"아까부터 어떻게든 벽이랑 동화하려고 했는데 힘들어서."

아무래도 어른이 되어서도 사회성 부족은 낫지 않은 모양이라서 오히려 안심되었다.

"하여간, 릴이 있어서 다행이었지?"

미아의 말에 아래서 릴이 득의양양하게 팔짱을 꼈다.

"릴 덕분에 외롭지 않았잖아, 감사하도록 해."

"그쪽이야말로 두리번거리고 있지 않았어? 그리고 날 발견하고 기뻐했잖아.”

“아니, 선배한테 대고!”

“그쪽이 나이가 많기는 하지만 《조율자》로서는 나보다 후배잖아.”

“으……! 키미히코! 얘 너무 시건방져!”

릴은 씩씩거리는 소리가 들릴 것처럼 화를 내며 “옛날에는 말대꾸도 못 할 정도로 얌전했는데.” 하고 미아에게 불만을 드러냈다.

두 사람의 상성이 안 좋은 건 처음 만났을 때부터 변하지 않았다. 유일하게 변한 건 미아가 릴에게 주눅 들지 않고 말대꾸할 수 있게 된 점일까.

다만 상성이 안 좋다고 꼭 사이도 안 좋은 것은 아니었다. 리로리드가 자기 몸의 일부인 휠체어를 미아에게 맡기고 있는 게 무엇보다도 큰 증거였다.

“릴은 혼자 왔어?”

“응. 박정하지? 상층부도. 초대장만 보내놓고 나머지는 자력으로 알아서 오라니 말이야.”

릴이 투덜대자 미아도 동의하듯이 어깨를 으쓱였다.

“그렇지만 요즘은 이 휠체어가 있으면 어디든 갈 수 있어. 그런 의미로는 지금도 자유로워. 뭐, 사람의 도움은 받아야 하지만.”

그건 옛날 같았으면…… 처음 만났을 무렵이었다면 릴이 결코 입에 담지 않았을 말일 것이다.

하지만 그녀도 변했다. 수많은 위기와 싸우고 그 과정에서 자기 나름의 답을 얻으면서.

"다만 그래도 사실은 전 《조율자》는 사자를 한 명 데리고 올 수 있다고 들어서 당신을…… 하고도 조금은 생각했었지만."

릴은 그렇게 말하며 나를 올려다보았다.

한때 나는 《마법 소녀》의 사자로서 활동한 적이 있었다.

당시에는 그녀에게도 내가, 그리고 나에게도 그녀가 필요했기 때문이다.

"그리운걸, 그 시절 일은."

"응. ……지금 생각해보면 내 눈에는 적밖에 보이지 않았지만."

이어서 리로디드는 자신의 과거를, 우리의 추억을 이야기했다.

그건 아직 이 세계에 물리칠 적과 극복해야 할 위기가 존재하던 시절의 일이었다.

"그 시절에는 무서운 게 아무것도 없었어. 마음에 공포라는 감정이 없었어. 지팡이를 들고 괴수와 마인과 싸우며 고통도 못 느꼈어."

릴은 무적이었다며. 마법 소녀는 회상했다.

그건 결코 거창한 표현이 아니었다. 어째서 리로디드라는 인간은 무적이자 용감한 《마법 소녀》일 수 있었는지. 왜냐하면 당시의 그녀는……. 아니, 그건 지금 할 이야기가 아니겠지.

"하지만 릴은 분명 정의의 사도였어. 그 시절의 릴은 마법 소녀로 살았어. 그건 지금도 자랑스럽게 생각해."

"그래, 나도 마찬가지야."

리로디드의 파트너였던 그 나날, 그 경험은 지금의 나를……
키미즈카 키미히코라는 인간을 형성하고 있었다. 사람이 과거
의 대가를 반드시 미래에 짊어지게 된다고 한다면 적어도 대가
이외의 다른 모든 것도 미래로 가지고 갈 수 있게 해줬으면 했다.

"그로부터 벌써 1, 2년이나 지났다고 생각하면 세월이 참 빠
르다 싶어."

릴은 새삼 과거와 지금을 비교하며 미소 지었다.

위기로 가득했던 과거와 평화로워진 지금을.

"평화로워져서 다행이야."

그러자 미아도 입식 파티를 즐기는 참가자들을 바라보며 중얼
거렸다.

"하지만 지나치게 평화로워서 가끔 전부 가짜가 아닌가 하는
생각이 들어."

나는 순간적으로 그에 맞는 대답을 떠올리지 못했다. 하지만.

"미아는 세계를 구했잖아."

미아와 릴만이 아니다. 그날, 정의의 《조율자》들은 모두──.

"응, 알아. 아마 아직 스스로도 믿어지지 않아서라고 생각해.
갑작스레 싸움이 끝나면서 계속 이어질 줄 알았던 사명으로부
터 해방되어서."

미아가 그렇게 말하자 같은 생각을 했었는지 릴도 눈을 좁혔다.

"그렇지만 우리가 앞으로 할 일은 분명 변하지 않을 거야."

그러나 미아는 다시금 그렇게 답을 내놓았다.

미아가 말한 '우리'란 세계를 지키는 이들이겠지.

올리비아가 말했었다. 《조율자》의 자리에서 내려온 지금도 미아는 아직 일어나지 않은 위기에 대비해 세계를 돌며 직접 관측하고 있다고.

"역할을 끝내도 삶은 변하지 않아. ……바꿔서는 안 돼. 선배가 가르쳐 준 삶이니까."

미아는 그렇게 스스로에게 들려주듯이 말했다.

"릴도, 라고 말하고 싶지만 정의의 사도는 은퇴할 수밖에 없겠지."

그러자 전 《마법 소녀》는 자신의 발치, 움직이지 않게 된 다리를 바라보며 "그래서 이번에도……." 하고 나직이 중얼거렸다.

그녀도 《미지의 위기》에 대해서 알고 있는 거겠지. 하지만 현재 릴의 몸은 옛날처럼 무리할 수 있는 상태가 아니었다. 그건 한때 그녀가 자신의 긍지와 소원을 걸고 싸웠던 대가였다.

"어른이 되었으니까."

내가 그렇게 말하자 릴은 의아한 표정으로 고개를 갸웃거렸다.

그녀는 다리를 다쳐서 마법 소녀를 은퇴한 게 아니다.

"리로디드는 어른이 되어서 마법 소녀를 졸업한 거야."

나를 보고 있던 릴의 보석 같은 눈이 잠시 흔들렸다. 그리고.

"……고마워."

주인이 사역마에게 오랜만에 당근을 주었다.

스스로도 충견의 재능이 있다 싶어서 무심결에 쓴웃음을 지었다.

"어때? 또 릴을 모실 생각은 없어?"

"그건 고마운 제안이긴 한데……."

내 시야에는 아까부터 미아와 릴의 너머로 두 인물이 보이고 있었다. 그리고 내 시선을 깨달았는지 미아와 릴도 뒤를 돌아보았다.

그곳에 있던 건 화려한 드레스를 입고 화사한 화장과 평소와는 다른 헤어 스타일로 인상이 완전히 바뀐 두 명의 탐정이었다.

"선배!"

푸른 드레스를 입은 시에스타에게 미아가 달려갔다.

"오랜만이야. 응, 미아는 역시 평소에도 좀 더 꾸미고 다녀야겠어. 잘 어울려."

"……선배야말로. 귀여워."

미아는 살짝 얼굴을 붉히며 시에스타와 대화를 나눴다.

"릴을 대하는 태도랑 너무 다르지 않아?"

릴이 두 사람의 모습을 게슴츠레 바라보았다.

신경 쓰지 마. 인간이란 다양한 관계성이 있는 거니까.

"오랜만이야, 릴."

그리고 또 한 명의 탐정, 붉은 드레스를 입은 나기사가 릴에게 말을 붙였다. 그러자 릴은 몇 번인가 눈을 깜박인 뒤에 생긋 웃으며 이렇게 대답했다.

"아, 누군가 했더니 키미히코의 전 여친이네?"

"이이익! 너도 버림받았으면서!"

내 주변 여자들은 죄다 싸움꾼들 뿐인가?

◆ **평화의 공범자**

"미아, 이걸."

그로부터 시에스타와 나기사가 릴과 환담을 나누는 사이에 나는 가방에서 한 물건을 꺼냈다.

"……《원전》, 가져왔구나."

미아는 내가 손에 들고 있는 것을 보고 조금 안심한 듯한 표정이 되었다. 그리고 그걸 건네받으려고 손을 뻗었다.

"왜 미아는 이걸 나에게 맡긴 거야?"

하지만 이 책을 건네기 전에 나는 미아에게 새삼 그런 물음을 던졌다.

비행기에서 올리비아에게 《원전》을 건네받았을 때, 그녀는 자세한 이유를 말하지 않았다. 원래라면 결코 일반인이 취급해서는 안 될 물건인 《원전》을 미아는 어째서 나에게 맡긴 것일까.

"꿈으로 꿨다고 하면 화낼 거야?"

그러자 미아는 쓴웃음을 지으며 나를 올려다보았다. 하지만 그건 결코 농담을 하는 것도, 얼버무리는 것도 아닌 듯했다.

"지금의 나는 미래를 보고 《세계의 위기》를 예언하지 못해. 하지만 어째서인지 이 책만큼은 너에게 맡겨야 한다는 기분이 들었어. 그 미래만큼은 지켜야 한다고 어느 날 아침에 깨어났을 때 생각했어."

그건 무녀의 예지몽이나 육감 같은 것일까. 아니면 좀 더 근거가 있는 필연이었을까. 미아 본인도 알 수 없다고 한다면 그걸 이 이상 추궁할 수도 없었다.

그렇지만 나는 언젠가 그 진실을 알 필요가 있다── 예감이 아니라 어떤 확신을 바탕으로 그렇게 생각했다.

"미아, 미안해."

사과하는 게 옳은 건지도 나에게는 알 수 없었다.

그저 의아하게 고개를 갸웃거리는 미아에게 나는 들고 있던 그 책을 건넸다.

"──이걸."

그걸 건네받은 순간, 깜짝 놀란 것처럼 미아가 나를 보았다.

눈치챈 거겠지. 그게 가짜라는 것을.

하지만 적어도 눈을 피할 수는 없었다. 그렇게 생각한 나는 가만히 무녀의 심판을 기다렸다.

"그래. 이게 키미히코의 대답이구나."

먼저 시선을 피한 건 미아였다. 그러나 이어서 심호흡을 한 번한 미아는 그 가짜 《원전》을 품에 안고 나를 바라보았다.

"알았어. 이게 네 선택이라면 나는 그걸 받아들이겠어."

스티븐의 말대로 미아는 내 계획을 깨닫고도 넘어가 줬다.

긍정하는 것도, 부정하는 것도 아니었다.

그저 이게 옳은 미래이기를 바라는 것만 같았다.

"선배와는 뭔가 이야기했어?"

"……아니, 아직."

그렇지만 이 소원을, 비밀을, 스스로 탐정에게 밝힐 생각은 없었다.

"제대로 이야기를 해보는 게 좋아. 남녀 문제는 대개 대화 부족이 이유니까."

"어느 틈에 연애 마스터가 된 거야."

무심코 딴죽을 걸자 미아는 가볍게 웃어 보였다.

"그래도 뭐가 되었든 나는 네 판단을 존중할 거야. 이 식전을 반드시 성공시키자."

미아는 그렇게 말하며 나에게 악수를 청했다.

나는 그 손을 잡으려다가 불현듯 위화감이 들었다.

──식전의 성공. 《원전》이 가짜인 시점에서 진정한 의미로 그게 달성되는 일은 없다. 그건 미아도 알고 있을 터였다. 그런데 어째서.

"나도 너와 같아. 이야기의 끝은 해피엔딩이 좋거든."

나에게 손을 내민 미아의 웃는 얼굴은 어딘가 비애감이 비쳐 보였다.

"──그렇구나, 너도."

미아도 진짜 《원전》의 행방을 알고 있는 건가.

스티븐은 이미 미아에게 접촉했다. ……아니, 아마도 나보다 먼저 미아와 만나 《원전》을 넘기도록 교섭했었다. 하지만 미아는 그 선택을 망설이다 대신 나에게 《원전》을 맡긴 건가.

무녀도 저울질한 것이다. 투쟁도 희생도 주저치 않는 완전무결한 정의인지, 악의 존재를 허용하는 타협적 평화인지, 세계는 어느 쪽을 선택해야 하는지를.

　"그래, 미아. 우리가 해내자."

　나와 미아는 악수를 나눴다.

　이 사실을 어째서 《명탐정》에게 상담하지 않았는지는 서로 말할 것까지도 없었다.

　분명 지금 이 순간 우리는 공범자가 되었다.

　그 뒤로 올리비아가 미아를 데리러 와서 릴과 함께 다시 다른 관계자에게 향했다. 세계를 무대로 활약해온 전 《조율자》는 사회성은 부족해도 얼굴은 넓은 모양이었다.

　그렇게 이 자리에는 나, 나기사, 시에스타 세 사람만 남겨졌다.

　각자 시선이 마주치려고 하면 어느 쪽이 먼저라 할 것 없이 눈을 돌렸다. 서로 언쟁을 하고 엇갈렸다는 사실을 모두가 공유하고 있기에 발생하는 껄끄러운 분위기. 평소의 싸움과는 사정이 다르단 것도 이해하고 있었다.

　"하아, 할 수 없지."

　보다 못한 나기사가 한숨을 내쉬며 나를 돌아보았다.

　"키미히코, 그 일은 어쩔래?"

　혹시 모르니 주위를 신경 쓰며 작은 목소리로 그렇게 묻는 나기사.

　나기사가 말한 그 일이란 이곳 프랑스에 도착한 뒤로 우리 세 사람이 비밀리에 세웠던 작전이었다. 나는 망설인 뒤에 "작전은 중지하자." 하고 전했다. 그러자 나기사는 조금 놀란 것처럼 눈을 크게 떴다.

"왜냐고 물어보면 지금 이 자리에서 대답할 수 있어?"

"……어렵겠는걸. 그렇지만 나에게 생각이 하나 있어."

나기사는 입을 꽉 다물고 내 모습을 지그시 관찰했다.

마치 내가 무언가를 감추고 있는 게 아닌지 의심하듯…… 아니, 걱정하듯이.

"알았어. 그렇게 해."

그렇게 판단을 내린 건 뜻밖에도 시에스타였다.

"어제 낮에 호텔 방에서 말했잖아. 지휘권은 네게 맡기겠다고."

"어젯밤의 싸움으로 전부 없던 일이 되었다고 생각했는데."

"나도 어린애가 아니니까. 감정만으로 행동하진 않아."

너는 바보야? 하고 시에스타는 입술을 비죽였다.

"어라, 어제 그건 내 기억이 잘못된 거야? 바에서 호텔로 돌아온 뒤에 자기 전까지 계속 어린애처럼 키미히코와 싸운 걸 떠올리곤 화내다가 시무룩해지거나 했잖아."

"나기사, 괜한 소리는 안 해도 돼."

시에스타는 나기사를 흘겨보고 나서 내 쪽을 돌아보았다.

"방금 대화는 조수의 기억에서 사라졌다 치고."

"그래, 사라졌어. 아무것도 기억하지 못하니 안심해."

그렇게 농담을 나누자 시에스타가 슬며시 미소 지었다.

"나는 보고 싶은 거야. 이 이야기에서 네가 어떤 답을 내놓는 지를."

그렇게 말하며 나에게 왼손을 내밀었다. 이건 화해의 악수일까. 그렇다면 그거야말로 너무 어린애 같잖아. 나는 구태여 그 손을 잡지 않고 쓴웃음만으로 시에스타에게 답했다.

"슬슬 시작되는 모양이네, 무도회."

나기사가 회장의 모습을 둘러보며 말했다. 음료 등이 놓인 테이블이 치워지며 비워진 공간의 여기저기서 남녀 페어가 환담을 나누고 있었다.

"그래서? 키미히코는 우리 중 누구와 춤출 거야?"

그런 선택을 나에게 강요한 건 나기사였다.

시에스타와 춤을 출지, 아니면 나기사와 춤을 출지.

"누구 한 명이랑만 춤을 춰야 하는 건 아니잖아."

"어느 쪽 손을 먼저 잡는지는 중요한 문제라고 생각하거든."

나 참, 어려운 선택을 강요하는걸.

내가 그런 세계 제일의 난문에 고민하고 있으니.

"미안, 나는 선약이 있거든."

그렇게 말하며 몸을 돌린 건 시에스타였다. 이어서 돌아보며 나를 향해 살짝 입꼬리를 올려 보였다. 마치 어젯밤 싸움의 앙갚음이라는 것처럼.

"역시 어린애야."

나는 어깨를 으쓱이며 멀어지는 시에스타에게서 등을 돌렸다.

"……뭐야, 상대는 미아였나."

"바로 돌아보며 시에스타가 누구와 춤을 추는지 확인하는 거 추하거든."

나기사의 강렬한 딴죽에 나는 바로 시선을 돌렸다.

"시에스타가 다른 남자와 춤추는 게 아닌지 걱정되었어?"

"그럴 리가. 중학생도, 하물며 고등학생도 아닌데."

"그래? 알면 됐지만."

그래, 우리는 이제 어른이다. 지금 눈앞에 서 있는 여성을……

아름답게 차려입은 나기사의 모습을 보고 그렇게 생각하지 않을 리가 없었다.

이윽고 어디선가 음악이 흐르며 무도회가 시작되었다.

나는 마주 보고 있던 나기사의 손을 슬며시 잡았다.

"남은 우리끼리 춤출까?"

"으음…… 소거법?"

"……잘못 말했네. 나와 춤출래? 나기사."

그렇게 말하자 나기사가 웃으며 내 쪽으로 다가섰다.

"됐어, 그거라도."

하이힐을 신은 나기사의 얼굴이 바로 앞으로 다가왔다.

나기사의 아름다운 붉은 눈이 나를 지그시 바라보고 있었다.

"지금만이라도, 무언가 망설이고 있을 때만이라도 나를 봐 준다면 말이지."

◆ 엔딩 크레딧을 추구한 결말은

　무도회가 끝난 19시 전.
　우리는 《성환의 의식》이 거행되는 회장으로 장소를 옮겼다.
　개폐식 천장을 가진 타원형의 커다란 홀은 수천 명을 수용할 수 있는 규모라는 듯한데 전방에 스크린도 있어서 어딘가 콘서트 회장 같기도 했다.
　"여러분의 자리는 이쪽입니다."
　3분의 1 정도가 채워진 홀.
　안내역인 노엘의 안내에 나와 나기사, 시에스타는 후방 좌석에 나란히 앉았다.
　"무도회 수고하셨습니다."
　그리고 노엘도 내 옆에 앉았다. 여기서부터는 그녀도 식전에 참가하는 모양이었다.
　"지금까지는 어때? 뭔가 이상이 있다거나."
　"아니요, 특별히 없습니다. 경비도 만전의 상태입니다."
　그렇군, 하고 나는 고개를 끄덕였다. 여기까지는 순조로웠다. 하지만 문제가 일어난다고 한다면.
　"나머지는 《성환의 의식》에 달렸어."
　시에스타가 그렇게 말하며 홀 전방의 무대를 바라보았다.
　그곳에는 커다란 모뉴먼트라고 할까, 하얀 기둥 같은 게 세워져 있고, 그 앞에는 장작이 쌓여 있었다. 화톳불처럼도 보이는데 저게 의식에 쓰이는 건가. 마치 제단 같았다.

"앞으로 5분 정도면 시작됩니다. 조금만 더 기다려 주시길."

노엘이 시간을 확인하고 우리에게 그렇게 전했다.

회장을 둘러보니 전방 우측의 출입구 부근 좌석에 브루노가 앉아 있는 게 보였다. 그리고 그 자리를 에워싸듯이 《연방 정부》 직할의 군인들── 통칭 《하얀 옷》이 대기하고 있었다. 그들은 《조율자》는 아니지만 전 세계의 분쟁과 사건의 해결에 기여하는 전문가 집단이었다. 식전에서 노려지고 있는 브루노를 지키기 위해 경호를 맡고 있었다.

──세계의 지식은 머지않아 스러진다. 결국 그 편지를 보낸 게 누구였는지는 아직 밝혀지지 않았다. 하지만 뭐가 되었던 《미지의 위기》는 오늘 이 자리에선 일어나지 않는다. 그걸 위한 계약을 어제 끝마쳤으니까.

"저쪽 자리에 있는 건 혹시 미아야?"

나기사가 가리킨 전방의 자리에는 한층 눈에 띄는 특별한 긴 의자가 있었다.

여기서는 각도 탓에 제대로 확인할 수는 없지만 의자에서 조금 삐져나온 무녀복 같은 게 보였다. 옆에 서 있는 인물이 있는데 체형으로 보아 올리비아인가.

"예. 무녀님은 의식에서 특별한 역할이 있으십니다."

"그랬지. ……그런데 우리 말고 《조율자》는 거의 없나 봐."

나기사의 말대로 그밖에는 리로디드가 휠체어 전용석에 있는 게 보일 뿐이지 다른 《조율자》는 확인되지 않았다. 당연하지만 전 《암살자》 카세 후우비도 이 자리에는 오지 않았다.

"그렇네요. 《검은 옷》이 회장 전체와 그 주변의 경호를 맡고 있습니다만 그 밖의 전 《조율자》 분들은 오지 않으셨습니다."

하나의 조직으로 존재하는 《검은 옷》은 무수한 구성원으로 이루어져 한때는 《조율자》 안에서도 심부름꾼 같은 활동을 했었다. 언제나 검은 양복과 선글라스를 착용하는 그들의 본모습을 우리는 아직 몰랐다. 하지만 그들이 이곳을 지키고 있다면 더 안심할 수 있나.

"역시 스티븐도 없네. 이야기하고 싶은 것도 있었는데."

이어서 시에스타가 은인의 이름을 꺼냈다.

……사실은 알고 있었다. 스티븐뿐만이 아니라 그 밖에도 몇 명의 전 《조율자》의 행방을 나는 알고 있었다. 그렇지만 지금 그걸 말할 수는 없었다.

그로부터 잠시 뒤에 뭔가 저음의 종소리가 들려오기 시작했다.

"시작됩니다."

노엘이 앞을 보았다. 그 종은 《성환의 의식》이 시작되는 알림이었다. 천장의 지붕이 열리며 별하늘이 보였다. 이윽고 홀 전방의 두 군데 입구에서 가면을 쓴 예장 차림의 인간 십수 명이 잇따라 모습을 드러냈다.

"고관들입니다."

연령과 성별도 알 수 없는 그들은 미아 옆의 가장 전방 자리에 나란히 앉았다.

본디 직함만 보자면 노엘도 저 자리에 있을 존재였다. 하지만 불운한 세습으로 고관의 자리에 앉은 노엘은 아직 경험이 적은 것도 있어서 사자 같은 일밖에 맡지 못한다고 들었다.

이윽고 그 고관 중 몇 명이 일어섰다. 한 명이 소라고둥 같은 악기를 불었고 다른 두 명이 무대로 향하더니 쌓아 올린 장작에 불을 피웠다. 그렇게 기둥 앞에서 창백한 불길이 밤하늘을 향해 피어오르기 시작했다.

그대로 잠시간 회장에 침묵이 흘렀고 다음으로 움직임이 있었던 건 내가 잘 아는 인물이 일어섰을 때였다. 긴 의자에서 일어선 무녀복의 소녀——미아 위트록. 그녀는 시종인 올리비아와 함께 계단을 오르더니 우선 건네받은 《성전》에 불을 지폈다.

"이 의식에서 미아는 《무녀》의 능력을 완전히 잃는 거지? ……그런데 정말 그것만으로 재앙이 종식될까?"

옆에서 나기사가 나직이 말했다.

"《원전》을 태워서 힘을 반환하고. 그렇게까지 했는데 만약 앞으로 또 《세계의 위기》가 일어난다면? 정말로 이걸로 이제 괜찮다는 그런 보증은 있는 걸까?"

나기사가 그렇게 불안을 토로하는 사이에도 몇 권의 《성전》이 불에 휩싸였다.

"그래, 지금까지도 역사상 《성환의 의식》은 몇 번이나 이루어졌고 그 성과는 실증되었어."

노엘 대신 그렇게 대답한 건 나였다.

"그 평화가 영구적으로 이어지는 일은 없지만 말이지."

이어서 내가 그렇게 덧붙이자 나기사가 조금 놀란 것처럼 눈을 크게 떴다.

"……역시 키미히코 님은 깨닫고 계셨군요."

그리고 노엘은 어딘가 단념한 듯한 기색으로 작게 고개를 끄덕였다.

어제 노엘과 차 안에서 이야기를 나눴을 때 그녀는 과거 수천 년의 기록으로 《성환의 의식》의 효과는 보증되어 있다고 말했었다. 그러나 과거에 《성환의 의식》이 거행되었다면 세계는 이미 평화로워졌어야 했다. 그런데도 우리는 지금까지 몇 번이나 《세계의 위기》에 직면했다.

아마도 과거 수천 년간 그걸 되풀이했겠지. 그런데도 왜 매번 질리지도 않고 이런 의식을 거행해야 하는 건지. 그리고 그런 사실이 있는데도 노엘은 어째서 우리의 안전과 평화를 보증하겠다고 단언할 수 있었는지. 그건——.

"《성환의 의식》으로 유지되는 평화에는 유효 기한이 있는 거지?"

"200년."

내가 그렇게 묻자 노엘은 멀리 피어오르는 하얀 연기를 바라보며 말했다.

"일단 《성환의 의식》이 거행되면 적어도 200년은 《세계의 위기》가 일어나지 않습니다."

200년. 아무리 짧더라도 다음 재앙이 발생하기까지는 200년.

요컨대 지금 이 시대를 사는 인간의 안전만큼은 보증된다.

"세계에 있어서는 한시적인 평화라도 인간에게는 항구적인 평화입니다."

언젠가 또 반드시 재앙은 찾아오지만 자신의 수명이 다할 때까지는 그 위기가 일어나지 않는다. 세계는 몇천 년에 걸쳐 그걸 되풀이하고 있다는 건가.

──그렇다면.

"그 선택은 옳았어."

진짜 《원전》을 태워도 가짜 《원전》을 태워도 세계에 항구적인 평화가 실현되지 않는 건 마찬가지다. 《미지의 위기》를 막을 가능성이 있는 만큼 오히려 나의…… 스티븐 일행의 선택이 옳았다.

"불타고 있어."

시에스타가 의식을 바라보며 중얼거렸다.

이 지구를 덮친 수많은 위기가 신성한 불에 지펴지며 드높은 연기로 승화되었다.

그리고 그사이에 《연방 정부》 고관 한 사람이 자리에서 일어나 손에 든 두루마리를 낭독했다. 그건 세계를 지키기 위해 싸운 이를 칭송하고 찾아온 평화를 지켜내겠다는 각오를 표하는 시였다.

그 말 자체에 가치가 있는 건 아니다. 외국어이기에 전부를 이해할 수 있는 것도 아니었다. 나는 그저 눈을 감고 그걸 들었다. 그리고 과거를 곱씹었다.

많은 것을 잃으면서도 이루고 싶은 소원에 손을 뻗어 필사적으로 달려온 그 나날들. 그 결과 우리는 마지막에 승리를 거머

쥐었다. 해피엔딩에 도달했다. 싸움은 전부 끝났고 지금에 와서는 눈물을 흘리는 이는 없었다.

『——정말로?』

누군가의 목소리가 들린 것 같았다.

최근에 나에게 그렇게 속삭인 건 누구였더라.

"키미히코?"

옆을 돌아보니 나기사가 걱정스럽게 이쪽을 바라보고 있었다.

"괜찮아, 아무것도 아니야."

내가 그렇게 말하며 고개를 내저었을 때였다.

——타앙! 건조한 총성이 홀에 울려 퍼졌다.

그리고 그와 동시에 하얀 기둥의 제단에 붉은 선혈이 흩뿌려졌다.

"미아 님!"

여성의 절박한 비명이 울렸다. 올리비아였다.

홀 전방의 무대 위로 달려간 올리비아의 품 안에 무녀 소녀가 쓰러져 있었다.

흉탄이 정의를 침략한 순간이었다.

"적이다!"

가장 먼저 그렇게 소리친 건 누구였을까. 잠시 후 혼돈의 도가니에 빠지는 홀. 그저 확실한 건 《무녀》 미아 위트록이 누군가에게 저격당했다는 사실뿐이었다.

"……미아."

멀리 떨어진 제단 위. 올리비아의 품 안에 축 늘어져 있는 미아는 어깨 부근에 출혈이 있는 것처럼 보였다. 식전이 시작되기 전에 자신도 해피엔딩을 좋아한다며 보여줬던 웃는 얼굴이 눈앞에 어른거렸다.

"무슨 일이…… 일어난 거지?"

뭔가가 이상하다. 왜 이렇게 된 거지?

아까부터 뇌는 불탈 듯이 돌아가고 있는데 제대로 된 답이 무엇 하나 나오지 않았다.

이럴 리가 없는데, 라는. 죽어도 입 밖에 내고 싶지 않은 멍청한 말만이 목에서 치밀어올랐다.

"그런 말도 안 되는."

아니다. 내가 바란 미래는 이딴 결말이 아니었다. 이제 위기는 사라졌을 터였다.

누구지? 대체 누가 배반했지?

스티븐인지, 그 까마귀 마스크인지, 그도 아니면──.

"기다려, 시에스타!"

내 옆에서 나기사가 달려나갔다.

아니, 그보다도 먼저 움직인 인물이 있었다.

나기사가 뻗은 손 앞, 백발의 탐정이 순식간에 내달렸다. 좌석 밑에 감춰뒀던 머스킷총을 들고 미아의 곁으로 서두르려고 허공을 날 듯이 바람을 갈랐다.

하지만 그런 시에스타를 노리는 인물이 있음을 그녀는 아직 깨닫지 못하고 있었다.

"……! 시에스타, 반대쪽 2층 좌석을 봐!"

그곳에 있던 건 검은 라이플을 든 까마귀 마스크. 트랜시버 이어폰을 통해 목소리를 들은 시에스타가 퍼뜩 적을 본 그 순간에는 이미 총성이 울리고 있었다.

　음속을 넘는 탄환이 일직선으로 시에스타를 덮쳤다. 그녀가 그걸 피하기 위해선 단 1초의 유예도 없었다. 즉──.

　"시에스타……!"

　붉은 꽃이 피듯이 피어오른 피가 그 총탄의 결말을 보여주고 있었다. 시에스타는 그 자리에서 한 번 휘청이더니 자세를 잡지도 못하고 쓰러져 버렸다.

　"…………!"

　깨달았을 땐 다리가 움직이고 있었다. 내가 이제 와서 저곳에 도착해도 의미가 없다느니 하는 논리적인 생각을 하기도 전에 달려나가고 있었다. 수많은 사람을 지나치며 부딪쳤다. 모두가 무언가 소리쳤다. 하지만 이상하게도 그 목소리가 들려오지 않았다.

　어느 사이엔가 소리가 없어져 있었다.

　세계에서 모든 소리가 사라지며 시야에 비치는 색이 흑백으로 변했다. 그리고 계단을 내려가는 타이밍에 갑자기 평형 감각을 잃은 내 몸이 다리부터 무너져내렸다. 그래도 나는 손을 뻗었다. 멀리서 쓰러져 움직이지 않게 된 시에스타를 향해 이 손을.

　"시에, 스타……."

　나는 알고 있었다. 이 광경을 알고 있었다.

　그래. 그날, 이렇게 탐정은──.

"또…… 이렇게."

이런 결말은 잘못된 건데. 이렇게 되지 않을 미래만을 추구해 왔는데. 그런데도 이렇게 된 건 내 탓이었다. 내가 무언가 실수를 했다. 그래서 이런 그릇된 미래가 찾아왔다. 그렇다면 나는 ——.

"————!"

그때 누군가가 소리치며 시에스타의 곁으로 달려가는 모습이 보였다.

나기사였다. 또 한 명의 탐정이 격정을 담아 달려나갔다.

나는 그런 탐정의 등을 보다가 깨달았을 때는 의식을 잃었다.

【한 청년의 선택】

나는 대체 무엇을 실수한 걸까.

그딴 건 사실 자문자답할 것까지도 없이 뻔했다. 그저 그 결론을 입에 담는 게 꺼려져서 나는 입을 다문 채 홀로 밤길을 걷고 있었다.

"밤길?"

여긴 어디지? 나는 지금 어디를 향해 걷고 있는 거지?

빨리 돌아가야 하는데. 그리고 시에스타에게 가야 하는데. 어째서 나는 이런 곳에──.

"그 답도 사실은 알고 있잖나."

누군가가 그렇게 속삭였다. 문득 앞을 보니 가로등 아래로 검은 그림자가 뻗어있었다.

나에게 말을 걸어온 건 그 그림자의 주인이었다. 그자의 이름을 나는 알고 있었다.

"──스칼렛."

어둠 속에 떠오른 황색 눈이 요사스럽게 빛났다. 사람의 피를 마시는 하얀 악마── 흡혈귀. 두 번 다시 만나는 일은 없으리라 생각했었다.

"뭐야, 나는 또 꿈이라도 꾸고 있는 건가."

그것도 평범한 꿈이 아니었다. 실로 꿈자리가 사나운 악몽이었다.

"내가 나온 게 그렇게 불만인가? 인간."

스칼렛은 예전과 마찬가지로 나를 그렇게 대충 싸잡아서 불렀다.

"만약 내가 너에게 만나서 반갑다고 하면 어쩌게?"

"그때는 어떤 수상한 자가 너로 변장했다고 판단하여 주저 없이 목을 물어뜯겠지."

"쓸데없이 변덕을 부리지 않길 잘했군. 평화롭게 가지."

그렇게 나와 스칼렛은 몇 초간 말을 나누지 않고 시선만으로 뜻을 전했다.

우리 사이에 이 재회에 대해 나눌 말은 필요 없을 것 같았다.

"그래서? 너는 여기가 어딘지 알고 있나? 스칼렛."

외길이 이어지는 어둠의 세계. 유일한 광원인 가로등에 등을 기댄 스칼렛에게 나는 지금 이 상황에 대해 물었다.

"글쎄? 하지만 내가 모르더라도 너라면 알 텐데."

"선문답이야?"

"그것도 좋지. 그러면 물음에 답해보아라, 인간."

이어서 스칼렛은 나에게 이렇게 물었다.

"너는 대체 무얼 실수했지? 무엇을 잘못하여 지금 이곳에 정체해 있나?"

그렇군. 어울려주는 건가. 나의 시시한 자문자답에.

그걸 위해 스칼렛은 이곳에서 기다리고 있었던 건가. ──그렇다면.

"아무래도 우리가 사는 세계는 어중간한 걸 용납지 않는 모양이라서 말이야."

나는 스칼렛과, 그리고 스스로에게 들려주듯이 입을 열었다.

"한시적인 평화도 거짓된 정의도 세계는 허용해주지 않았어. 그리 간단히 《조율자》를 사명에서 해방해줄 수는 없다며, 싸움으로부터 도망치는 건 용납 못 한다며 새삼 현실을 들이밀었지."

그래서 나는 실패했다. 그 잔혹한 세계에서 명탐정을 내보내려다가 보이지 않는 악마의 손에 발목을 붙들렸다. 그렇기에 우리는 어떻게 할 수도 없었다. 처음부터 선택지 같은 건 존재하지 않았으니까.

"싸울 적이 있다는 건 실로 마음 편한 일이지."

불현듯 스칼렛이 새카만 하늘을 올려다보며 말했다.

"그리고 그 적은 강대하면 강대할수록 좋아. 그 적이 존재하는 한, 결코 자신의 바람은 이루어지지 않는다고 할 수 있을 정도의 거악. 예컨대 너처럼 세계 그 자체가 그러한 적이라면 그야말로 제격이라 할 수 있겠지."

"⋯⋯반대잖아. 자신들의 바람을 가로막는 장벽이 높아서 좋을 건 없어."

설마 어차피 오를 벽이라면 높으면 높을수록 좋다, 따위의 말을 하려는 걸까.

"아니, 이건 너희 인류의 악벽에 대한 이야기다."

그러나 스칼렛은 뜻밖에도 어조를 높였다.

　"인간이란 종은 자신에게 어떠한 문제가 발생했을 때 반드시 가상의 적을 외부에 두지. 그리고 문제가 발생한 원인을 그 적에게서 찾는다. 그러면서 너희는 입을 모아 말하지. 그 적이 나쁘다고. 그 강대한 적이 존재하기에 자신들은 이다지도 고통받는다고."

　거대한 적과 싸우는 건 실로 편한 일이야, 하고 스칼렛은 말했다.

　"인간은 강대한 악과 싸우는 자신에게 도취된다. 설령 그 악에 굴복하더라도 자신들은 잘 싸웠다며 소리 높여 위로하지. 자신의 소원이 이루어지지 않는 것도 이 세계 그 자체가 적이라면 어쩔 수 없는 일이라며 납득할 수 있는 거야."

　"……나도 사실은 납득하고 받아들였다는 말이 하고 싶은 거야? 미아와 시에스타가 흉탄을 맞은 이 현실을."

　"아니. 그렇지 않으니까 너는 지금 이곳에 있는 것 아닌가?"

　이어서 스칼렛은 뚜벅거리는 발소리를 내며 내 주위를 걸었다.

　"많은 인간이 강대한 적에게 만족해서 패배하는 가운데에서 너는 그 현실을 부정하려 하고 있지. 요컨대 너는 지금 어떤 선택을 다시 고르기 위해 이곳에 있는 거다."

　……그랬다. 나는 다시 하고 싶었다. 그 비극이 일어나기 전으로 돌아가서 다른 미래를 선택하고 싶었다. 그렇지만 그게 의미하는 것은.

　"결국 나는 《조율자》가 평화롭게 사는 일상을 부정할 수밖에 없는 건가."

그들이 사명으로부터 해방되어 평화롭게 사는 나날을 바란 결과가 그 식전의 전말이라고 한다면. 그 운명을 바꾸고 싶다고 바라는 건 요컨대 또다시 《조율자》에게 가혹한 사명을 지게 하는 판단을 내리는 것이나 마찬가지였다. 그렇다면 어느 쪽이 되었든 그녀들은⋯⋯.

"키미즈카 키미히코, 너도 사실은 깨달았을 텐데. 한시적인 평화가 얼마나 깨지기 쉬운지를."

⋯⋯그래, 알고 있다. 그걸 바랐기에 그 최악의 결말이 찾아왔다.

"그렇지만 나는 그저 시에스타가, 나기사가 평화로운 일상을 보내줬으면 했어. 그게 유일한 소원이었어. 그래서⋯⋯."

"그게 헛소리라고 생각지는 않는다."

하지만, 하고 스칼렛은 내 귀에 대고 속삭였다.

"갑옷을 벗어라. 그 안에 감춰진 또 하나의 감정이 있지 않나."

나도 모르게 눈을 크게 뜨자 스칼렛은 불현듯 웃었다.

"내가 인간의 감정을 논하는 게 이상한가?"

아니, 이상하지 않아.

네가 그런 말을 할 수 있게 만든 게 누구인지 나는 알고 있으니까.

"자아, 슬슬 악몽에서 깨어날 때다."

스칼렛이 내 어깨를 가볍게 두드렸다.

"무얼 해야 하는지는 알겠지?"

"……그래, 지금에서야 알게 되었어."

내 손에는 어떤 한 권의 책이 쥐어져 있었다. 그때처럼 나는 이 책에 감춰진 어떤 능력을 쓴다. 그걸 떠올리게 하기 위한 시간과 장소가 분명 이곳이다.

"스칼렛."

이미 나에게서 등을 돌리고 있던 그자의 이름을 마지막으로 불렀다.

"모처럼 너에게서 지켜낸 이 세계를 조금 더 믿어볼 생각이야."

내가 그렇게 입에 담자 스칼렛은 "성장했군." 하고 웃었다. 그리고.

"하나, 이 세계에 진정으로 정나미가 떨어졌다면 언제든 지옥으로 와라. 신부를 데리고 말이지."

흡혈귀는 그런 말을 남기고 어둠 속에 녹아들었다.

"안됐지만 그런 날은 평생 오지 않아."

나는 그렇게 중얼거리며 오른손의 《원전》을 단단히 쥐고 걸어나갔다.

──미래를 향해?──아니, 그렇지 않다.

지금 내가 걷고 있는 건 과거로 이어지는 길이었다.

"나는 다시 시작하겠어."

그 선택을 한 그날 밤에서부터.

이번에야말로 올바른 미래(루트)에 도달하기 위해.

【제4장】

◆ 격정의 등불

내가 처음으로 《원전》이 지닌 특별한 힘을 깨달은 건 어제——지상 1만 미터의 하늘 위에서 올리비아로부터 그걸 건네받은 순간이었다.

그 책을 손에 쥐었을 때 나에게 미래가 보였다.

리얼한 꿈이라고 할지, 몹시 구체적인 육감이라고 할지. 앞으로 일어날 일이 전류처럼 머릿속을 내달렸다.

그 현실 같은 꿈속에서 우선 나는 올리비아로부터 《원전》을 넘겨받는 걸 거부했다. 역시 《원전》은 그리 간단히 내가 가지고 있어도 될 물건이 아닌 것 같았기 때문이다.

올리비아는 곤혹스러워하면서도 나에게 맡기는 걸 단념하고 통상 업무로 돌아갔다. 하지만 그 뒤로 우리가 탄 비행기가 프랑스에 도착하는 일은 없었다. 올리비아가 기내에서 누군가의 습격에 부상을 입어 비행기가 인근 공항에 긴급 착륙을 했기 때문이다.

그리고—— 누군가에게 《원전》을 빼앗겼다.

"나는 실수했어."

역시 그때 올리비아에게서 《원전》을 넘겨받지 않은 게 잘못이었다…… 그렇게 절실히 후회한 순간, 깨닫고 보니 나는 다시 비행기 안이었고 눈앞에는 올리비아가 서 있었다. 그리고 내 손은 다시 《원전》을 움켜쥐고 있었다.

처음에는 대체 무슨 일이 일어난 건지 알 수 없었다. 나는 올리비아의 무사를 확인하고 나기사에게 지금이 몇 시인지를 물었지만 시간이 조금도 흐르지 않았다는 것이 판명되었다.

과거로 돌아왔다고 생각했다.

그 뒤에 다시 생각해보니 나는 과거로 돌아온 게 아니라 미래를 본 것이라는 걸 깨달았다.

요컨대 이 《원전》은 소유자가 무언가 큰 판단을 망설일 때, 그 선택지의 너머에 있는 미래를 보여줄 때가 있다. 그건 바로 《무녀》 미아 위트록의 미래시 능력에 가까웠다. 그러니 나는 《원전》을 통해 《무녀》의 힘을 빌린 것과 같은 상태라고 추측할 수 있었다.

──이 사실은 아직 누구에게도 말해서는 안 된다. 바로 그렇게 생각했다. 만약 이게 시에스타나 나기사에게 공유해야 할 정보였다면 미아는 처음부터 말로 설명을 해줬을 터였다. 하지만 그녀는 그러지 않았다. 사자인 올리비아에게조차도 전하지 않았다. 그건 요컨대 《원전》의 힘을 아는 건 키미즈카 키미히코 혼자만이어야 한다고, 미아가 그렇게 생각한 게 아닌가 추측할 수 있었다. 그랬기에 나는 《원전》의 진짜 소유자인 미아의 뜻을 존중했다.

그러나 나에게는 한 가지 더 불안한 점이 있었다. 그건 미아조차도 이 《원전》이 지닌 진정한 힘을 파악하지 못했을 가능성이 었다. 그럴 경우엔 이 이야기를 미아에게 확인해야 하는지도 망설여진다. 따라서 나는 우선 이 《원전》의 상세한 힘을 좀 더 시간을 들여 확인해보기로 했다.

그렇게 《원전》을 한시도 떼놓지 않고 가지고 다니기로 했는데 한동안은 아무런 이상한 일은 일어나지 않았다. 시험 삼아 일부러 작은 선택으로 망설이며 그에 따른 미래를 보려고 했지만 《원전》은 힘을 발휘하지 않았다. 역시 큰 분기점에서밖에 미래가 보이지 않거나, 혹은 원하는 타이밍에 반드시 능력을 쓸 수 있는 건 아닌 모양이었다.

그리고 마침내 《원전》이 다음으로 나에게 미래를 보여준 건 어젯밤의 일이었다. 시에스타와 언쟁하고 브루노와 회담을 한 뒤. 분기점은── 스티븐과 만날지, 아니면 나기사와 만날지. 나는 전자를 선택해 《원전》을 넘겼다. 한시적인 평화를 선택함으로써 탐정들의 일상을 지키려고 했다. 그 결과 무슨 일이 일어났는지는 지금에 와서 다시 말할 것도 없었다.

──그러므로.

"다시 시작하자."

나는 스칼렛과 만난 이 밤길에서…… 시공의 틈새에서 결단했다. 다만 다시 시작한다고 해도 그건 현실에서 과거로 돌아가는 건 아니었다. 엄밀히 말하자면 미래에서 현실로 돌아가는 거였다. 미아와 시에스타가 흉탄에 쓰러진 그 미래의 가능성을 부정하고 다른 미래를 선택한다.

눈앞에 있는 두 개의 갈림길. 스티븐과 만나 《원전》을 《미답의 성역》의 사자에게 넘긴 루트의 종착지는 이미 보았다. 그랬기에 나는 다른 하나인 나기사를 만나러 가는 길을 선택했다. 거기에 나기사는 다른 미래에서 이렇게 말했었다.

무언가 망설이고 있을 때만이라도 자신을 보라고.

그래서 지금 나는 그 말을 믿는다. 그리고 그 미래의 마지막에서 쓰러진 시에스타에게 일직선으로 달려간 나기사의 등을 좇는다.

"다시 한번 여기서부터야."

그렇게 나는 처음과는 다른 길을 선택해 걸어나갔다. 이어서 곧 빛에 감싸인 듯한 느낌을 받았고 깨달았을 땐 나는 또다시 어젯밤으로 돌아와 있었다.

그러므로 지금부터 시작되는 건 어젯밤 그 바에서 브루노와 헤어진 직후의 이야기다.

스티븐의 전화에는 응하지 않고 나기사와 만나기를 선택한 세계의 일이다.

"……나 왔어. 아으, 추워."

별이 떠 있는 겨울의 밤. 라이트에 비친 에펠탑이 보이는 공원. 코트를 입은 나기사가 몸을 움츠리며 약속 장소로 나왔다.

"미안해. 일부러 나오게 해서."

나도 외투의 옷깃을 여미며 나기사를 돌아보았다.

그리고 좀 전에 브루노와 만나 이야기한 내용을 간략하게 설명했다. 나에게는 두 번째 하는 설명이었지만 어쩔 수 없는 일이었다. 결국 브루노를 식전에 불참가시키지는 못했다는 걸 전하자 나기사는 "그렇구나." 하고 한숨을 쉬었다.

"그런데 그 이야기라면 여기가 아니라 호텔에서 했어도 됐는데."

"지금 방으로 돌아가면 어차피 시에스타가 내 불평을 하고 있을 거 아냐."

"어? 어떻게 알아? ……가 아니라, 안 그런데?"

눈이 너무 떨리잖아. 애초에 나기사가 알려준 이야기였지만 말이지.

"확실히 좀 화내기는 했지만 그 이상으로 당혹스러운 것도 같았어."

이어서 나기사는 쓴웃음을 지으며 나와 싸운 직후의 시에스타에 대해 이야기했다.

"어째서 조수는 알아주지 않느냐면서, 나는 《명탐정》으로서 일하고 있을 뿐인데 하고."

"……그러게. 아마 시에스타가 옳을 거야. 잘못된 건 나지."

"오, 웬일이야? 그럼 빨리 돌아가서 사과하는 게 어때? 바로 용서해줄 텐데."

"그걸로는 안 돼."

고개를 갸웃거리는 나기사에게 나는 이렇게 말했다.

"나는 시에스타도 잘못되었기를 바라."

시에스타의 정의감은 지나치게 올바르니까. 세계와 주변 사람을 지키기 위해서라면 자신을 희생하여 싸우는 것도 개의치 않으니까.

그렇게 시에스타는 한때 영원한 잠에 들려고 했다. 그것도 두 번이나 그랬다. 그래서 겨우 재앙이 종식되고 비극의 연쇄가 멈춰 평화로워진 이 세계에서는 이제 그런 올바름은 버려주길 바랐다.

"점점 돌아가고 있었으니까, 그 시절의 시에스타로."

나기사도 그건 깨닫고 있었나. 하얀 입김을 내뱉으며 멀리 떨어진 타워를 바라보았다.

2주일 전에 《연방 정부》의 호출을 받고 노엘에게서 《조율자》로의 일시적인 복귀를 의뢰받은 뒤로 시에스타는 점점 《명탐정》이었던 시절의 자신을 되찾아가는 듯했다.

겪은 적 없는 미지의 위기를 알고 《명탐정》 대행을 받아들였다. 그 뒤에 후우비 씨와 만나서 《조율자》였을 적의 일들을 떠올렸고 한때 싸웠던 적과 닮은 존재와도 조우했다. 그렇게 다시금 손에 쥔 머스킷총은 전장의 감각을 불러일으켰고 샬럿에게 무기의 정비를 의뢰했다.

또한 브루노에게 위기가 닥쳐오고 있다는 걸 안 시에스타는 《명탐정》으로서 책임을 느꼈고 거기에 더해 크루즈선에서 《미답의 성역》의 존재와 마주침으로써 그녀의 사명감은 다시 진짜가 되었다. ……나로서는 거기서 위태로움을 느낄 수밖에 없었다. 《명탐정》의 지나치게 완성된 정의에.

"너는 어떤데? 나기사도 떠올린 것 아냐? 그 시절을."

내가 품은 불안은 당연히 시에스타에게만 국한된 건 아니었다.

또 한 명의 탐정, 나츠나기 나기사. 그녀도 한때 자신을 희생해서 시에스타를 구하려 한 적이 있었다. 심장을 원주인에게 돌려주고 세계를 정상적인 모습으로 되돌리려고. 자신의 역할은 어디까지나 탐정 대행이라고 말하며.

"애초에 잠시도 잊은 적 없어."

"……그건 결국 지금의 나기사는 계속 그 시절 그대로란 거야?"

그 시절의, 자신을 희생했던 탐정 대행이었던.

"응. 근데 있잖아. 그때 키미히코가 화내준 것도 잊지 않았어."

나기사의 루비색 눈이 형형히 빛났다.

"키미히코가 화를 내고 울어준 것을. 내가 옳다고 믿었던 걸 부정해줬던 것을. 그 전부가 지금의 나를 형성하고 있으니까. 그러니 잠시도 잊은 적 없어. 옳았던 것도, 잘못했던 것도, 잠시도 잊지 않았어."

분명 시에스타도 마찬가지일 거야, 하고 나기사는 말했다.

전해진 건가. 시에스타도 기억하고 있는 건가.

그래서 시에스타도 나와 마찬가지로 지금도 고민하고 있다.

"키미히코는 말이야, 지금도 옛날에도 탐정을 너무 좋아하는 것 아니야?"

나기사는 그렇게 웃으며 다가오더니 감고 있던 자신의 목도리를 어째서인지 내 목에 걸어주었다. 그리고 넥타이처럼 "에잇,

에잇." 하고 잡아당겨 댔다.

"숨 막히니까 그만해."

"최근에 입장이 역전되기만 한 것 같으니 가끔은 주제 파악을 시켜주려고."

"3년 전 방과 후의 교실에서 만났던 그때 그 한순간만 사디스트였지."

"하, 한순간만이라니. 마치 그 이후로는 계속 마조히스트였던 것처럼."

불만인지 입술을 비죽이고 있지만 이제 와서 노선을 바꾸려고 시도해도 무리거든?

"있잖아, 키미히코."

잠시 뒤 나기사는 조금 진지한 어조로 돌아와서 이렇게 물었다.

"예전의 나는 어떤 얼굴을 하고 있었어?"

한순간 질문의 의도를 이해하지 못했다.

하지만 그게 아까 내가 말했던 옛날이야기를 말하는 것이란 걸 뒤늦게 깨달았다.

"키히미코가 소중하게 간직한 예전 추억 속의 나와 시에스타는 그때 어떤 얼굴로 웃고 있었어? 어떤 얼굴로 화내고, 어떤 얼굴로 울고, 어떤 식으로 빛났어?"

그랬다, 탐정은 웃고만 있지는 않았다.

즐겁기만 한 여행은 아니었다. 위험한 상황에도 많이 맞닥트렸고 몇 번이나 사선을 넘었다.

그렇지만 그 끝에 있던 격렬하게 용솟음치는 감정으로 가득

찬 탐정의 얼굴은.

"응? 키미즈카."

나기사가 나를 예전처럼 불렀다.

"너는 어떤 우리가 좋았어?"

나는. 그 시절의 나는——.

"아니야."

나기사의 검지가 벌어지려고 한 내 입술을 눌렀다.

"그걸 말하는 건 지금이 아니야. 나에게가 아니야."

"……그렇지. 지금은 미뤄둘게."

그렇게 말하자 나기사는 미소를 지으며 고개를 살짝 끄덕였다.

"그럼 슬슬 돌아갈까."

시계를 보니 곧 23시였다. 내일 일을 생각하면 조금이라도 일찍 자는 편이 좋겠지. 그렇게 생각하며 등을 돌린 내 손을 불현듯 누군가의 손이 잡았다.

말할 것도 없이 나기사의 손이었다.

"……미안. 잘난 듯 말해서."

나기사의 이마가 툭, 하고 내 등에 닿았다.

"뭘 미안해. 충분히 힘이 되었어."

나는 등을 돌린 채 나기사에게 그렇게 말했다. 만났을 때부터 줄곧 나기사는 반드시 내가 바라는 말을 해주었다. 그건 어떤 때라도 격정의 불꽃을 꺼트리지 않는 나기사이기에 할 수 있는 것이었다.

"아니, 방금 그건 탐정으로서 한 말이었으니까. 지금부터 말하는 게 나츠나기 나기사의 본심이야."

나기사는 그렇게 운을 떼며 내 등에 이마를 기댄 채 말했다.

"계속 맡고 싶은 않은 역할만 맡겨서 미안. 결단을 떠넘겨서 미안. 우리에게 평화를 주려고 해줘서 고마워."

나기사의 목소리에 조금 울음이 섞여 있는 게 느껴졌다.

"사실은 무섭다고 느낀 적도 있었어. 옛날에 목숨을 걸고 싸웠을 때도. 그《대재앙》때도. 그리고 지금 다시 세계에 관여하려고 하는 것도. 그래서 그런 나를 구해주려고 해서……."

"……그만해."

나는 나기사에게 감사받을 입장이 아니었다. 내가 지금까지 몇 번을 네 말에 구원받고 등을 밀어줘서 앞을 보아왔다고 생각하는 거야. 그러니 그런 나기사와 시에스타가 적어도 평화로운 일상을 보내길 바라는 건 은혜를 갚기는커녕 내 이기심에 지나지 않아. 나기사가 나에게 고맙다는 말을 할 필요는 없다고.

"그건 안 돼. 누구 한 사람 정도는 키미히코를 말로 제대로 인정해줘야 해. 시에스타는 서투르니까 나라도 말해줄게. ──고마워. 우리의 조수로 있어 줘서, 최고의 파트너로 있어 줘서, 고마워."

나기사의 목소리가, 이마가 열기를 띠었다.

하지만 지금은 무엇보다도 그 눈물이 신경 쓰였다.

"나 참, 널 울리면 안 된다는 약속이었는데 말이지."

이래선 다음에 다시 꿈을 꿨을 때 헬에게 혼나고 만다. 나는 돌아보며 아직 목에 걸고 있었던 목도리를 풀어서 원래 주인인 나기사의 목에 다시 감아줬다.

"사죄도 감사도 필요 없어. 내가 나기사와 시에스타가 평화롭게 지내길 바라는 건 그냥…… 내가 너희를 너무 좋아하는 게 원인일 뿐이니까."

그러니 신경 쓰지 말라고. 나는 자신이 상당히 낯 뜨거운 말을 했다는 자각을 하면서도 조금은 어른이 된 증거로써 솔직하게 말했다.

그러자 그 말을 들은 나기사가 놀란 것처럼 입을 살짝 벌렸다.

하지만 그러다가 잠시 뒤에는 목도리를 살짝 쥐고 빨개진 얼굴을 돌리며 "어설프긴." 하고 나를 매도했다. 아무래도 여자에게 목도리를 감아주는 건 앞으로 연습할 필요가 있어 보였다.

"음, 예쁜걸."

문득 멀리서 눈 부신 빛을 느끼고 옆을 보니 에펠탑이 조금 전까지와는 다른 빛을 내고 있었다. 그러고 보니 일몰 뒤 시간마다 5분간은 이런 플래시를 볼 수 있었던가.

"나기사, 어때. 이런 경치도 볼 수 있었으니 추운 데로 불러낸 건 넘어가 주지 않겠어?"

내가 그렇게 농담을 던지며 나기사 쪽을 돌아보려고 한 그 순간.

왼쪽 뺨에 뜨겁고 보드라운 무언가가 닿았다.

나기사의 입맞춤이었다.

"……이건 상이니까."

나기사의 입술이 내 뺨에서 떨어지는 순간 뜨거운 숨결이 흘러나왔다.

"탐정이 평소에 열심히 일하는 조수에게 주는 감사의 증표야. 그 이상의 의미는 없어."

그러니, 하고 말하며 나기사는 목도리로 자신의 입가를 가렸다. 그리고.

"착각하면 두 번 죽일 거야?"

평소의 입버릇과 비교하면 맥없는 반격을 입에 담았다.

◆그게 덧없는 꿈이었기에

다음 날. 호텔에서 일어나 보니 침대 두 개가 비어있었다. 하지만 그 이유는 알고 있었으므로 딱히 걱정할 일은 아니었다.

어젯밤은 나기사와 만난 뒤 그대로 둘이서 숙소인 호텔로 돌아왔다. 그렇기에 《원전》의 힘으로 본 그 스티븐 일행과의 밀담은 이루어지지 않았다.

그래도 그 이외의 시간은 거의 비슷하게 흘러갔다. 방에서 혼자 우두커니 있으니 이윽고 노엘이 나를 데리러 와서 식전이 열리는 궁전으로 향했다.

그리고 거기서 미아, 릴과 재회해 이전에 보았던 미래대로 이야기꽃을 피웠다. 좀 더 릴을 위하는 말을 해줬으면 좋았겠지만 그건 또 다음 기회로 미뤄두기로 했다. 분명 또 만날 일이 있을

테니까.

　중요한 건 그 이후로, 미아에게 《원전》을 돌려줄 때였다. 다른 미래와는 다르게 나는 《원전》을 그 까마귀 마스크에게 넘기지 않았다.

　즉 이번에야말로 나는 진짜 《원전》을 미아에게 건넸다.

　시에스타와 나기사가 릴과 담소를 나누는 사이에 나와 미아는 《원전》을 주고받았다.

　"그래. 이게 키미히코의 대답이구나."

　미아는 이전에 들었던 것과 같은 말을 입에 담았다.

　하지만 분명 그 미래와는 뜻하는 의미가 다를 것이다.

　"정말 이걸로 괜찮아?"

　건네받은 《원전》을 품에 안으며 미아는 나에게 물었다. 《원전》이 자신에게로 돌아왔다는 건 《미답의 성역》과의 거래가 깨졌다는 가장 큰 증거였다. 미아는 나에게 판단을 맡겼지만 그녀의 마음은 한쪽으로 기울어져 있었다.

　"완전한 정의와 한시적인 평화."

　내가 그렇게 중얼거리자 미아의 어깨가 살짝 들썩였다.

　"무엇이 옳고, 무엇이 그릇된 건지. 나는 모르겠어. 아니, 내가 판단해도 될 게 아니겠지."

　그걸 정할 권한이 나에게 있을 것 같지는 않았다. 거기에 언젠가 답이 나오더라도 지금은 아직 그때가 아니었다.

　"적어도 이 식전이 끝날 때까지는 기다려봐도 될 거야."

　그때까지는 조금만 더 발버둥 쳐볼 생각이었다.

"······알았어. 나도 협력할게."

그렇게 우리는 두 번째 악수를 나누었다. 첫 번째와는 뜻하는 의미가 조금 달랐다. 그렇지만 그 첫 번째가 있었기에 지금 이곳에 도달한 듯한 기분이 들었다.

"아, 맞다. 미아, 잠깐 할 이야기가 있는데······."

그로부터 잠시 뒤에 미아와 릴은 자리를 떴고 나, 시에스타, 나기사 세 사람만 남게 되었다. 그 미래와 똑같은 상황이었다. 그리고 또 뭐라 하기 힘든 껄끄러운 분위기가 흘렀지만······ 그 때와는 다른 부분도 있었다.

"시에스타, 다음에 있을 무도회 말인데, 나와 춤춰줘."

나는 먼저 그렇게 선수를 쳤다. 시에스타와 싸운 상태인 건 어젯밤부터 변하지 않았다. 그때부터 아직 한마디도 제대로 이야기를 나눈 적이 없었다.

그러나 시에스타는 나의 그런 제안을 이상하게 생각했다.

"왜 나와? 그리고 나는 미아와 춤출 약속이······."

"미아에겐 양보받았어. 안됐지만 네 파트너는 나밖에 없어."

"뭐야 그 해괴한 물밑 작업은? 아니, 그보다 나기사는 괜찮아?"

"상관없어. 나는 어젯밤에 키미히코와 밤의 공원에서 즐겼으니까."

"응? 자랑?"

내가 자는 사이에 뭘 한 거야······ 하고 시에스타는 믿을 수 없다는 듯한 눈으로 나기사를 보았다. 하지만 나기사는 가볍게 웃고는 손을 흔들며 자리를 뒤로하려 했다. 그리고 나와 지나치며 "뒷일은 맡길게." 하고 속삭였다.

이윽고 음악이 흐르기 시작해서 나는 우두커니 서 있는 시에스타에게 손을 내밀었다. 그러자 시에스타는 한숨을 내쉬면서도 그 손을 잡았다.

"그럼 시작한다."

나는 시에스타의 하얀 손을 잡고 그녀의 허리에 반대쪽 손을 둘렀다.

평소와는 반대였다. 내가 먼저 시에스타의 손을 잡는 일은 별로 없었다. 깨닫고 보면 언제나 시에스타가 내 손을 잡아 끌어주었기 때문이다.

"너 춤출 줄 알아?"

"내가 그런 걸 잘할 것처럼 보여?"

"아니, 전혀."

정색하고 말하지 말라고. 나는 음악에 몸을 맡기며 남을 따라서 서툴게 스텝을 밟았다.

"……역시 시에스타가 리드해 줘."

주위에서 우아하게 춤추는 모습을 보고 있자니 점점 자신감이 사라졌다.

"하아, 어쩔 수 없네."

탄식하는 시에스타. 하지만 다음 순간, 그녀가 손을 쭉 잡아당겨서 나는 그대로 끌려갔다. 밀착한 시에스타의 몸 라인. 거기서 열기가 직접 전해져 왔다. 나는 시에스타의 리드를 따라 자연스럽게 발을 놀릴 수 있게 되었다.

결코 남녀의 역할이 교대된 건 아니었다. 옆에서 보기엔 내가 시에스타를 리드하는 것처럼 보이겠지. 3박자 왈츠에 이끌리며 나와 시에스타는 회전목마처럼 빙글빙글 돌았다. 그럴 때 문득 주위의 시선이 느껴졌다.

"우리를 보고 있네."

시에스타가 고혹적으로 미소 지었다. 가슴이 트인 드레스, 평소와는 다른 헤어 스타일. 지금만큼은 다른 생각은 잊고 어른이 된 시에스타와 춤을 췄다.

"부끄러워? 많은 사람이 보는 게."

설마, 그럴 리가.

자랑스러웠다. 시에스타가 지금 이 세계의 중심에 있다는 것이.

"미안."

나는 시에스타의 눈을 보며 그렇게 사과했다.

"그건 언제의, 무슨 사과야?"

시에스타는 시선을 살짝 피하며 되물었다.

"왜 그렇게 엇갈리게 되었는지 옛날 일을 돌이켜보며 나 나름대로 생각해봤어."

하지만 나는 바로는 그 물음에 대답하지 않고 우선은 대답에 이르기 위한 말을 찾았다. 탐정과 조수에게는 결론보다도 먼저 가설이 중요했다.

"우리는 처음 여행을 나섰을 때부터 상당히 다양한 일로 싸웠었지?"

"모처럼 여행을 회상하는 건데 싸운 추억부터야?"

물론 나도 좀 그렇다 싶었지만 가장 먼저 떠오른 게 그거였다고.

"뭐, 그래도 확실히 그렇긴 해. 너는 내가 화를 낼 행동만 했었으니까. 노숙이 일주일 이어진 것만으로도 언짢아지고, 새 무기를 사러 가자고 해도 즐거워 보이지 않았고, 내가 낮까지 푹 자면 깨웠고."

"네가 나에게 원한 새로운 생활의 허들이 느닷없이 너무 높았다고."

게다가 마지막 건 전혀 내가 나쁜 게 아니잖아.

"시에스타가 나를 데려간 그 비일상에서 나는 몇 번이나 죽을 뻔했어."

"그래서 그렇게 되지 않게 내가 지켰잖아. 몇 번이나 너를."

"그래, 몇 번이나 지켜줬지. ……그만큼 너도 몇 번이나 위험한 상황에 처했어."

시에스타는 재차 시선을 피했다.

손과 다리를 움직이면서도 우리는 그 치열했던 나날을 떠올렸다.

"그러고 보니 너에게도 혼났었지. 마지막까지 책임지고 나를 지키라며. 그러니 멋대로 죽으려 하지 말라며."

시에스타는 자조하면서 다시 나를 올려다보았다.

"내 그런 부분이 싫었어?"

"그래, 싫었어."

그래서 그때도. 시에스타의 심장이 《씨앗》에 침식되기 시작해 그녀가 스스로 모습을 감추려고 했었을 때도 우리는 비슷한 대립을 했다. 나는 시에스타가 좀 더 이기적이었으면 했다. 세계보다도, 우리 일보다도 자기 자신을 소중히 여겨주길 바랐다.

"나는 그날 그런 마음이 전해졌다고 생각했어. 너는 그때 나와 홍차를 마시고 싶다고 했었으니까."

살고 싶다고, 그런 소원을 말해줬으니까.

"그래서 너는 어제……."

"그래, 나는 지난 1년간의 평화로운 일상이야말로 탐정이 바라는 것이라 믿고 있었어."

시에스타뿐만이 아니다. 나기사도 그랬다.

싸움을 끝내서 사명을 완수한 두 탐정은 마침내 행복한 결말을 맞이하리라 생각했다. 한때 두 사람이 나에게 많은 것을 주었듯이 이번에는 내가 두 사람에게 그런 결말을 주었다고, 오만할지도 모르지만 그렇게 생각했었다.

"하지만 그건 내 착각이었어."

"……조수, 그건."

"아니, 일단 들어줘. 결코 비하하는 것도, 자조하는 것도 아니야."

나는 그저 자신의 잘못을 인정하고 싶었다.

그건 어젯밤에 나기사와 이야기를 나누며 그녀의 물음으로 깨달은 사실이었다.

『너는 어떤 우리가 좋았어?』

나는 지금 그 명제에 답을 내놓았다.

"조금 전에 나는 자기희생을 개의치 않는 네가 싫다고 말했었지. ……하지만."

정말로 이 앞의 말을 내뱉어도 되는 건지 알 수 없었다. 나는 그걸 부정하기 위해 지금까지 계속 행동해왔을 터였다. 그 소원이 있었기에 나는 앞으로 나아갔고 미래를 볼 수 있었다. 이 말을 해버리면 그 전부가 뒤집힐 수도 있다. 내가 바랐던 나날은 다시금 멀어질지도 모른다. ──하지만 그렇다 하더라도.

"그런 덧없는 탐정의 모습을 나는 아름답다고도 생각했었어."

벚꽃처럼 지는 걸 개의치 않는, 찰나의 빛으로 찬란하게 어둠을 몰아내는 명탐정은 누구보다도 형형히 빛났었다. 그런 눈부신 탐정을 나는 좋아했다.

"그래서 사과하는 거야."

내가 진심으로 시에스타에게 머리를 숙이는 건 지금이 처음이었다.

"나는 자신의 이기심으로 너를 죽게 하고 싶지 않아서 명탐정의 긍지를 더럽히려 했어. ──미안해. 용서해줘."

음악은 아직 멈추지 않았다. 나는 시에스타의 몸을 끌어당기며 용서를 빌었다.

"나는 근사했어?"

시에스타는 조금 불안하게, 매달리는 것처럼 물었다.

그녀의 얼굴은 내 가슴 부근, 품 안에 있었다.

"그래. 아름답고, 근사하고, 빛나고 있었어. 그런 네가 내민 손이기에 분명 그날 나는 이 손을 잡았던 거야."

지상 1만 미터의 하늘에서 만난 너는 내 집과 학교에까지 쳐들어와서 내가 가진 문제에 답을 제시해 보였다. 그렇게 세계로 여행을 나서자며 시에스타가 내민 손을 나는 그때 잡았다. 시에스타의 옆에서 걸으면 무언가가 크게 변할 듯한 기분이 들었기 때문이다.

"그래서 그때 평생 함께 있어 달라고 한 거야?"

시에스타는 살짝 미소 지으며 7년 전 일을 끄집어냈다. 그날, 일본을 떠나기 직전의 공항에서 '내 조수가 되어줘' 하고 마지막으로 권유한 시에스타에게 나는 그만 그런 프러포즈 같은 발언을 해버렸다.

"내 기억으로는 바로 취소했었을 텐데?"

"그랬던가? 나는 좀 진심으로 받아들여서 너를 3년 동안 데리고 다녔던 건데."

우리는 그렇게 말씨름을 하다가 서로 웃음을 터트렸다.

음악이 한 번 크게 고조되었다. 곧 곡이 끝나면서 파트너를 교대할 시간이었다.

"그럼 시에스타. 지금 다시 한번 말할게."

시에스타가 고개를 살짝 갸웃거렸다.

"평생 함께 있어 줘."

푸른 눈이 크게 떠지는 게 보였다.

"평생 떨어지지 마. 평생 어디에도 가지 마. 한평생 옆에서 걸어가게 해 줘."

이때까지 몇 번이나 시에스타가 세상에서 사라졌었던 광경이 뇌리에 스쳤다.

나는 그 일들을 지금 언령을 믿으며 힘주어 부정했다.

"무슨 일이 있어도 사라지지 마. 앞으로도 나를 어디로든 데리고 가. 어디든지 가줄 테니까. 어떠한 불합리도 극복해주겠어. 그러니까——."

"——맹세할게."

시에스타의 눈부신 눈이 나를 바라보았다.

더 이상 음악은 들리지 않는다. 지금만큼은 시에스타의 목소리밖에 들리지 않았다.

"평생 너를 데리고 가줄게. 평생 너를 불합리로부터 지켜줄게. 평생 너와 무모하게 살아줄게. 그러니까——."

시에스타가 내 가슴에 툭 하고 이마를 댔다.

"평생 나를 행복하게 해줘."

그렇게 우리는 댄스의 스텝을 멈췄다. 거친 숨, 달아오른 몸. 그리고 조금 냉정해지자 점점 주위의 목소리도 들려왔다. 어느 사이엔가 음악은 끝나 있었다. 나와 시에스타는 여전히 서로를

바라보고 있었지만 곧 누가 먼저라 할 것 없이 시선을 뗐다.

"마무리는 탐정으로서야?"

"너야말로 조수로서지?"

이어서 다시금 우리의 시선이 마주치며 누가 먼저라 할 것 없이 웃었다. 그렇게 드물게도 배꼽 빠지겠다는 것처럼 눈물을 닦는 그녀의 미소는 역시 그날과 마찬가지로 1억 점짜리 웃음이었다.

"자, 그러면 조수. 이제부터 어떻게 움직일 거야?"

그러다가 바로 지금까지의 분위기를 전환하듯이 탐정은 조수의 판단을 물었다.

그래, 여기서부터가 시작이다.

나는 심호흡을 한 번 한 뒤에 그 미래와는 다른 답을 선택했다.

"시에스타, 작전을 결행하자."

◆악의 행진

무도회가 끝나고 우리는 《성환의 의식》이 열리는 회장으로 이동했다.

시각은 19시 전. 지금까지의 흐름은 이전에 보았던 미래와 거의 같았다. 하지만 그건 내가 되도록 같은 행동을 취했기 때문이란 것도 있었다.

왜냐하면 너무 대담하게 행동을 바꿔서 환경을 지나치게 바꿔버리면 모처럼 이전에 보았던 미래가 무용지물이 되어버린다.

그러니 되도록 처음과 같은 루트를 되짚으며 반드시 바꿔야 하는 부분에만 초점을 맞춰 언동을 변경했다. 그리고 지금 나는 또 한 번 행동을 바꿨다.

"자리는 여기로 괜찮으신가요?"

"그래, 여기라면 충분해."

나는 노엘의 물음에 고개를 끄덕이며 홀 1층 좌측 전방의 좌석에 앉았다.

의식에서 쓰이는 제단까지의 거리는 대략 20미터. 저번보다는 가까워졌다.

"미안한걸, 억지 부려서 자리를 이동해서."

"아니요, 가능한 가까운 자리에서 의식을 보고 싶으시다는 마음은 이해합니다. 《조율자》 여러분에게 있어서 마지막 무대이니까요."

······그래, 그렇지. 무사히 이 식전이 끝난다면 말이지만.

"그나저나 시에스타는 뭐해? 좀 늦는데."

나는 옆자리에 앉아 있는 나기사에게 그렇게 물었다. 그 무도회가 끝난 뒤로 시에스타의 모습이 보이지 않았다.

"여자가 자리를 비운 이유를 일일이 신경 쓰는 거 아니야."

"아, 화장실?"

"눈치를 길바닥에 버리고 왔어?"

나기사의 얼어붙을 듯한 시선이 찔러왔다. 실언이었나.

"앞으로 5분 정도면 시작됩니다. 조금만 더 기다려 주시길."

그럴 때 노엘이 첫 번째와 같은 말을 했다.

나는 그 시간에 지금 생각해야 할 것을 정리했다.

여기까지는 그런대로 순조로웠다. 탐정과 속 터놓고 이야기 했고 무녀와는 비전을 공유했으며 내가 취할 행동도 확실히 정했다. 하지만 여기서부터는 미지수인 점도 많았다.

의식 중에 아마도 또 미아를 노린 총격이 일어날 것이다. 그렇지만 어째서 미아가 노려지는 것인지. 첫 번째 미래에서는 《원전》을 태우기 직전에 저격이 일어났다. 단순하게 생각하자면 그 《원전》을 빼앗기 위함이라 추측할 수 있었다.

하지만 그 《원전》은 내가 바꿔친 가짜였다. 그렇다면 저격을 실행한 범인은 그 사실을 몰랐다는 건가? ……아니, 그럴 리는 없다. 나는 이 회장에서 검은 라이플을 든 까마귀 마스크의 모습을 두 눈으로 똑똑히 보았다. 그 녀석은 모든 것을 알고 있을 터. 그러므로 알면서도 배반한 것이다.

"요컨대 녀석들에게는 《원전》을 빼앗는 것 말고도 목적이 있는 거야."

나는 누구에게도 들리지 않을 목소리로 중얼거렸다.

녀석들—— 거기에 스티븐과 다른 《조율자》가 포함되는지 어떤지는 알 수 없다. 그러나 적어도 그 《미답의 성역》에서 온 까마귀 마스크는 역시 적이었다. 《미지의 위기》는 이제부터 틀림없이 일어난다. 우리는 그걸 물리쳐야 했다.

"결국 처음대로 된 건가."

그날 노엘의 소환으로 시에스타와 나기사가 《조율자》의 권한을 되찾았고 브루노의 의뢰를 받아 두 사람은 다시 《명탐정》으로 돌아갔다. 그렇게 처음 이야기대로 우리는 이 식전에서 일어날 《미지의 위기》와 싸우게 되었다.

　운명은 그리 간단히 바뀌지 않는다. 그렇지만 싸우는 방식을 바꿀 수는 있었다. 그 준비는 최대한 갖췄다고 생각한다.

　"기다렸지."

　그리고 그때. 기다리던 인물이 나기사의 옆자리에 앉았다.

　"오래 걸렸는걸, 시에스타."

　"응, 화장 좀 고치느라. 어때?"

　그녀가 고개를 갸웃거리며 나에게 감상을 물었다.

　"딴 사람인 줄 알았어."

　"의외로 대놓고 말하네."

　그렇게 우리가 대수롭지 않은 대화를 나눴을 때였다.

　어딘가에서 저음의 종소리가 울렸다. 그리고.

　"시작됩니다."

　시작을 알리는 노엘의 말과 함께 나에게는 두 번째 《성환의 의식》이 시작되었다.

　홀의 지붕이 열리며 가면을 쓴 고관들이 나타나 소라고둥 불거나 장작에 불을 피우거나 하며 이전에 보았던 광경과 똑같은 행동이 되풀이되었다.

　그리고 이어서 미아가 단상에 올랐다. 올리비아가 건네준 《성전》을 불길 속에 던지며 《무녀》의 역할을 다했다. 하얀 연기가 피어오르며 단상을 에워싼 고관들이 외국어로 된 두루마리를 낭독했다. 하지만 나에게는 지금 그걸 지켜보는 것보다도 달리

해야 하는 일이 있었다.

"어디 있지."

나는 홀을 샅샅이 관찰했다. 그 까마귀 마스크가 어딘가에 있을 터였다. 분명히 라이플을 들고 어딘가에 숨어 있다. 그리고 무녀를 노리고 있을 것이다.

첫 번째 미래에서는 반대쪽 2층 좌석에 있었다. 하지만 지금 여기서 관찰한 바로는 까마귀 마스크의 모습은 보이지 않았다. 경비대를 중점적으로 배치한 걸 들켰나?

"……키미히코, 이제 곧이야."

나기사가 작은 목소리로 나에게 귓속말을 했다. 이제 곧 미아가《원전》을 집는다. 일이 발생한다면 그때였다.

나는 앞으로 일어날 일을 두 탐정에게도 전했다. 당연히 그녀들은 반신반의했지만 내 작전에 찬성해줬다. 그러므로 지금 이 곳에서 실패할 수는 없었다.

하지만 이윽고 그때가 찾아왔다. 시종으로서 곁에서 따르던 올리비아가 미아에게《원전》을 건넸다. 미아는 그걸 건네받아 타오르는 불길을 향해 내밀었다.

──마침내 내가 반대쪽 2층 좌석에 있는 그 녀석을 발견한 건 이미 라이플의 총구가 미아를 겨누고 있을 때였다.

"칫, 무슨 트릭을 쓴 거지?"

결국 적은 같은 장소에 나타났다. 분명히 방금까지는 없었을 터. 하지만 돌연히 정말로 순간 이동이라도 한 것처럼 까마귀 마스크가 그곳에 나타났다.

"미아!"

내가 소리치자 단상의 그녀가 눈을 매섭게 떴다. 그녀에게도 이 충격에 대해서 전해졌다. 하지만 지금 그 이름을 불러봤자 음속을 넘는 총탄의 속도에 미아가 대응할 수는 없었다.

"——괜찮아. 미래를 알고 있다면 거기서부터 역산한 행동을 취하면 되는 거니까."

그렇게 말한 건 푸른 드레스를 입은 백발의 소녀였다. 그리고 그녀의 그 말은 이미 몇 초 전에 남겨진 말이었다.

내가 미아의 이름을 외쳤을 때는 이미 백발의 소녀가 단상으로 뛰어오르고 있었다.

총성이 울린 건 그 1초 뒤.

모두가 눈과 귀를 덮는 가운데 나는 홀로 그 무대 위를 주시했다.

몸을 숙이는 미아의 앞에 선 건 《명탐정》을 대행하는 이——. 그녀는 오른손에 쥔 머스킷총을 검처럼 휘둘러 덮쳐온 흉탄을 쳐냈다.

"적이다!"

가장 먼저 그렇게 소리친 건 브루노 베르몬드였다.

첫 번째 때는 보이지 않았던 광경도 지금이라면 조금은 침착하게 볼 수가 있었다.

우리가 있는 좌석과는 반대쪽인 우측 전방에 앉은 브루노가 가리킨 곳에 붉은 로브의 까마귀 마스크가 있었다. 다만 거기에 반응한 적이 이번에는 곧장 브루노에게 총구를 겨누었다.

"할아버님!"

노엘이 소리쳤다. 전에 받은 편지의 내용이 내 머릿속에도 스치고 지나갔다. 그렇지만 그에 대비한 준비는 되어 있었다. 브루노를 에워싸듯이 앉아 있던 《하얀 옷》의 군인들이 총기로 응전을 시도했다. 그러자 그 총격으로 무기를 떨어트린 까마귀 마스크가 수적을 밀린다고 판단했는지 인간 같지 않은 도약력으로 일단 크게 거리를 벌렸다.

"나기사, 지금이야."

"응, 맡겨줘. 우선은 릴이 있는 곳으로 가자."

우리는 서로 고개를 끄덕인 뒤 계획대로 움직였다. 미지의 적이 나타나는 게 확정적인 이상, 일단 무엇보다도 우선시해야 할 건 전장에서 사람을 줄이는 것이다.

둘러보니 이미 자주적으로 피난이 시작된 듯했지만 우리는 그걸 돕기로 했다. 나기사가 다리가 부자유로운 릴을 비롯한 다른 일반인들을 피난시키기 시작했다.

"시에스타! 미아를 부탁해!"

총격의 표적이 된 미아도 우선해서 피난시켜야 했다. 나는 백발의 소녀가 미아를 안아 들고 올리비아와 함께 출구로 향하는 모습을 확인했다. 이걸로 《원전》도 지켰다.

"다음은 브루노의 피난을……."

그렇게 생각하며 재차 회장의 반대쪽으로 시선을 옮기려고 하다가 아래층의 트인 장소에서 《하얀 옷》 십수 명이 까마귀 마스크를 포위하고 있는 모습을 보았다. 《하얀 옷》은 일반적인 총기뿐만이 아니라 본 적도 없는 형상의 중화기와 도검을 들고 까마귀 마스크를 겨누고 있었다.

그런 상황 속에서 까마귀 마스크는 통, 하고 그 자리에서 가볍게 뛰었다.

통, 통, 통.

일정한 리듬을 타고 수직으로 뛰다가 그게 일곱 번 정도 이어진 뒤에 적이 불현듯 모습을 감췄다.

한순간에 《하얀 옷》들의 눈을 속이듯이 사라진 뒤 몇 초가 지나고 나서 내가 목격한 건 사람의 머리가 일제히 허공을 나는 광경이었다. 핏줄기가 티끌 하나 없는 하얀색 옷을 붉게 물들였다.

대체 어떻게 《하얀 옷》들의 목을 잘라낸 것인지. 그 답을 알고 있을 장본인은 깨닫고 보니 바닥에 내려서 있었고 이어서 멀리 떨어진 《정보상》을 향해 고개를 돌렸다.

"브루노!"

내가 소리침과 동시에 사태의 절박함을 깨달은 경비대가 가세하러 왔다. 그리고 일제히 까마귀 마스크를 향해 발포했지만 총탄은 적에게 명중하기 전에 허공으로 사라졌다. 저번 크루즈선과 같은 현상이었다. 이어서 이번에는 까마귀 마스크가 양손으로 총 모양을 만들었다.

탕, 탕, 탕.

실제로 총성이 들린 건 아니었다. 하지만 그 검지에 겨누어진 대원은 하나같이 마치 진짜 총에 맞은 것처럼 쓰러졌다.

그렇지만 그 잠시간의 지체가 세계의 지식과 같은 이의 목숨을 구했다. 브루노는 회장의 참극에 얼굴을 찌푸리면서도 호위의 유도를 따라 출구를 지났다.

"노엘, 우리도 서두르자."

나는 노엘의 손을 잡고 가장 가까운 출구로 향했지만—— 다음 순간, 불현듯 눈앞에 까마귀 마스크가 나타났다. 검은 가면을 쓴 그 녀석을 앞에 두고 걸음이 멎었다. 단순한 공포가 아니었다. 본능적으로 움직일 수 없었다. 자신보다도 상위의 존재가 내뿜는 살기 앞에서.

"———."

검게 뚫린 눈은 아무것도 전하지 않았다. 다만 그때 우리 사이를 아군의 총탄이 통과했다.

그걸 본 까마귀 마스크는 인간 같지 않은 아크로바틱한 움직임으로 그 자리에서 물러났다. 그 뒤에는 녀석의 짐승 같은 냄새만이 남았다.

"……! 키미히코 님, 이건……."

노엘이 눈을 크게 뜨며 주위를 둘러보았다.

나는 그 까마귀 마스크가 자리를 뜬 것에 저도 모르게 긴장을 풀었던 걸지도 모르겠다. 일순간 뒤에 깨닫고 보니 홀 안에 새로운 적이 침입해 있었다. 그 수는—— 눈어림으로 50명 이상.

라이플과 머신건을 들고 가스마스크를 쓴 검은색 일색의 남자들. 그 녀석들은 처음부터 진형을 정해뒀었는지 아직 300명 가까이 남겨져 있던 이 홀을 눈 깜짝할 사이에 포위했다.

"이 녀석들도 《미답의 성역》의 주민인가……?"

상황은 당연하지만 좋다고는 할 수 없었다. 그 까마귀 마스크는 아무래도 이 홀에서 모습을 감춘 듯했지만 무기를 들고 있던 우리 쪽 아군은 거의 전원이 제압되어 있었다.

그리고 이건 행운인 건지 불행인 건지, 둘러본 바로는 이 홀에 명탐정의 모습은 없었다. 무사히 다른 인질과 함께 피난한 걸까. 반대로 말하자면 앞으로 그녀들의 도움을 받을 수도 없었다. 미아와 릴, 그리고 브루노도 없었다. 이 자리에 남겨진 건 특별한 힘을 지니지 않는 무력한 인간들 뿐이었다.

"키미히코 님, 이대로는……."

"걱정하지 마. 적어도 적은 곧장 우리를 죽일 생각은 없어 보이니까."

이 진형은 우리를 밖으로 내보내지 않기 위한 것이었다. 요컨대 적은 이제부터 우리에게 뭔가 교섭을 해올 터였다.

그 예감은 다음 순간에 적중했다.

홀의 지붕이 닫히며 전방 스크린에 영상이 비쳤다.

거기에 나타난 것도 까마귀 마스크를 쓴 인물이었다. 방금까지 이곳에 있던 녀석인지, 아니면 별개의 인물일지.

남자인지 여자인지도 알 수 없는 그 녀석은 마찬가지로 합성 음성 같은 기묘한 목소리로 이 정의와 대치하는 테러의 동기를 이렇게 고했다.

『연방 정부, 너희가 감춘 세계의 비밀을 이 자리에서 밝혀라.』

◆ 가면의 인형

회답의 제한 시간은 10분. 그때까지 요구가 이루어지지 않으면 인질을 한 명 죽이겠다.

까마귀 마스크는 그렇게 룰을 고하고 영상을 껐다.

뒤에 남겨진 우리는 또다시 혼란의 도가니에 빠졌다.

"……역시 적은《미답의 성역》인가."

손톱이 손바닥을 찌르는 통증에 주먹을 움켜쥐고 있었다는 걸 깨달았다.

《미답의 성역》의 사자는《연방 정부》에 세계의 비밀이란 걸 공개하도록 강요하고 있었다. 그게 적의 최대이자 유일한 목적이었으며 역시《원전》을 넘기기만 한다면 위해를 가하지 않겠다고 한 건 거짓말이었다.

요컨대 다른 미래에서 나는 스티븐에게 속았던 건가. 그게 아니라면 스티븐도 마찬가지로 그 까마귀 마스크에게 속은 것일지도 모른다. 다만 어느 쪽이든 이걸로 분명해진 게 있었다. 《미답의 성역》의 사자들은 세계의 비밀이란 걸 정부가 밝히지 않는 한 공격을 멈추지 않는다. 이제 와선 교섭도 거래도 의미가 없었다.

"노엘, 마지막으로 한 가지만 물어봐도 될까?"

아직도 혼란의 술렁임이 멎지 않는 홀에서 나는 옆에 있는 노엘에게 그렇게 물었다.

"노엘은 정말로 녀석들이 말하는 것에 짚이는 게 없는 거지?"

"……예, 정말입니다. 가령 저보다 훨씬 높은 서열의 인물은 알고 있더라도 신입인 저에겐 그걸 알 권한이 없습니다."

노엘은 입술을 깨물며 고개를 내저었다. 거짓말은 아니었다. 노엘의 안색과 눈의 움직임, 그리고 목소리의 떨림으로 나는 그렇게 판단했다.

"알았어. 그럼 그걸 아는 사람에게 물으러 가지."

"키미히코 님……?"

일어선 나를 노엘이 올려다보았다. 그런 노엘을 지나친 나는 홀의 가장 앞쪽으로 걸어갔다.

거기에는 미처 도망치지 못했거나, 혹은 처음부터 도망칠 생각은 없었던 《연방 정부》 고관들이 있었다. 나는 우두커니 서 있는 그 고관 중 한 사람 앞에서 멈춰 섰다.

모두 가면을 쓰고 있었지만 형태와 문양은 달라서 개개인을 판별하는 게 가능했다. 그래서 나는 보기만 해도 그자의 이름을 알 수 있었다.

"아이스 돌, 할 이야기가 있어."

사실은 누구든 상관없었다. 다만 이 여자는 지금까지 특히 나와 《명탐정》과 그런대로 깊게 관여해온 인물이었다. 그래서 나는 그녀에게 물었다.

"《미답의 성역》의 사자들이 요구하는 세계의 비밀이란 게 뭐지?"

가면의 여자는 말없이 서 있었다. 회장 안의 시선이 우리에게 쏟아졌지만 적인 가스마스크들은 방해할 기색을 보이지 않았다. 그거면 충분했다.

"이대로 댁들이 계속 모른 체한다면 이곳에 있는 누군가가 인질로서 살해돼. 오히려 직접적인 관계자인 댁들 고관이 그 산제물이 될 가능성도 크지. 뭔지 알고 있다면 빨리 말해줘."

내가 되도록 침착하게 대답을 요구하자 한동안 침묵한 뒤에 그녀는 이렇게 입에 담았다.

『그 질문에 대한 회답권을 아이스 돌은 가지고 있지 않습니다.』

마치 지금 일어난 상황이 남의 일이라는 것처럼 가면의 여자는 기계적으로 내뱉었다.

"대답할 권한이 없을 뿐이지 답을 모르는 건 아니란 거야?"

『그 질문에 대한 회답권을 아이스 돌은 가지고 있지 않습니다.』

"……지금까지도 수많은 《세계의 위기》로 사람이 죽었어. 《미답의 성역》의 침략을 이대로 용인하면 끝났을 터인 재앙이 다시 시작된다고."

물론 《미답의 성역》의 요구를 전부 수용할 생각은 없었다. 다만 지금 《연방 정부》가 취하고 있는 방침은—— 대책 없는 정체. 그 너머에 있는 건 미증유의 위기뿐이었다. 그리고 이 세계는 이미 그 지옥의 입구에 한쪽 다리를 걸치고 있었다.

『그 재앙을 막는 게 《조율자》의 사명이 아닌가요?』

처음으로 아이스 돌이 정형문 이외의 말을 했다.

"……맞아, 그렇지."

이자들에게 명령받을 것까지도 없이 《조율자》의 사명은 자유

의지── 사람을 구한다는 자신의 의지에서 비롯된 것이었다. 그랬기에 내가 잘 아는 《명탐정》이 목숨을 걸고 살아가는 순간 순간의 모습은 둘도 없이 아름다웠다. 그건 틀림없었다.

"하지만 옥좌에 늘어져 있을 뿐인 댁들이 해도 될 말은 아니 야."

세계에 위기가 발생할 때마다 《조율자》를 소집해서 그 위기가 사라지거나 《조율자》의 목숨이 다할 때까지 싸우게 한다. 그렇게 영웅들의 목숨을 일시적인 평화를 위해 소비하는 게 《연방 정부》의 방식이었다.

자신들은 안전권의 옥좌에 앉아 있기만 하고 《조율자》만 피를 흘린다. 그렇게 몸을 깎아가며 싸우다 스러진 정의의 방패는 이름을 남기는 일도 없이 사라진다.

"기억하나? 그들의 등을."

아이스 돌은 대답하지 않았다.

"너는 그날 어디 있었지? 명탐정이 목숨을 바쳐가며 사명을 완수한 날. 마법 소녀가 두 번 다시 걷지 못하는 걸 받아들인 날. ──응? 어디지? 흡혈귀가 그 최후를 맞이했을 때 너는 그걸 어디서 보고 있었지?"

그 물음에 가면의 고관이 대답하지 않으리란 건 알고 있었다.

그러므로 이건 누군가에게 들려주기 위한 게 아니었다. 누구의 마음에도 남지 않아도 된다. 그저 나는 그 불합리를 소리로 쥐어 짜냈다.

『그 질문에 대한 회답권을 아이스 돌은 가지고 있지 않습니다.』

이제 와서 화를 낼 기력도 없었다. 그래. 그런 감정이라면 이미 옛날에 두고 왔다.

그래서 내가 지금부터 하는 건 앞으로의 이야기였다.

"아이스 돌, 아니,《연방 정부》. 언제까지고 댁들의 방식이 통용되리라 생각지 마. 머지않아 누구도 너희 편을 들어주지 않을 테니까. 실제로 나는 그런 이들을 이미 알고 있어."

예로 전《발명가》는, 전《혁명가》는, 전《명배우》는 이미 너희《연방 정부》와 관계를 끊으려 하고 있다. 그 반역의 태동은 이미 시작되었다. ──거기에.

"나와 탐정은 댁들《연방 정부》의 근간인《미초에프 연방》에 관한 진실도 알고 있어. 그걸 폭로하면 언제라도 세계를 뒤집어 엎을 수 있다고."

그래, 이전에 우리가 밝혀낸 그 진실도 충분히 세계의 비밀이란 것에 필적할 것이다. 현재로선 우리와《연방 정부》의 파워 밸런스는 결코 일방적이지 않았다. 언제든 총구는 서로를 겨누고 있었다.

"회답권이 없느니 하는 태평한 소리를 할 수 없게 되는 날은 반드시 와. 금방 댁들은 스스로 그 가면을 벗고 입을 열겠지. 세계를 구해달라고 탐정들에게 애원하기 위해서."

거기까지 말해도 아이스 돌이 가면을 벗는 일은 없었다.

그렇다면 적어도 지금만큼은 댁들의 그런 자세를 존중해주마. 나는 손목시계를 확인했다. 타임 리미트였다.

"말 못 하는 인형인 채 사라져 버려."

다음 순간, 내 눈앞에서 아이스 돌의 머리가 날아갔다.

그걸 실행한 건 한 명의 가스마스크. 그로부터 10분. 아이스 돌은 첫 인질로서 살해되었다.

"……인형?"

그러나 누군가가 그렇게 중얼거렸다.

이어서 뒤늦게 나자빠지는 아이스 돌의 동체.

근처에는 날아간 목이 굴러다니고 있었다. 하지만 피는 흐르지 않았다. 그곳에 있던 건 도중부터 나도 예상한 대로 망가진 인형^돌이었다.

"다른 고관도 모두 마찬가지인가."

처음부터, 이 식전이 시작되기 전부터. 이 녀석들은 인형과 뒤바뀌어 있었다.

가면 아래의 진짜는 지금도 어딘가에서 이 광경을 구경하고 있겠지. 자신들만 안전한 장소에 피난해서 《조율자》에게 뒤처리를 맡기려고.

"──어이없는 촌극이군."

하지만 나는 중요한 답을 듣지는 못했다.

전신의 힘이 빠져서 힘없이 근처 자리에 앉았다.

"키미히코 님……."

옆으로 다가온 노엘이 걱정스럽게 나에게 손을 내밀었다.

하지만 등을 쓰다듬기 전에 무언가를 깨달은 것처럼 손을 끌어당겼다.

『다음 페이즈로 이행한다.』

어디선가 까마귀 마스크의 목소리가 들려왔다. 무대 위의 스크린에 다시금 영상이 비쳤다. 그곳에 있는 건 드레스와 연미복을 입은 수백 명의 남녀. 장소는 조금 전에 무도회가 열렸던 그 회장이었다.

그리고 그들은 하나같이 불안한 표정을 짓고 있었다. ……당연했다. 그들도 우리와 마찬가지로 가스마스크의 제압하에 있었으니까.

"……! 할아버님……!"

노엘이 그 영상 속에서 브루노를 발견했다. 또 그 곁에는 나기사도 있었다. 이곳을 탈출한 뒤에 붙잡힌 거겠지. 그렇다면 궁전에 배치되었다는 《검은 옷》도 저 까마귀 마스크 일당에게 당한 건가.

"시에스타 님까지……."

스크린을 바라보던 노엘이 또 한 명의 탐정을 발견하고 망연히 중얼거렸다.

게다가 영상에 비치는 그녀는 머스킷총을 가지고 있지 않다. 저만큼 무기를 든 적이 있는 가운데서 빈손으로 저항하는 건 어려울 것이다. 거기에 인질이 많은 것도 상황의 악화에 박차를 가했다.

『다음은 이 홀을 폭파하겠다.』

그리고 적은 다시 10분 뒤라고 고한 뒤 영상을 껐다.

이번에는 고관 한 명으로 끝나지 않는다. 《연방 정부》가 감추고 있다는 세계의 비밀이란 게 밝혀지지 않으면 저 회장에 있는 전원이 죽는다. 《명탐정》도 《무녀》도 《마법 소녀》도 《정보상》도 모두——.

"더는 유예가 없겠어."

남아있는 카드를 쓸 타이밍은 분명 지금뿐이다.

나는 앞을 본 채 옆에서 고개 숙인 소녀에게 슬쩍 말했다.

"역시 폭탄을 실은 열차에서 보이는 경치는 아름답지 않지? 노엘."

◇판도라의 상자와 세계의 금기

『다음은 이 홀을 폭파하겠다.』

무도회의 회장이 된 홀에 적의 꺼림칙한 목소리가 반향했다.

그 성명에 회장은 단숨에 술렁였지만 우리를 에워싼 가스마스크 집단이 머신건을 겨누며 조용히 시켰다.

수십 분 전, 《성환의 의식》에서 발생한 무녀를 노린 총격. 우리 식전의 참가자 대부분은 거기서 도망쳐 나왔지만 그 뒤에 궁전 안에 배치되어 있던 가스마스크 남자들에게 붙잡혀 이 홀에 모이게 되었다. 그리고 지금도 그 자리에서 움직이지 말라는 지시를 받고 완전히 테러리스트의 인질이 되어 있었다.

내 옆에는 미아도 릴도, 시에스타도 없었다. 키미히코도 지금은 아직 그 식전의 홀에 남아있을 터. 그렇다면 나는 지금 이 장소에서 자신의 역할을 완수해야 한다. ——그러므로.

"당신이 옆에 있어서 다행이에요, 브루노 씨."

나는 가스마스크 일당에게 들리지 않을 정도의 목소리로 바로 옆에 있던 노신사에게 말을 붙였다.

"아니, 든든한 건 이쪽이라네. 《명탐정》 아가씨."

브루노 씨는 흰 수염 아래로 씨익 미소 지어 보였다.

그 모든 것을 포용하는 듯한 대범함은 내 마음을 조금이지만 진정시켜주었다.

"미안하게 되었네."

다정한 목소리로 브루노 씨가 그렇게 입에 담았다.

"누군가에게 목숨이 노려질 가능성이 있다는 걸 알면서도 나는 사명감으로 식전을 불참가하지 않았지. 그리고 《미지의 위기》에 아무런 대항책을 내놓지도 못한 채 이렇게 적의 수중에 떨어졌어."

한심하게 생각한다며 브루노 씨는 사과했다.

"사과하지 마세요. 그렇게 말하자면 저와 시에스타도 《명탐정》으로서 이 위기를 사전에 막지 못했어요. 책임은 모두에게 있어요."

그래, 그러니까 분명 이건 누가 나쁘다는 이야기가 아니었다.

모두가 정의롭게 있으려 했고 지금도 그러기 위해 발버둥 치고 있었다. 이건 그런 이야기였다.

그래서 나는 나의 정의를 위해 브루노 씨에게 이렇게 물었다.

"그래서 말인데요, 브루노 씨. 《미답의 성역》에 대해, 혹은 《연방 정부》가 감추고 있는 비밀에 대해 사실은 얼마나 알고 계세요?"

숨을 삼키는 1초보다도 짧은 침묵이 있었다.

브루노 씨가 아무것도 하지 못하고 적에게 패배한다? 이 세계의 시식 그 자체인 그가 적의 정체와 이 세계가 가지고 있다는 비밀에 조금도 짚이는 바가 없다? ——말도 안 된다.

그럼에도 불구하고 그가 지금 이 자리에서 얌전히 있는 이유가 있다고 한다면.

"역시 대답하실 수 없나요? 세계의 균형을 무너트릴지도 모르는 정보는."

옛날부터 《정보상》 브루노 베르몬드는 때론 그 어떤 병기보다도 위협적일 수 있는 자신의 지식을 결코 다른 이에게 알려주지 않았다.

지금은 이제 《조율자》가 아니게 된 그지만 그 철학과 삶의 방식을 지키고 있었다. 이런 상황에서도, 아니, 이런 상황이기에. 《정보상》은 언제나 천칭의 균형을 맞추고 있었다.

"브루노 씨 부탁드릴게요. 지금 당신의 지식으로 구할 수 있는 생명이 있을지도 몰라요."

브루노 베르몬드가 아직도 《조율자》로서의 방식에 얽매여 있다고 한다면 나도……. 나도 다시금 《명탐정》으로서 《정보상》을 설득한다. 거기에.

"저희에게 그걸 묻는 역할을 기대하셨던 것 아닌가요?"

애당초 나를 《명탐정》으로 되돌리려고 한 건 다름 아닌 브루노 씨 본인이었다. 2주일 전에 탐정사무소를 찾아와서 우리에게《명탐정》으로 돌아가 줬으면 한다고 부탁했을 때 그는 말했었다──자신이 할 수 있는 일에는 한계가 있다고. 그래서 동지를 늘리고 있다고.

"언젠가 나에게 부탁을 하러 왔던 탐정 소녀가 있었지."

브루노 씨가 어딘가 그리워하듯이 입을 열었다.

"세계에는 절대적인 터부란 게 존재한다네. 그건 결코 열어서는 안 되는 판도라의 상자. 세계에 재앙을 불러올 봉인된 관. 그러나 한때 나는 그걸 어떻게든 알고 싶어 했지. 아니, 알아야 한다고 생각했다네."

세계의 지식을 체현하는《정보상》으로서, 하고 브루노 씨는 말을 이었다.

"그러던 어느 날, 나와 같은 뜻을 가진 이가 나타났다네.《정보상》인 나는 어디까지나 데이터베이스에 지나지 않지만 그는 바로 그걸 바탕으로 실행하는 자──."

"──《명탐정》?"

내가 묻자 브루노 씨는 말없이 긍정했다.

그게《정보상》과《명탐정》의 역할이자 상호작용.

예로부터 그들은 그렇게 함께 사명을 다 해왔다.

"하지만 판도라의 상자를 억지로 연 그는 세계의 금기를 접했고, 그리고 죽었지."

브루노 씨가 말하는 '그' 란 요컨대 과거의《명탐정》이다.

나와 시에스타의 선대였다.

"브루노 씨는 그 금기를…… 답을 《명탐정》에게 들은 건가요?"

그 물음에도 브루노 씨는 입을 열지 않았다.

이번에야말로 《정보상》이라 해도 정말로 모르는 일인 걸까.

"다만 한 가지 말할 수 있는 건 판도라의 상자는 아직 세계의 어딘가에 잠들어 있다는 거라네."

"그 상자 안에 들어있는 게 《미답의 성역》의 사자가 말한 세계의 비밀이라는 건가요? 그리고 《연방 정부》가 그걸 관리하고 있고요?"

내가 그런 물음으로 브루노 씨의 입을 열게 하려고 했을 때였다.

그의 등에 가스마스크가 쥔 총구가 겨누어졌다.

"브루노 씨……!"

놀라는 나를 두고 브루노 씨는 양손을 살짝 들어 올리며 저항하지 않겠다는 뜻을 내비쳤다.

그리고 다시 씨익 웃으며 "나에게 뭔가 용무라도 있는가?" 하고 가스마스크에게 물었다.

세계의 지식은 머지않아 스러진다.

시로가네 탐정사무소에 온 그 편지의 내용이 뇌리에 스쳤다.

이어서 브루노 씨는 총에 겨누어진 채 가스마스크에게 어딘가로 끌려갔다.

"걱정하지 말게."

브루노 씨는 자리를 뜨기 전에 나에게 미소 지어 보이며 이렇게 말했다.

"나는 어느 시대에서도 《명탐정》을 믿고 있으니까."

◆ 내가 알고 싶었던 단 한 가지

──역시 폭탄을 실은 열차에서 보이는 경치는 아름답지 않지? 노엘.

그렇게 말한 나에게 노엘은 무슨 말이냐며 모른 척하지는 않았다.

그저 올 게 왔다는 것처럼 곱씹듯이 입을 꾹 다물었다.

"노엘도 알고 있었지? 이런 사태가 일어나리란 건."

"예, 《미답의 성역》의 사자가 일으키는 습격은 사전에 그들이 예고한 것이기도 하니까요. ……그리고 할아버님이 거기에 말려드실 가능성도."

그랬었지. 약 2주일 전에 노엘은 브루노와 함께 이 《성환의 의식》에서 일어날 수도 있다는 위기를 우리에게 알렸다. ──그러나.

"그렇지만 그 뒤에 '세계의 지식은 머지않아 스러진다' 라는 편지를 우리 사무소에 보낸 건 노엘, 너였지?"

우리 두 사람 사이에 침묵이 흘렀다.

홀 안에는 여전히 술렁임이 이어졌고 이 자리에 없는 《연방 정부》고관을 향한 규탄의 목소리도 컸다. 반대로 말하자면 우리의 대화에 귀를 기울이는 이도 없었다.

"키미히코 님은 어째서 제가 그런 마치 범인 같은 편지를 시로가네 탐정사무소에 보냈다고 생각하시는지요?"

"우리를 계속 감시하고 있던 사람을 어느 정도 의심하는 건 당연하잖아?"

"…………."

내 직접적인 대답에 노엘은 안색 하나 바꾸지 않았다. 다만 그건 당연히 내가 방금 한 발언을 인정했기 때문은 아닐 것이다.

"노엘, 너는 어제부터 우리를 계속 감시했었을 거야. 공항으로 나를 데리러 오기도 하고 크루즈선에 초대하기도 했으며 그 뒤에도 우리의 동향을 살폈지."

"《연방 정부》의 인간으로서 식전의 참가자인 탐정님과 조수님을 접대하는 건 당연히 해야 할 일입니다."

"릴과 미아는 정부의 사자에게 접대 같은 건 받지 않았다고 했는데? 노엘은 확실하게 뭔가 의도를 가지고 우리에게 접촉했을 거야."

"……그건, 그러니까 할아버님께 닥쳐오는 위험에 대해 상담을 드리고 싶었을 뿐이고……."

"그래, 그 브루노 얘기가 나와서 말인데. 어젯밤에 내가 브루노와 둘이서 만난 걸 노엘은 누구에게 들은 거지?"

오늘 이 회장으로 차를 타고 올 때 노엘은 나에게 어젯밤에는 잘 잤냐고 물어보며 이어서 이렇게 말했다.

『할아버님과도 만나셨다지요?』

하지만 나는 그 회담을 노엘에게 말하지 않았다. 그건 원래라면 그녀가 알 리 없는 정보일 터였다. 예를 들어 나를 감시, 혹은 도청이라도 하고 있지 않았다면.

"어젯밤에 할아버님께 들었습니다. 키미히코 님과 만나서 이야기를 나누셨다고 말이지요."

"그럴 리가. 그 《정보상》이 그렇게 쉽게 약속을 어기고 정보를 유출할 리가 없어."

설령 그게 가족인 손녀딸이라 하더라도 브루노는 그런 실수는 범하지 않는다. 어젯밤의 그건 내밀하게 접촉한 회담이었다. 노엘이 있으면 말하기 어려운 것도 있을 거라며 일부러 브루노에게도 당부했다. 그 의미를 모를 그가 아니었다.

"노엘. 이걸 봐봐."

타이밍을 노린 것처럼 내 핸드폰에 어떤 메시지가 도착했다. 그 메시지에는 사진이 첨부되어 있었다.

"도청기의 사진이야. 나와 시에스타와 나기사가 묵었던 호텔 방에서 찾아낸 거지."

물론 그건 노엘이 마련해준 방이었다. 그곳에 이런 게 설치되어 있는 의미는 한 가지밖에 생각할 수 없었다.

"……어째서 이 타이밍에?"

"사실은 우리가 찾아내고 싶었지만 방에 감시 카메라가 있을 가능성도 있었으니까. 실내에서 도청기를 찾는 수상한 행동은 할 수 없었어."

그랬기에 지금에야 이 증거를 확보할 수 있었다. 이걸 대단한 통찰력으로 발견해준 모 아이돌 소녀에게는 나중에 얼마든지 어리광을 받아줘야 하겠지. 내일 예정된 해외 공연의 무대가 이곳 프랑스여서 정말로 다행이었다.

　"그리고 이것도 말이지. 내가 어젯밤에 입은 코트에 달려 있던 소형 도청기."

　사이카와가 추가로 보내준 사진을 노엘에게 보여줬다.

　"원래는 캐리어에 넣어뒀던 옷인데 말이지. 역시 공항에서 달아뒀던 건가."

　이상하게 내 짐만 도착이 늦는다 싶었더니 그때 이미 덫이 쳐져 있었다.

　"……그걸 눈치채고 있었으면서 키미히코 님은 그 옷을 입으신 건가요?"

　"어디까지나 그런 가능성이 있을 수도 있다고 생각했을 뿐이야. 그렇지만 나는 어젯밤에 나기사와 공원에서 이야기를 나눌 때 일부러 브루노의 이야기를 했었어. 그걸 노엘은 훔쳐 들은 거지?"

　나와 시에스타와 나기사는 이곳 프랑스에 도착한 뒤로…… 아니, 더 자세히 말하자면 프랑스행 비행기에 탑승한 시점부터 언제나 자신들이 감시나 도청이 되고 있을 가능성을 의심했었다. 그래서 노엘과의 대화에서도 정기적으로 덫을 쳐뒀고 탐정과 호텔에서 작전 회의를 할 때도 핸드폰을 보는 시늉을 하며 메시지로 대화를 나눴다.

"그렇지만 그건 논리적으로 이상합니다. 가령 제가 여러분을 감시했더라도 애초에 그런 행위를 할지도 모른다고 의심하게 된 계기를 키미히코 님은 아직 설명해주지 않으셨습니다."

"우리는 너만 의심하지 않았어."

노엘은 숨을 삼키며 내 얼굴을 바라보았다.

"우리는 처음부터 누구도 신용하지 않아. 농담을 하면서도, 서로 웃으면서도, 속으로는 지금 눈앞에서 일어나고 있는 일을 언제나 의심하고 조사하며 대조해왔지. 그게 탐정의 일이야. 우리의 방식이지."

사람을 의심할 바엔 속는 편이 차라리 낫다── 그렇게 생각하던 시기도 있었다. 특히 나기사는 그런 타입이었겠지. 하지만 수많은 사건과 싸움 속에서 그것만으로는 사람을 구할 수 없다는 걸 우리는 알게 되었다. 사람을 구하는 데 필요한 건 순진함이 아니다.

그래서 지금 나는 이렇게 생각했다. 사람을 믿을 바엔 속이는 편이 차라리 낫다. 많은 것을 구하고 싶을 때 우리는 탐정이면서 사기꾼이 되기도 했다.

"노엘, 숨기고 있는 걸 솔직하게 이야기해줘."

써야 하는 카드는 이걸로 다 내놨다. 내가…… 아니, 원래는 시에스타의 제안으로 준비한 객관적인 증거는 이것뿐. 이걸로 노엘이 꺾여주길 바란다만.

"아직입니다."

노엘은 작게 고개를 내저었다.

"제가 여러분을 감시하고 있던 건 인정합니다. 하지만 그렇다고 해서 제가 시로가네 탐정사무소에 범인 같은 편지를 보냈다고 볼 수는 없습니다. 키미히코 님은 어째서 제가 이 사건에 관여했다고 단언하시는 거지요?"

……그렇지. 증거 다음은 동기다. 그러므로 여기서는 다음 탐정—— 나기사의 힘을 빌린다. 말의 힘을 지닌 그녀라면 분명이렇게 납득시키겠지.

"미안해, 네 의뢰를 들어주지 못해서."

노엘이 눈을 크게 떴다.

"세계의 지식은 머지않아 스러진다—— 이렇게 말하면 명탐정은 브루노를 지키려고 행동한다. 노엘은 그렇게 생각한 거지?"

요컨대 그건 범행 예고 같은 게 아니라 탐정에게 보낸 의뢰서다. 세계의 지식을 적의 마수로부터 지켜주길 바란다는 노엘의 바람이었다.

평범하게 브루노를 지켜주길 바란다고 의뢰하는 것보다도 사태가 더욱 절박하다는 걸 가장하는 편이 효율적으로 우리에게 호소할 수 있다고 노엘은 생각한 것이다.

"그리고 너는 거기서 한 번 더 우리의 행동을 읽었지. 이렇게 하면 분명 탐정은 경호 대상인 브루노 베르몬드를 철저하게 조사할 거라고. 그리고 그거야말로 너의 진정한 목적이었어."

노엘은 탐정에게 브루노에 관한 것을 조사시키고 싶었던 거다. 그게 알고 싶어서 노엘은 시로가네 탐정사무소에 그 편지를 보냈다.

"탐정님에게 기대지 않아도 저는 알고 있습니다. 할아버님에 관한 것이라면 무엇이든지."

"아니, 노엘도 브루노에 관해서 모르는 게 있어."

그건 노엘이 줄곧 마음속 깊은 곳에 봉인해왔던 어느 의문이 었다.

하지만 그녀는 마침내 그 블랙박스를 건드렸다.

"어째서 브루노 베르몬드는 자신을 양자로 거둔 것인지. 그리 고 왜 10년 뒤에 그 관계를 해소한 것인지. 너는 그걸 알고 싶었 던 거야."

고개 숙인 노엘의 옆얼굴은 잿빛 장발에 가려졌다.

여기서부터는 내 주관이 섞여 있을 가능성도 있다. 하지만 가 설로써 들어줬으면 한다고 운을 떼며 나는 이야기하기 시작했 다.

"노엘. 너는 약 2주일 전에 《미답의 성역》의 사자란 자들이 《연방 정부》가 지키고 있는 세계의 비밀을 밝혀내려 한다는 걸 알았어."

하지만 노엘은 아마도 《연방 정부》가 그러한 기밀 정보를 관 리하고 있다는 것 자체를 옛날부터 눈치채고 있었을 것이다. 그 러한 소문이 있다고 본인도 어제 나에게 말했었다.

"거기서 너는 떠올린 거지. 이 사태를 이용해서 자신도 《연방 정부》가 감추고 있는 비밀의 정체를 알아내겠다고."

"무엇을 위해서죠? 저는 세습으로 이 일은 받아들일 수밖에 없 었지만 저 개인적으로는 그러한 기밀 사항에 관심이 없습니다."

그래, 그것도 본심은 맞겠지. 나에게도 노엘이 고관의 책무를 맡은 것이나 귀족인 루프와이즈 가문에 돌아간 것에 자긍심을 가진 것처럼은 보이지 않았다.

　그 대신 노엘에게는 저항할 수 없는 다른 감정이 있었다.

　"그렇지만 노엘. 너는 브루노까지 아무래도 좋다고 하지는 못할 거야."

　내가 그렇게 말하자 노엘은 눈을 꽉 감았다.

　"너는 줄곧 한 달에 한 번 있는 브루노와의 식사 자리에 의문을 가지고 있었어. 어째서 그는 양자결연을 해소한 지금도 자신과 만나주는 거냐면서. 거기에는 뭔가 별개의 목적이 있는 게 아니냐면서. 예를 들어── 브루노는 《연방 정부》가 관리하는 세계의 비밀을 알고 싶어 하며 그걸 자신에게 떠보고 있는 게 아닌가 하고."

　그리고 그 세계의 비밀이야말로 베르몬드 가문과 루프와이즈 가문을 잇는 쐐기이며 브루노가 자신을 양자로 받아들인 이유일지도 모른다고 노엘은 가설을 세웠다. 요컨대 브루노는 언젠가 정부 고관이 될 가능성이 있었던 자신을 사들여 세계의 비밀에 다가가려고 한 게 아닌가 추측한 것이다.

　노엘은 당시에 서녀로서 일족으로부터 경원시 되었다. 그런 노엘을 거두고 싶다는 브루노의 제안을 루프와이즈 가문이 거절할 이유는 없었을 터였다.

　또한 브루노는 어떠한 이유로 알고 있었다── 가까운 장래에 루프와이즈 가문의 후계자가 없어지리라는 것을. 그로 인해 노엘이 《연방 정부》 고관의 자리에 앉으며 세계의 비밀에도 접근하게 되리라는 것을.

"……제가 줄곧 할아버님의 사랑을 의심하고 있었다는 건가요?"

태어났을 때부터 사랑을 모르고 자랐던 소녀는 갑작스럽게 주어진 사랑에 이유를 찾았다. 그 사랑에는 다른 이유가 있을지도 모른다고 두려워하며 살아왔다. 그랬기에 지금.

"너는 타이밍 좋게 나타난 이번 위기를 이용했지. 이 기회에 세계의 비밀이란 게 밝혀지면 브루노의 본심을 알 수 있을지도 모른다고 생각하면서."

"……그렇지…… 않습니다. 적어도 저는 지금 이 상황을 바라지 않았습니다. 그랬기에 저는……!"

노엘이 목소리를 억누르면서도 절실한 감정을 토로했다.

그런 노엘의 손을 나는 슬며시 잡았다.

"맞아, 그래서 나는 지금 노엘에게 사과하고 싶은 거야. 사실은 더 일찍 해결되길 바란 거지? 노엘은 우리에게…… 탐정에게 계속 의뢰하고 있었으니까. 브루노를 조사하고 위기에서 지켜주길 바란다고."

노엘의 어깨가 흠칫 들썩였다.

"미안해, 힘이 되어주지 못해서."

노엘으로서는 오래전부터 씨앗을 뿌려놓았는데 우리가 기대하는 결과를 전혀 가져다주지 못했으니 많이 답답했을 것이다. 우리가 프랑스에 도착하고 나서도 감시와 도청을 이어왔지만 여전히 바라던 정보는 얻지 못했다.

　그렇게 당일이 되어 노엘으로서는 내키진 않아도 최종 수단에 나섰다. 요컨대 흑막에게 맡긴 것이다. 자신이 예전부터 가져온 바람을.

　"노엘 부탁해. 협력해줘. 네 바람은 이다음에 반드시 이루어줄 테니까. 그러니 달리 아는 게 있다면 가르쳐 줘. 너는 이 사건의 진상도 깨닫지 않았어?"

　우리는 아직 《연방 정부》가 감추고 있다는 세계의 비밀이 무엇인지, 그리고 《미답의 성역》의 사자들에 대한 진실을 알지 못했다. 《원전》은 그 미래까지는 나에게 보여주지 않았다.

　사실은 모든 진상을 알기 위해 지금까지 노엘의 행동을 살피던 면도 있었다. 그러나 노엘은 아무리 우리가 뜻하는 대로 움직이지 않더라도 그 정보만큼은 계속 숨겼다. 그렇게까지 해서 노엘이 지켜온 것이란——.

　"제가 졌습니다. 전부…… 대답해드리겠습니다."

　내 가설을 인정한 노엘이 눈물 어린 목소리로 말했다.

　"저는 이 위기를 일으킨 진짜 흑막이 누군지 알고 있습니다."

　그때 벌컥, 하고 큰 소리가 났다.

　홀 전방의 입구가 열리며 두 인물이 들어왔다. 우선 한 명은 총기를 든 가스마스크. 그리고 그 총구에 등이 겨누어진 노인이 한 사람.

　"……브루노?"

　절박한 표정의 《정보상》은 가스마스크와 함께 천천히 단상에 올랐다.

이어서 그들은 제단에서 정면을 보았다.

"충분한 시간을 주었는데 답을 밝히는 이는 나타나지 않았나."

그렇게 목소리를 낸 건 가스마스크가 아니었다.

가스마스크는 이미 겨누고 있던 총을 내리고 옆에 서 있었다.

"키히미코 님 부탁드리겠습니다."

노엘이 떨리는 목소리로 나에게 도움을 청했다.

"할아버님을 막아주세요."

그리고 세계의 지식인 《정보상》 브루노 베르몬드는 꺼낸 권총으로 근처에 있던 정부 고관의 인형을 쏘아 죽이고 나서 이렇게 말했다.

"인류는 슬슬 깨어나야 한다고 생각하지 않나, 이 한시적인 평화에서."

◆ 반역의 조율

제단의 중심에 선 브루노 베르몬드를 향해 회장 안에 있던 가스마스크들이 일제히 머리를 숙였다. 이 궁전의 지배자가 누구인지는 이제 와선 일목요연했다.

"……왠지 당신일 것 같은 기분은 들었어."

노엘이 이면의 부탁으로써 '세계의 지식을 지켜주길 바란다'고 시로가네 탐정사무소에 의뢰했다는 걸 깨달았을 때, 동시에 우리는 브루노가 흑막일 가능성에도 생각이 미쳤었다.

즉, 피해자가 될 수도 있는 브루노를 지켜줬으면 한다는 게 아니라 브루노가 가해자가 되는 미래를 막아줬으면 한다는 게 노엘의 뜻일 수도 있다고. 다만 마지막까지 그렇게 믿고 싶지는 않았다.

한편으로 예상치 못한 흑막의 등장에 홀은 아직도 술렁임이 멎지 않았다. 그런 가운데 나는 홀로 그 자리에서 일어섰다.

그러자 근처에 있던 가스마스크가 나에게 총구를 들이대려고 했지만 브루노가 손짓해서 무기를 일단 내리게 했다. 아무래도 나와 대화할 마음은 있는 모양이었다.

"브루노 베르몬드. 당신은 뭐지?"

지금 이 자리에 탐정은 없다. 이걸 묻는 건 내 역할이었다.

"당신은 《미답의 성역》과 대체 무슨 관계지? 무슨 목적으로 이런 테러를 일으킨 거지?"

나에게 몇 번이나 접촉해온 까마귀 마스크와 이곳에 있는 가스마스크 집단은 《미답의 성역》의 주민일 터. 그렇다면 그들의 위에 서 있는 브루노 베르몬드라는 남자는 대체 무슨 존재인 것인지.

"우리는 성역의 인간이 아니라네."

그러나 브루노의 입에서 나온 말은 예상 밖의 것이었다. 브루노뿐만이 아니라 이 자리에 있는 모두가 《미답의 성역》과는 관계가 없는 인간이라고 했다.

"무슨 말이지? 설마 《미답의 성역》이라는 존재 자체가 당신의 날조라는 건가?"

아니, 그럴 리는 없다. 《연방 정부》는 예로부터 《미답의 성역》과 접촉했다고 한다. 시에스타도 그런 이야기를 들은 적이 있다고 했었다.

"《미답의 성역》은 확실하게 이 세계, 혹은 우주 어딘가에 존재한다네. 이번에 우리는 그걸 모방한 것에 지나지 않아."

"당신들은 《미답의 성역》을 가장했었던 것뿐이라고? 왜 그런 짓을?"

"우리의 목적이라면 자네들에게도 몇 번이나 설명했다고 생각하네만."

……그래, 그랬었지. 《연방 정부》가 비밀리에 관리하고 있다는 '어떤 것' 의 정체를 밝히고 탈취하는 것. 그게 저자들의…… 브루노의 범행 동기였다.

"그래서 10년 전에 당신은 《연방 정부》와 깊은 커넥션이 있던 루프와이즈 가문에 접근한 건가?"

그리고 당시 아직 5세였던 노엘을 자신의 양자로 맞아들였다. 언젠가 그녀가 《연방 정부》 고관이 되어 세계의 비밀에 다가가리라 내다보고.

"좋은 추리로군."

단상의 브루노는 턱수염을 매만지며 나를 내려다보았다.

그리고 이어서 내 옆에 앉아 있는 노엘을 보았다.

"그 애가 세계의 중추에 다가가는 날을 나는 오랫동안 기다려 왔다네. 그리고 3년 전에 루프와이즈 가문의 당주가 급사하고 차기 당주 후보였던 적자도 행방불명이 되어 마침내 그 기회가 찾아왔지. 내 예상대로 그 애는 《연방 정부》 고관의 자리에 올랐다네."

하나, 하고 브루노의 눈이 실망의 빛으로 물들었다.

"그 뒤로 내 계획은 틀어졌지. 세습으로 자리를 채우기 위해 고관이 된 그 애는 도무지 세계의 중추에 다가가려는 기색이 없었어. 나는 그래도 1년을 기다렸지만 역시 헛수고로 끝났지."

브루노의 그 말에 노엘은 고개를 숙였다. 노엘의 어깨가 떨리고 있는 것처럼 보였다.

"그래서 할아버님은 1년 전에 저에게 가망이 없다고 판단하셔서……."

뒤에 이어질 말은 싫어도 알 수 있었다. 기대가 어긋난 브루노는 노엘과의 양자결연을 해소했다. 노엘이 세계의 비밀을 아는 입장이 되지 못한다면 볼일은 없다는 것처럼.

"그래서 그로부터 1년 뒤에 나는 이 계획을 실행하기로 했지. 최대한 세계의 중추에 가까운 자들이 모이는 이 《성환의 의식》에서 세계의 비밀이란 것의 정체와 소재를 묻는다. ——하지만 여기에도 답을 아는 자는 없었던 모양이야."

브루노는 다시금 실망한 시선으로 홀을 한 바퀴 둘러보았다. 《연방 정부》 관계자와 전 《조율자》, 각국의 요인을 아무리 모으고 협박해봤자 브루노의 목적을 이뤄줄 수 있는 인물은 결국 나타나지 않았다.

"그래도 완전히 헛짚은 것도 아니었지. 가면의 고관들은 인형을 미끼로 도망쳤어. 역시 놈들은 틀림없이 답을 알고 있는 거라네."

그렇기에 우리는 진군한다고. 브루노는 이 세계에 선전 포고하는 것처럼 말했다.

"어딘가로 도망친 고관들을 찾아내겠다는 건가? 당신들의 목적이 달성될 때까지 이런 테러를 이어가겠다고? ——그게 가능할 것 같나? 여기까지 온 이상 《연방 정부》는 틀림없이 당신을 《세계의 적》으로 인정할 텐데? 세계는 브루노 베르몬드를 간과하지 않아."

적어도 내가 잘 아는 명탐정은 당신을 반드시 붙잡을 거다.

브루노 베르몬드의 숙원은 절대로 이루어지지 않는다.

"답에 이르는 건 내가 아니라도 상관없다네."

내 말에 브루노는 어딘가 아련한 눈빛으로 그렇게 말했다.

"누군가가 답에 이르기만 하면 돼. 세계가 그걸 떠올린다면 그걸로 충분하지. 설령 내가 이 자리에서 스러진다 해도 한 번 시작된 반역의 태동은 멈추지 않는다네."

브루노의 그 말은 바로 아까까지만 해도 내가 《연방 정부》에 호소하던 것이었다. 안전권의 옥좌에 있는 고관들에 대한 반역의 기운은 이미 강해져 있다고. 예를 들어 《발명가》와 《혁명가》와 《명배우》는 이미 《연방 정부》와 관계를 끊으려 하고 있다고.

"……그렇군, 스티븐 일행도 모두 당신의 동지였나."

역시 또 다른 미래에서 나는 속았던 건가. 그 까마귀 마스크도 스티븐도, 그리고 브루노도 모두 목적은 하나였다. 《원전》을 빼앗으려 한 것도, 《성환의 의식》을 습격한 것도 전부 《연방 정부》라는 조직과 질서에 대한 모반. ……하지만 그렇다고 한다면.

"무엇이 당신들을 거기까지 몰아붙인 거지? 어째서 당신은 그렇게까지 해서 《연방 정부》에 반역을 꾀하는 거야."

아이스 돌을 비롯한 정부의 인간에게 원한이 있는 건 나도 마찬가지였다. 《연방 정부》에 대한 참을 수 없는 분노도 이해되었다. 하지만 브루노가 지금 이 단상에서 호소하는 주장에는 나와는 다른 부류의 열의가 담겨 있었다.

"《연방 정부》가 관리하는 세계의 비밀이란 걸 알고 싶어서? 전 《정보상》으로서의 지식욕인 것도 아닐 텐데. 그 비밀을 알아서 대체 어쩌겠다는 거지?"

이미 은퇴한 《정보상》인 그가 이렇게 많은 사람을 위험에 말려들게 하면서까지 알고 싶어 하는 세계의 비밀이란 게 대체 무엇인지. 설령 자신이 《세계의 적》이 되더라도, 모든 것을 희생하더라도 이루고 싶다는 브루노 베르몬드의 숙원이란 대체──.

"자네는 이 지경까지 와서도 모른 체하려는 겐가?"

브루노의 반응은 예상치 못한 것이었다.

의심한다기보다는 어딘가 화가 난 것처럼도 보였다. 마치 내가 무언가를 얼버무리고 있다는 것처럼, 일부러 엇나간 대답을 하는 게 아니냐는 것처럼.

"어째서 아무도 모르지? 어째서 누구도 기억하고 있지 않나? 어째서 세계는 이 말을 잊었냔 말이다. 세계의 비밀, 그건 한 가지밖에 없지 않나."

눈을 부릅뜬 브루노 베르몬드는 재차 총을 움켜쥐며 분노하는 것처럼 소리쳤다.

"《연방 정부》가 감춰오고 《정보상》인 나조차도 지금까지 이르지 못했던 세계의 금기——《허공역록》 말일세!"
아카식 레코드

회장에 완전한 침묵이 내려앉았다.

모두가 브루노의 발언을 듣고 그 말의 의미를 곱씹었다.

그리고 이어서 내가 말을 하는데 걸린 시간은 내가 생각해도 영원처럼 길게 느껴졌다. 하지만 그것도 어쩔 수 없는 일이었다.

"아카식 레코드란 게 대체 뭐길래?"

역시 그건 생소한 단어였다. 노엘도 곤혹스러운 것처럼 고개를 내저었다.

그 개념의 개요는 일단 알고는 있다.

내가 알기로…… 지구, 혹은 우주가 시작되었을 때부터 기록되고 있다는 세계 그 자체의 기억을 말한다. 다만 그 의미의 구체적인 이미지는 머릿속에 떠오르지 않았다.

"당신은 그 아카식 레코드란 것의 정체를 알기 위해 이번 사건을 일으켰다는 건가?"

나는 제대로 이해하지 못한 채 그렇게 되물으며 브루노의 얼굴을 보았다.

체념도, 놀람도 아니었다. 브루노는 절망하고 있었다.

"자네에게 재차 묻겠네."

그럼에도 브루노는 눈을 부릅뜬 채 거듭 질문했다.

"세계를 구하는 방패인 《조율자》는 전부 몇 명이 있지?"

"열한 명 아닌가?"

"그러면 《특이점》이란 단어를 들은 적은?"

"……? 수학 같은 데서 나오는 전문 용어를 말하나?"

"그렇군, 이제 됐네."

그때 총을 내린 브루노는 이미 내 쪽을 보고 있지 않았다.

"──역시 이 세계는 벌써 거기까지."

그렇다면 그 혜안은 지금 무엇을 보고 있는 것인지. 갑자기 그게 두려워졌다.

"자네의 말대로 나는 머지않아 벌을 받겠지. 그렇다면 이 자리에서 마지막으로 사명을 다하겠네."

그렇게 잠시 침묵을 사이에 둔 다음 브루노는 다시금 이쪽으로 시선을 돌렸다. 그리고 "그러므로 여기서부터는 경고일세." 하고 입에 담았다.

다음 순간, 스크린에 새로운 영상이 비쳤다.

16개로 분할된 화면. 각각의 화면에 비친 건 가스마스크 차림의 인물에게 총과 날붙이가 겨누어진 세계 각국 수뇌들의 모습이었다.

"이 세계는 지금 평화롭지 않아. 위기는 사라지지 않았어. 그런데도 여전히 평화에 절어있는 모든 인류에게 고하지."

브루노가 말했다. 그는 이걸 경고라고 했다.

"나는 지금 악으로써 이 세계를 조율하겠다."

◆ 정의를 추구하는 그 의지는

다음 순간, 회장에 있던 수십 명의 가스마스크들도 일제히 총기를 들었다.

"……브루노. 당신은 대체 무슨 생각을 하는 거지?"

브루노가 이번 사건을 일으킨 동기는 애초에 《연방 정부》가 감추고 있다는 세계의 비밀을 알아내는 것이었을 터.

하지만 그 바람을 이룰 수 없다고 판단하자 노골적인 테러리즘으로 이행했다. 세계 각국에 이만큼의 에이전트를 수배했다는 건 이렇게 되리란 것도 예상했던 건가? 뭐가 되었든 지금 브루노가 저지르려고 하는 짓은.

"당신은 정말로 이대로 《세계의 적》이 될 셈인가?"

이전부터 브루노 베르몬드는 《조율자》로서 세계의 균형을 유지하는 걸 최우선으로 활동해왔다. 세계가 거악의 손에 떨어지려고 했을 때는 가장 누구보다도 정의의 사도로서 세계를 지키려 했다. 하지만 브루노는 말했다. 악으로써 이 세계를 조율하겠다고.

"악은 반드시 세계의 바깥쪽에서 오는 것은 아니다."

이어서 브루노는 자신의 왼쪽 가슴을 권총으로 가리키며 말했다.

"악은 언제나 여기에 있지."

언젠가 옛날에 비슷한 말을 했던 사람이 있었던 듯한 기분이 든다.

그자는 적이었다. 한때 나는 탐정과 함께 그 남자와 싸웠다.

──남자? ──그 남자는 누구였지?

"묻지. 지금 세계는 과연 평화로운가?"

깨닫고 보니 스크린에서 광대한 밀림이 불타고 있는 영상이 흐르고 있었다. 그건 영화의 한 장면인 걸까, 과거에 실제로 일어난 자연재해일 걸까. 이어서 비친 건 빈민가라 불리는 장소였다. 작고 여윈 여자애가 도로로 비어져 나온 쓰레기 더미에서 식량을 찾았다.

"이것들은 지금 우리의 이웃에게 일어나고 있는 위기다."

다시금 영상이 바뀌었다. 전차의 포탄 소리. 분쟁지역에서 병사들이 목숨을 걸고 싸우고 있다. 영화가 아니다. 과거의 영상도 아니다. 지금 이 세계 어딘가에서 일어나고 있는 현실이었다.

"이 사태들은 우리 《조율자》가 지금까지 대응해온 재앙에 비하면 《세계의 위기》라 할 수 있을 정도는 아닐지도 모른다. 하나, 적어도 나는 이걸 평화라 하지 않는다. 그리고 지금도 여전히 꺼지지 않은 이 불씨는 언젠가 다시 진정한 《세계의 위기》를 낳겠지."

그랬다. 본래 재앙에 크고 작음의 지표는 없다. 지금도 이 세계에서는 재앙과 분쟁이 일어나고 있었다.

스티븐은 전쟁터에서 다친 사람들을 지금도 의사로서 구하고 있다고 했다. 샤르가 저번에 이야기해줬던 에이전트로서의 체험담은 어쩌면 과거의 이야기가 아니었을지도 모른다. 그리고 헬은 나에게 이렇게 물었었다—— 정말로 이제 이 세상의 어디에도 울고 있는 여자애는 없느냐고.

그렇기에 세계의 지식인 브루노 베르몬드는 경고했다.

"한시적인 평화를 신봉하며 힘을 손에서 놓은 우리는 머지않아 다시금 찾아올 진정한 재앙에 패배하겠지."

그게 브루노가 스스로 악으로 타락한 이유.

정의의 상징이었던 스스로가 세계의 거악이 되어 균형을 유지한다—— 조율한다.

평화라는 이름에 안주하던 인류가 악을 잊지 못하게 하려고.

"그래서 당신들은 이 평화의 식전을 실패로 끝내려 한 건가."

만일 《성환의 의식》이 완수되면 재앙과 싸우기 위한 《조율자》가 사라지게 된다. 그래서 브루노 일당은 의식을 습격해서 《원전》을 빼앗으려 했다. 요컨대 《원전》 그 자체를 진심으로 원했던 게 아니었다. 그저 《성환의 의식》을 실패로 끝내서 앞으로도 《조율자》가 사명을 이어가게 하는 게 가장 큰 목적이었다.

"그 목적을 위해서라면 지금 있는 정의에 저항해도 상관없다고?"

"우리가 총구를 겨누는 건 우리의 이상에 반하는 정의에 대해서만이다."

……그래, 결국 거기로 돌아가는 건가. 완전한 정의와 한시적인 평화. 브루노는 전자를 신봉했고 나와 미아는 후자에 기대려

했다. 그리고 브루노는 그 한 점의 더러움도 없는 정의를 세계에 실현시키기 위해 스스로 악이 되어 우리의 앞을 막아섰다.

"특별한 힘을 지닌 자는 그 힘을 세계를 위해 써야 한다. 그건 권리가 아니라 의무다."

"《조율자》들은 죽을 때까지 한평생 그 사명을 다하라는 건가?"

"그래, 그 부분만큼은 지금까지 《연방 정부》가 가져온 방침과 일치한다."

이어서 브루노는 이 정의의 단상에서 전 세계의 동지를 고무시켰다.

"일어나라, 동지여. 검을 뽑아라, 총을 들어라. 악을 물리치고 나를 멸해라. 그 목숨이 다할 때까지 영원히 정의를 완수해라."

──아무것도 잘못되지 않았다.

브루노는 《조율자》로서 아무것도 잘못되지 않았다. 진심으로 그렇게 생각했다.

그건 방금 그의 이야기에 납득했기 때문은 아니었다. 나는 옛날부터 그 사고방식을 알고 있었다. 정의의 철학을 가까운 인물에게 철저히 배웠었다.

그래, 그녀도. 시에스타도 마찬가지였다.

브루노와 마찬가지로 정의의 방패 중 한 사람이었던 그녀는 나와 만났을 때부터 입에 담았었다. 자신에게는 사람을 돕는 DNA가 배어있다고. 그리고 시에스타는 그걸 가리켜 명탐정 체질이라고 했다. 분명 그건 옳은 거겠지. 이 세계의 수호자인

《조율자》로서 올바른 자세일 것이다.

──하지만 그렇다 하더라도.

"어째서 세계가 평화로워지기 위해 정의의 희생이 필요한 거지?"

어째서 시에스타만. 나츠나기 나기사만. 정의를 관철하려고 한 이만이 배드엔딩을 맞이해야 하는 거지? 그래서 나는 그날 다른 길을 걸었다. 《성전》이 정한 미래를 뒤집으려 했다. 《명탐정》의 정의를 부정해서라도 다른 결말(루트)을 추구했다.

지금도 그랬다. 《원전》이든 뭐든 상관없었다. 탐정들을 구할 방법이 있다면 몇 번이고 다시 시작하겠다. 많은 것을 바라는 건 아니다. 그저 그녀들과 평화롭게 홍차를 마시고 애플파이를 먹을 수 있는 일상만 있다면 그걸로 충분했다.

"브루노. 구세주 콤플렉스로 세계를 구했다고 착각하는 거야 말로 정의를 방기하는 것과 마찬가지라고 생각하지 않나?"

누군가 한 사람의 영웅적 희생으로 성립되는 평화가 떠받들어 지는 건 그림책 세상만으로 충분했다.

"그렇다면 이대로 덧없는 세계에 안주할 건가."

그도 좋겠지, 하고 브루노는 중얼거렸다. 눈빛은 여전히 실망으로 물들어 있었다.

"그 거짓된 정의로 악을 막을 수 있다면 말이야."

브루노는 그렇게 말하며 쥐고 있던 권총을 손에서 놓았다. 대신 품에서 꺼낸 건── 붉은 스위치. 그게 무엇을 의미하는 건지 그 자리에 있는 모두가 순간적으로 이해했다.

"할아버님! 그만둬주세요!"

노엘이 비통한 표정으로 그걸 막으려 했다.

스크린에 비치는 건 무도회의 홀. 그곳에는 수백 명의 인질이 남아있다. 브루노는 그곳에 설치한 폭탄을 기폭하려 하고 있었다.

"견디기 힘든 현실에서 눈을 돌린 자에게 행복한 꿈을 꿀 자격은 없다."

실망한 브루노가 비정한 말을 날리며 손가락을 스위치로 뻗었다.

"그래, 당신의 말대로야. 나는 잘못되었었어."

내가 그렇게 말하자 브루노가 한순간 움직임을 멈췄다.

그래, 나는 자신의 잘못을 깨닫고 있다. 나는 자기중심적인 생각으로 시에스타와 나기사를 《조율자》에서 졸업시키려고 했다. 그 결과가 첫 번째로 본 미래였다. 그녀들의 조수에 지나지 않는 나에겐 본디 그런 권리는 없었을 터인데.

"어렵단 말이지. 잘못된 선택을 하지 않는다는 건."

자조하고 있을 상황은 아니었다. 그저 사실을 곱씹었다. 잘못된 선택을 하지 않는 건 때로는 올바른 행동을 하는 것보다도 어렵다. 그렇지만 그건 분명 나 혼자만 그런 게 아니다.

미아도, 노엘도, 어쩌면 브루노도, 모두가 비밀을 품은 채 무언가를 선택하고 이 식전에 임했다. 그리고 그 모두가 올바르고, 모두가 잘못되어 있었다.

다만 그렇더라도 한 가지, 딱 한 가지 분명한 게 있었다.

지금의 나에게도 유일하게 믿을 수 있는 게 있었다.

나는 그걸 브루노가 제시한 질문의 답으로써 이렇게 말했다.

"나도 당신도 잘못되었다면 함께 바로 잡아달라고 하자고. 탐정에게."

어젯밤, 세계의 지식도 그걸 바라고 있었을 테니까.

"브루노 씨. 그래도 저는 당신의 정의가 완전히 잘못되었다고는 생각하지 않아요."

그 목소리는 우리의 위에서 떨어져 내려왔다. 올려다본 곳에는 별하늘. 어느 사이엔가 홀의 지붕이 열려 있었다. 지금까지 어디에 숨어 있었던 건지 목소리의 주인── 백발의 명탐정은 내 앞에 등을 보인 채 내려섰다.

"어째서 자네가 지금 그곳에 있지……?"

한편 브루노는 마치 꿈이라도 꾸고 있는 것처럼 멍하니 중얼거렸다.

놀라는 것도, 거기에 방심하고 있던 것도 당연한가. 왜냐하면 지금 무도회의 홀을 비추고 있는 스크린에도 아직 백발의 명탐정의 모습이 비치고 있었으니까.

"깨닫지 못했나. 무도회가 끝나고 나서 《성환의 의식》이 시작되기까지의 사이에 같은 얼굴을 한 탐정과 메이드가 서로 뒤바뀌어 있었다는 걸."

그리고 메이드가 이 회장을 탈출한 뒤에도 진짜는 이 홀의 상황을 줄곧 남모르게 주시하고 있었다. 철저한 준비를 갖추고 모든 것을 끝내기 위해서.

"노체스. 네가 놓고 간 걸 받아 가겠어."

시에스타가 달려나가는 것을 보고 나는 좌석 아래에 감춰져 있던 백발 메이드의 선물을 집어 들었다. 그리고.

"시에스타! 받아!"

혼신의 힘으로 그 머스킷총을 달리는 시에스타에게 던져서 건넸다.

"이거면 된 거야."

거짓말이다. 조금이지만 망설였다.

그래도 시에스타, 너에게는 역시 그 총이 어울린다.

행복한 꿈을 뿌리치고 평온한 일상을 떨쳐 보내며 한순간 한순간을 바람처럼 사는 탐정은 누구보다도 고귀하고, 덧없고, 그리고—— 아름다웠다. 그러므로.

"시에스타, 너는 《명탐정》으로 돌아가는 게 맞아."

내가 던진 총을 받아낸 시에스타가 그걸 정면으로 겨누었다.

"조수, 최고의 일 처리야."

나는 미래의 선택을 지금에 와서 마침내 끝낸 듯한 기분이 들었다.

"————!"

브루노의 얼굴이 미약하게 일그러졌다.

시에스타가 쏜 총탄이 브루노가 쥔 스위치를 맞춰 떨어트렸다.

"……그렇군, 명탐정. 나와 죽음의 왈츠라도 춰주려는 겐가."

그러자 브루노는 직후에 단상으로 뛰어오른 시에스타를 향해 오른손을 내밀었다.

"브루노 씨?"

시에스타는 그 미소의 의도를 헤아리지 못했는지 얼굴을 찌푸리다가 눈치를 챘다.

"스위치를 못 누르게 해!"

돌아본 시에스타가 급히 말했다.

회장에 깔아둔 폭탄이라면 시에스타가 방금——.

——그런가, 그게 아니다. 브루노의 체내에 심어진 폭탄 캡슐이었다.

예전에 시에스타에게 들은 적이 있었다. 《정보상》은 만일 적대 조직의 손에 고문 등을 당하더라도 자신이 쥔 정보를 발설하지 않도록 체내에 심은 폭탄 스위치를 다른 이에게 맡겼다는 것을. 그리고 그 스위치를 쥐고 있는 존재란.

"……그런 거였나! 이곳에 있는 가스마스크들은 전부 천 《검은 옷》이었어!"

브루노와 마찬가지로 이전 《조율자》들의 일부. 아직도 《정보상》의 이념을 따르고 있는 동지였다.

곧 회장 안에 있는 가스마스크들이 모두 품 안에서 붉은 스위치를 꺼냈다. 브루노의 목숨줄을 쥐고 있는 건 한 명이 아니었다. 그들은 모두가 하나의 조직인 검은 옷. 무슨 수를 쓰더라도 동시에 그들 모두의 손에서 기폭 스위치를 빼앗지는 못한다.

브루노 베르몬드는 지금 마지막으로 악으로써 스러지려 하고 있었다.

"시에스타, 도망쳐!"

그래서 내가 할 수 있는 건 적어도 그 자리에 있는 그녀를 대피시키려고 한 것뿐이었다.

──그러나.

"어째서지. 어째서, 그런 행동을."

당혹감에 목소리를 떤 건 브루노 베르몬드였다.

그도 그럴 터였다. 회장에 있던 가스마스크들, 즉 《검은 옷》 모두가 이미 스위치를 쥔 손을 내리고 있었다.

"──그렇구나. 당신을 이런 형태로 죽게 하는 명령을 그들은 듣지 않는 거예요."

그리고 시에스타도 총을 내리며 브루노에게 그렇게 말했다.

"말도 안 돼."

브루노는 더 이상 동요하고 있지는 않았다.

그럼에도 지금 일어난 현실을 고개를 내저으며 부정했다.

"자신의 사명보다도 감정을 우선시하다니. 그것도 《검은 옷》의 긍지를 지닌 그들이⋯⋯."

"그렇게 이상한 일은 아니에요."

시에스타의 그 말에 브루노가 고개를 들었다.

"그렇잖아요? 《조율자》는 인간이니까요."

그때 우리의 배후에서 벌컥하고 커다란 소리가 울렸다.

그건 입구가 열리는 소리로, 이어서 증원인 기동대가 돌입해

왔다. 그 모습을 보고 회장에 있던 참가자들이 앞다투어 문으로 달려갔다. 그걸 막는 이는 더 이상 아무도 없었다.

"그래, 그렇군. 그 애가 부추긴 건가."

브루노가 사태의 진상을 깨닫고 눈을 가늘게 떴다.

"부추겼다는 표현은 조금 마음에 안 드는걸요."

그러자 이 사태를 수습한 또 한 명의 공로자── 나츠나기 나기사가 이쪽으로 걸어왔다.

"그래도 단순한 이야기예요. 모두 당신을 악인 채로 죽게 하고 싶지 않았던 것뿐이죠."

나기사는 이쪽으로 다가오며 귀에 건 이어폰을 뺐다.

저걸로 《검은 옷》들을 설득한 건가. 누구보다도 오랫동안 《조율자》로서 세계를 구해온 영웅을 이대로 악으로써 죽게 해도 괜찮으냐고.

"2주일 전에 《명탐정》의 머스킷총을 《검은 옷》으로부터 건네받을 때 그중 한 사람에게 의뢰를 받았었어요. 《정보상》을 지켜 달라고 말이죠."

그 말대로 나기사는 이미 《검은 옷》의 일부와 협정을 맺고 있었다. 그건 어제 호텔에서 작전 회의 중에 나에게도 몰래 메시지로 전해준 내용이었다.

다만 나기사도 2주일 전에 《검은 옷》에게서 모든 진실을 전해들은 건 아니었다고 했다. 요컨대 브루노가 모든 사건의 흑막이라는 건 알지 못했다. 《검은 옷》이 말한 건 그저 《정보상》을 지켜줬으면 한다는 것과 그걸 보좌하겠다는 이야기뿐. 《검은 옷》

도 아슬아슬하게 정의의 균형을 맞추려 하고 있었다.

　나기사는 오늘 이 식전 중에 《검은 옷》의 의도를 정확하게 읽고 브루노를 구하기 위한 행동에 나선 것이다.

　"할아버님은 악인이 되지는 못하세요."

　그리고 나기사의 격정을 믿는 이가 또 한 사람 있었다. 그 소녀는 다른 누구보다도 그의 곁에서 함께 걸어온 이였다. 브루노는 빛을 잃어가던 눈으로 제단 아래의 그녀를 보았다.

　"악인의 오른손은 그렇게 부드럽지 않아요. 할아버님의 손은 약자를 인도하는 손이에요."

　노엘은 몇 번이나 쥐었을 그 손으로 자신의 손을 뻗었다.

　기억 속에 있는 다정한 스승의 따뜻한 손을 떠올리면서.

　"당신의 말대로 악은 분명히 모두의 마음속에 있어요."

　이쪽으로 다가온 나기사가 노엘의 어깨를 쓰다듬으며 브루노를 향해 말했다.

　"사람의 마음속에 악이 만연한 이상 전쟁은 일어나겠죠. 재앙은 발생하겠죠. 언젠가 또 이 세계에 거대한 위기가 반드시 찾아오겠죠. 사람이 평화에 빠져 있을 때 반드시."

　그건 알고 있다고 말하면서 나기사는 입술을 꾹 깨물었다.

　"그걸 이해하고 있으면서 어째서지?"

　브루노가 굳게 다물고 있던 입을 열었다.

　"이 세계에는 더 이상 정의의 사자가 없다. 언젠가 수습할 수 없는 재앙이 닥쳐왔을 때 세계를 구할 자가 없다. 그래서 나는 ────."

그러자 나기사는 그런 브루노의 말에 고개를 가로저으며 단상으로 올랐다.

"설령 《조율자》라는 직함이 없어지더라도 정의를 추구하는 저희의 의지는 결코 죽지 않아요."

그리고 그렇게 입에 담은 나기사의 옆에 서듯이 시에스타가 다가갔다.

"걱정하지 마세요. 탐정은 여기에 두 명이 있으니까요. 지구가 두 개라도 구해 보이겠어요."

그 말을 들은 브루노 베르몬드의 뺨에 주름이 새겨졌다.

"Corretto."
정답 이 라 네

그렇게 말을 남긴 영웅은 힘이 다한 것처럼 그 자리에 무너졌다.

◆ **아무것도 모르는 나와 너에게**

그로부터 몇 시간 뒤.

밤이 이슥해졌을 무렵에 나는 브루노 베르몬드의 호출을 받았다.

무도회와 식전도 치러졌던 궁정의 한 방. 침실로 보이는 방의 침대에 노쇠한 영웅이 여윈 모습으로 누워 있었다.

"미안하네. 피곤할 텐데."

브루노는 나를 깨닫곤 사과의 말을 건넸다. 마치 아까까지 적

대했던 게 거짓말 같았다. 나는 "어차피 잠도 안 왔으니까." 하고 말하며 침대 옆의 의자에 앉았다.

브루노의 오른팔에는 링거가 꽂혀 있었다.

몇 시간 전에 쓰러졌던 브루노는 나기사가 기동대와 함께 불러두었던 구급반의 손에 그 자리에서 치료를 받았다.

그리고 그 뒤에 도주할 우려는 없다고 판단되어 지금은 이 방에서 안정을 유지하고 있었다. 뭐, 그렇다고는 해도 앞으로 전 《조율자》인 브루노 베르몬드를 제대로 취조할 수 있는 공적 기관이 존재하는지 어떤지는 심히 의문이었지만.

"숨기고는 있었지만 실은 2년 정도 전부터 몸이 별로 좋지 않아서 말이네. 약으로 버티고 있었지만 한계였던 모양이야."

브루노는 침대에 누운 채 자신의 몸 상태를 이야기했다. 2주일 전에 노엘과 일본에 왔을 때부터 무리하고 있었던 걸까.

"당신은 불사신 같다고 생각했었는데 말이지."

이미 수명의 두 배 가까이 살아왔다는 브루노라면.

"하하, 사람은 반드시 죽는 법이라네."

브루노는 말의 내용과는 반대로 유쾌하게 웃었다.

"수명만큼은 그 어떠한 명의도 발명가도 고치지 못하지. 작년 여름에 스티븐에게 여명 선고를 받았었다네. 앞으로 반년 남짓이라고."

작년 여름부터 세서 반년, 즉 이미——.

"혹시 그래서 노엘과의 양자결연을 해소한 건가?"

자신이 이제 얼마 남지 않았다는 걸 알고 있어서. 그랬기에 브루노는 미래를 내다보고 노엘을 독립시키려 했다.

"브루노. 애초에 당신은 어째서 10년 전에 노엘을 양자로 거두려 한 거지?"

브루노가 진심으로 노엘을 목적을 이루기 위한 수단으로만 보고 있었을 리가 없다. 그렇게 생각한 나는 다시금 질문했다.

"옛날부터 루프와이즈 가문과는 개인적인 비즈니스 관계가 있었다네. 상의할 일이 있어 루프와이즈 저택을 찾았을 때 우연히 그 애를 보았지."

같은 눈을 하고 있었다네, 하고 브루노는 말했다.

"나와 마찬가지로 제한 없이 바깥세상을 알고 싶어 하는 눈. 어딘가 남처럼 보이지 않았지."

당시에 서녀로서 가족에게 경원시 되었던 노엘은 집 밖에 나가는 것도 좀처럼 허락되지 않았다고 한다. 그런 노엘에게 바깥세상을 보여주고 싶다는 생각을 한 것일까. 세계를 백 년을 여행해 온 브루노였었기에.

"거기에 그 일족이 머지않아 쇠락의 길을 걸으리라는 건 가까이에서 보며 알고 있었으니까. 그러한 환경에 그 애를 그대로 놔둘 수는 없었다네."

"3년 전에 당주의 자리를 이을 예정이었던 노엘의 오빠가 행방을 감추는 것도 알고 있었던 거지?"

"그렇다네, 일족의 무게를 견디지 못하고 자유를 찾아 방랑의 여행을 떠났다고 들었지. 대외적으로는 사고로 급사했다고 밝힌 모양이지만."

……그렇군, 일족의 후계자가 실종했다고 하면 체면이 상하니까. 사망했다는 것으로 해서 여동생인 노엘을 급히 당주의 자리에 앉히려고 한 건가.

"하지만 결국 나는 그 애를 또 혼자로 만들게 된다네."

브루노가 가늘게 뜬 눈으로 천장을 바라보았다.

"노엘을 부탁하네."

이어서 브루노는 짜내는 듯한 목소리로 그렇게 말했다.

지금에 와서 생각해보면 혹시 이것도 브루노의 계산에 들어가 있었던 걸까. 본디 노엘을 일본에서 나와 탐정과 만나게 한 장본인이 브루노였다. 이미 죽을 때를 알게 된 브루노는 이대로 혼자가 될 노엘이 외롭지 않게 우리와 만나게 했던 것일지도 모른다.

"그래서 브루노. 날 이 자리로 부른 이유가 뭐지?"

나는 그렇게 본론을 물으면서도 어떤 대답을 기대했다.

그건 즉 브루노 베르몬드의 진정한 범행 동기.

브루노의 처음 목적은 어디까지나 《연방 정부》가 관리하고 있다는 세계의 비밀을 알아내는 것이었다. 그러나 그 비밀을 지금 알아내지 못한다고 판단하자 자신이 악이 되어 세계에 알림으로써 위기감을 조성하는 게 목적이었다고 주장했다.

어째서 시에스타와 나기사가 아니라 나 혼자만 이 자리에 부른 건지는 알 수 없지만 나는 브루노의 진정한 동기를 알 필요가 있었다.

"《정보상》이 평화로운 죽음을 맞이할 리가 없다네. 과거의 영웅들도 그랬던 것처럼."

그러자 브루노는 침대에 누운 채 나직이 말했다.

"끝에서 기다리는 건 비극뿐. 한때 많은 《조율자》가 순직하였고 새로운 정의의 사자가 계속해서 보충되었지. 그게 바로 영웅들이 걸어온 역사. 오랜 세월을 살아온 나도 그렇게 믿어왔고 그래도 상관없다고 생각했다네."

브루노는 내 질문에는 바로 대답해주지 않았다. 그러나 어딘가에서 이야기가 이어지리라 생각한 나는 가만히 이야기에 귀를 기울였다.

"그랬는데 어떤가? 나는 지금 고문을 받지도 않고 천수를 누리다 평안한 죽음을 맞이하려 하고 있다네. ──말도 안 되는 일이야."

브루노는 눈을 부릅뜨며 격하게 말했다.

"세계의 지식인 이 몸에 본디 평화로운 죽음이란 있을 수 없는 일이라네. 그런데도 이 노구가 평안한 죽음을 맞이한다면 그건 내가 영웅 같은 게 아니었다는 증거나 다름없지. ……그래, 나는 얼마 전부터 깨닫고 있었다네. 나는 전지하지 않아. 모든 것을 안다고 착각하고 있을 뿐이었지. 무지함을 자각하지 못했어."

핏대가 선 브루노의 목이 크게 움직였고 앙상한 팔이 천장을 향해 불쑥 들어 올려졌다.

"사실은 나는 아무것도 모르는 것이 아닌지. 한시적인 평화에 홀린 채 죽어간 그 국왕과 똑같았던 게 아니었는지. 그렇게 깨달았을 때 나는 나잇값도 못 하고 두려움을 참지 못했다네. 그래서 이번 계획을 세운 걸세."

그렇게 브루노는 근원적인 범행 동기를 이야기했다.

어째서 정의의 상징인 세계의 지식이 악으로 타락하려 했는지를.

"과연 나는 악으로써 단죄될 것인지, 신이란 이름의 정의가 나를 단죄해주지 않을까 바라며 그 자리에 섰다네."

그런 거였나. 브루노는 처음부터 자기 자신을 악으로 판단하고 있었던 건가.

그래서 2주일 전에 스스로 《미답의 성역》의 사자를 가장해 《연방 정부》에 선전 포고를 했다.

정의의 의자에서 떨어져 내려온 자신을 신이…… 세계가 막을 수 있는지를 판가름하는 그런 싸움이었다.

"처형대에 서 있는 기분이었지."

브루노는 그렇게 말하며 팔을 축 내렸다.

"그러나 나의 바람은 이루어지지 않았다네. 비명(非命)에 죽을 수 없었지. 나는 신이 아닌 탐정 소녀에게 구원받아버린 걸세."

그건 직접 본 결말이었다. 시에스타의 이성과 나기사의 격정에 브루노 베르몬드는 구원받았다.

"마치 드라마 줄거리 같더군."

브루노의 읊조림이 불빛이 적은 방 안에 울렸다.

"악으로 타락했을 터인 나는 마치 주인공과 같은 소년 소녀들의 외침에 구원받아 지금 평안한 죽음을 맞이하려 하고 있다네."

누군가가 바란 이상적인 이야기 같다고, 브루노는 나를 보며 말했다.

"그렇다면 누가 이 각본을 쓴 거지?"

"각본?"

나는 브루노의 이야기가 시작되고 처음으로 입을 열었다.

"드라마든 영화든 소설이든 뭐든 상관없다네. 그저 때로는 상처 입고 울고 화내고 잃지만 그럼에도 앞을 보는, 순리대로만 풀리지는 않지만 마지막이 괴롭더라도 확실하게 마음에 남을 것 같은, 그런 이야기의 각본을 쓰고 있는 건 대체 누구지?"

브루노의 메마른 두 눈이 내 얼굴을 바라보았다.

"내가 오랫동안 살아온 이 세계는 지금보다도 훨씬 불합리로 가득했을 텐데. 그게 대체 언제 변한 거지? 이건 누구의 꿈이지? 우리는 지금 누구의 이야기 속에 있는 거냐 말일세."

가르쳐주게, 하고 브루노는 세차게 기침을 하며 나에게 물었다.

여윈 몸을 일으켜 세워 내 어깨에 손을 올리고 따졌다.

"나는 무엇을 잊고 있는 거지? 세계는 지금 무엇을 잊은 채 아무 일도 없었던 것처럼 나아가고 있는 거지?"

그 질문에 나는 대답을 내놓지 못했다.

알면서 대답하지 않은 건 아니었다. 《정보상》 브루노 베르몬드가 모르는 것을 평범한 탐정 조수인 내가 알고 있을 리가 없었다.

그러니 나는 "그런 이야기를 왜 나에게?" 하고 반대로 되물었다. 그러자 브루노는 다시금 예전과 같은 온화한 표정을 되찾았다.

"한때 나에게 자네를 구해달라며 한 소녀가 부탁을 하러 왔었다네."

"소녀?"

브루노는 고개를 크게 끄덕이고 나서 다시 침대에 누우려 했다. 나는 브루노의 몸을 받쳐서 이부자리에 눕는 걸 도왔다.

브루노는 "그 애는 말했었지." 하고 과거를 회상했다.

"언젠가 소년K는 이 세계의 중심축을 어긋나게 할 싱귤래리티가 될 거라고."

──소년K란 건 나를 말하는 것일까. 그렇다면 그 소녀란 대체 누구고 언제 있었던 이야기인 걸까.

나는 그걸 물어봤지만 브루노는 미소만 지을 뿐 대답해주지는 않았다.

"곧 봄인가."

대신 브루노는 그렇게 읊조리며 창밖을 바라보았다.

아직 밤이 밝지 않은 하늘은 어두워서 바깥 풍경은 보이지 않았다.

"지금까지 오랜 세월을 살아왔지만 실은 일본의 벚꽃을 본 적이 없어서 말이네."

그것만이 조금 아쉽군, 하고 브루노는 눈을 좁혔다.

벚꽃의 계절까지는 앞으로 2개월. 그 꽃이 필 무렵엔 브루노는 이미──.

"일본에는 꽃보다 경단이란 말이 있어."

내가 그렇게 말하자 브루노는 의아한 표정을 지었다.

일본의 속담을 모를 정보상이 아니겠지. 하지만 내가 하고 싶은 말은.

"우리는 꽃 자체는 그다지 보지 않아. 그보다도 누구와 꽃을 보고, 누구와 밥을 먹고, 누구와 이야기하는지, 중요한 건 그쪽이야."

"……그래, 그렇지."

브루노는 깊이 와 닿은 것처럼 고개를 끄덕였다.

세계의 지식을 납득시키다니 무엇보다 큰 영광일 것이다.

"자네는 점점 그 남자와 닮아가는군."

"그 남자? 누구를 말하는 거지?"

내가 고개를 갸웃거려도 브루노는 대답하지 않았다. 다만 그저.

"자네는 잊지 않았을 텐데. 그 남자에 대한 것만큼은."

브루노는 그렇게 단호히 말하고 나서 입을 다물었다. 해야 할 이야기를 전부 끝낸 것이다. 그래서 나도 이야기가 끝났음을 알고 자리에서 일어났다.

"노엘과 또 맛있는 밥이라도 먹도록 해."

마지막으로 그런 말을 남긴 나는 브루노에게서 등을 돌렸다.

그리고 방문의 손잡이를 돌렸다.

"그러고 보니 만찬회가 아직이었군."

브루노는 쓰게 웃은 뒤에 혼잣말처럼 중얼거렸다.

"오늘 밤은 다 함께 식사를 하지. 오늘도 세계는 평화로우니까."

방문을 조용히 닫고 복도로 나오자 조금 떨어진 곳에 고개 숙인 사람이 보였다.

노엘 드 루프와이즈—— 아직도 드레스를 갈아입지 않은 소녀는 나를 깨닫고는 고개를 들며 살짝 미소 지었다.

"들었어? 방금 이야기."

"……죄송합니다. 그래도 거리가 있어서 많이는."

이제 와서 노엘이 엿들을 이유도 없을 것이다.

나는 "신경 쓰지 마." 하고 고개를 가로저었다.

"어느 정도 눈치채고는 있었습니다."

몇 초의 침묵 뒤에 노엘은 입을 열었다.

"할아버님의 몸이 좋지 않으시다는 건. 본인은 전부 숨겼다고 생각하신 모양이지만……."

"그래…… 역시 가족이네."

내가 반사적으로 그렇게 말하자 노엘은 살짝 놀란 표정을 지은 뒤에 옅게 웃었다.

"예, 저는 할아버님의 일이라면 뭐든 알고 있으니까요."

자조가 담긴 말이라는 건 바로 알 수 있었다. 하지만.

"브루노는 자신을 무지하다고 했었어. 그게 사실인지 어떤지 나는 알 수 없지. 그러니 노엘, 네가 알려주면 되는 거야."

"……제가…… 할아버님께요?"

"그래. 브루노가 모르는 건 아마 노엘이 알고 있을 거야."

어제 브루노와 바에서 이야기를 나눴을 때. 그는 시에스타가 나와 싸우는 모습을 보고 명탐정이 저런 표정도 짓느냐면서 놀라워했었다. 그렇지만 내가 보기에 시에스타나 브루노나 다를 게 없었다. 정의의 자리에 앉아 있던 이라도 누구나 진짜 얼굴은 있다. 그리고 본인도 깨닫지 못한 그 얼굴을 보일 수 있는 옆 사람이 반드시 있을 터였다.

"그러니 브루노에게 알려줘. 당신은 《조율자》이기 이전에 지극히 평범한 술을 좋아하고 조금 박식한 할아버지에 지나지 않는다고 말이야."

그게 분명 가장 큰 효도가 될 것이다.

나는 그러지 못했지만 노엘이라면 아직 시간이 있었다.

노엘의 어깨를 살짝 두드려준 나는 등을 돌렸다. 딱히 인사는 필요 없겠지.

"저는 잘못했던 걸까요."

그러자 등 너머로 노엘이 다시금 나에게 물었다.

"저는 좀 더 일찍 할아버님을 막았어야 했던 걸까요."

브루노 베르몬드와 가족으로서 옆에 있어 온 노엘이었기에 눈치챌 수 있었던 사건의 진상. 그럼에도 무엇을 걸어서라도 이루고 싶은 바람을 우선시한 게 후회할 일이었는지, 그런 명제를 나에게 물었다.

"글쎄. 노엘에 관한 건 노엘 밖에 알 수 없지."

"……그렇지요. 죄송합니다. 후회도 책임도 전부 제 안에 담아두겠습니다."

내 말에 노엘은 어딘가 쓸쓸한 기색을 내비치면서도 굳세게 말했다.

차갑게 내치는 것처럼 들렸던 걸까.

"언젠가 그 답이 나오면 나에게도 알려줘."

나는 여전히 돌아보지 않고 노엘에게 말했다.

"옳고 그르다는 이분법적인 답이 아니어도 상관없어. 생각하던 도중의 중간 답안이어도 문제없고. 오답이어도 좋아. 언제든 괜찮으니 알려줘."

그리고 그때는.

"입장도 직함도 내려놓고 그냥 같이 놀자."

허리에 부드러운 충격이 전해졌다.

시선을 내려다보니 노엘이 뒤에서 내 허리를 끌어안고 있었다.

"키미히코 님은 진짜 저를 모르세요."

눈물 어린 목소리로 노엘은 소리쳤다.

"키미히코 님이 계속 저를 경계하셨던 것처럼 저도 아직 키미히코 님께 진짜 저를 보여드리지 않았어요. ……줄곧 가면을 쓰고 있었어요. 진짜 저는 울보에 제멋대로인 데다가 어린애 같고 독점욕도 많은 무척…… 무척 성가신 성격이에요. 그래도 그런 저와도 다시 만난다면 함께 놀아주시는 건가요?"

"당연하잖아."

나는 돌아보며 노엘의 눈물을 손가락으로 닦아줬다.

"여동생은 손이 많이 가면 갈수록 귀여우니까."

노엘은 한순간 어리둥절한 표정을 지었다가 곧 그 조크에 웃음 지었다.

눈물은 아직 마르지 않았다. 마를 필요도 없다.

가족 앞에서 참아야 하는 눈물 따윈 없다.

나는 노엘의 어깨를 한 번 더 두드려주며 "다녀와." 하고 말했다.

노엘은 힘차게 고개를 끄덕이며 브루노가 있는 방으로 향했다.

"다녀오겠습니다."

언젠가는 그 말에 어서 오라고 할 수 있는 날도 오겠지.

【에필로그】

일본에 귀국한 우리에게 브루노가 임종을 맞이했다는 소식이 온 건 그로부터 사흘 뒤의 일이었다. 노엘의 전화로 그 소식을 듣고 어느 정도 각오하던 일이었다고는 해도 한동안은 말도 제 대로 나오지 않았다.

정의의 의자가 하나 사라졌다.

마지막은 노엘과 다른 이들이 지켜보는 가운데 조용히 숨을 거두었다고 한다. 그 평온한 죽음이 브루노에게 최선이었는지 어떤지는 그 이야기를 들은 입장으로서는 판단이 되지 않는 부 분도 있었다.

그래도 노엘은 그 보고 전화로 『할아버님은 행복하셨으리라 생각합니다.』 하고 말했었다. 나보다도 훨씬 오랜 세월 브루노 와 함께 있었던 노엘이 그렇게 말하는 이상, 나는 그걸 믿을 생 각이었다. 죽은 이는 이제 아무런 이야기도 해주지 않으니까.

──나는 해 질 녘의 거리에서 홀로 그런 생각을 하고 있었다.

거리라 해도 인기척은 전혀 없었다. 통제선이 쳐진 이 지역은 원래 사람의 출입이 금지되어 있었지만 혼자 생각하기에는 안 성맞춤이었다.

"아직 추운걸."

다만 봄이라 부르기에는 조금 이른 계절이어서 나는 코트의 옷깃을 여미며 바람을 막았다.

노엘이 소식을 전해주고 일주일이 지났다.

낮에 일어나 대학은 3교시 강의부터 출석하고 동아리에 들어가지 않은 나는 나기사와 거기서 헤어져 해 질 녘에는 집으로 돌아가는 나날.

탐정 조수 일은 한동안 쉬고 있었다.

왜냐하면 대표가 어딘가로 가버린 탓에 사무소를 열지 못했기 때문이다. 메시지를 보내봐도 전화를 걸어봐도 전혀 답장이 없었다.

무작정 찾으러 가야 하나 생각했을 무렵에 마침내 오늘 답장이 왔다. 듣자 하니 해외로 불쑥 여행을 떠난 모양이었다. 그런 거라면 보고든 연락이든 상담이든 해주길 바랐지만 7년 전부터 그 스타일은 변함이 없는 듯했다.

"어라, 오늘은 휴일 출근이야?"

그때 이제야 익숙한 목소리가 등 뒤에서 들려왔다.

"사장이 쉬면 종업원이 짬처리를 당한다고. 어딜 나돌아다닌 거야?"

"잠시 나갔다 온 것뿐이잖아. 너무 속박하면 미움받을지도 모른다? 너는 내 남자친구도 아니니까."

내가 돌아보자 농담을 던지는 여느 때와 같은 탐정의 모습이 그곳에 있었다.

"그나저나 왜 여기야?"

시에스타는 주위를 쭉 둘러보며 약속 장소로 지정한 장소에 의문을 표했다.

보이는 곳 전부가 녹음으로 뒤덮인 도시. 한때 젊은이의 거리로 활기가 넘치던 시절의 흔적은 찾아볼 수 없이 지금은 패션몰과 음식점이 전부 식물에 집어 삼켜져 있었다.

그걸 상징하는 게 우리의 등 뒤에 아성처럼 솟아있는 거목——위그드라실.

이 나무는 나와 시에스타에겐 싸움의 기억이었다. 당시의 《세계의 적》이었던 《원초의 씨앗》을 봉인한 장소다. 그리고 그 뒤에 시에스타가 오랜 잠에 빠진 것도 이 거대한 나무의 옆이었다.

"왠지 여기로 와야 할 것 같아서."

나는 시에스타의 물음에 조금 늦게 그렇게 대답했다.

말로 잘 표현할 수 없었다. 다만 이곳은 우리에게 있어 무시할 수 없는 장소여서 과거와 미래를 마주하는 데 적임인 듯한 기분이 들었다.

"그래? 그나저나 역시 가지고 있구나, 그 책."

시에스타는 내가 옆구리에 끼고 있던 《원전》을 깨달았다.

"그렇지. 결국 내가 늘 가지고 다니는 편이 안전하니까."

약 열흘 전에 우리의 운명을 크게 바꾸었던 《원전》. 하지만 이 특별한 힘을 지닌 책을 언제 또 적이 빼앗으러 올지 모르는 일이었다. 만약 그런 사태가 일어날 것 같으면 나는 《원전》의 힘으로 미래를 보고 막아낼 생각이었다. 그러나 《원전》이 마지막으로 힘을 발휘한 뒤로 이 책이 나에게 미래의 위기를 알려줄 징조는 보이지 않았다.

"설마 네가 그때 미래를 보았었다니."

시에스타가 프랑스에서의 일을 떠올리며 황당하다는 듯이 웃었다.

"그래, 적을 속이려면 우선 아군부터. 네가 전에 했던 말이잖아?"

내가 그렇게 받아치자 시에스타는 드물게 패배를 인정하듯이 어깨를 으쓱였다.

"그래서? 지난 일주일 동안 너는 뭘 했어?"

시에스타는 이어서 사무소를 비운 동안의 내 행동을 물었다. 사무소 일은 쉬었지만 내가 자주적으로 무언가 행동하고 있었으리라 확신하는 듯했다.

"주말에 나기사와 함께 교도소에 갔었어. 거기서 알게 된 건데 후우비 씨가 탈옥했어."

정확하게 말하자면 탈옥한 뒤였다.

"열흘 정도 전에?"

무언가를 깨달은 시에스타가 그렇게 물었다.

"그래. 마침 우리가 프랑스에 가 있었을 때와 동일한 타이밍에."

그게 우연일 리 없었다. 사태의 시발점은 그로부터 2주일 전, 그 교도소 습격 사건이었다. 사복검을 지닌 남자가 후우비 씨가 수감된 교도소를 습격한 일로 경비 시스템에 중대한 손상이 발생했다고 한다.

그런 이유로 후우비 씨는 다른 교도소로 이송하게 되었는데…… 가는 길에 후우비 씨를 태운 호송차가 가스마스크를 쓴 남자들에게 습격을 받았다고 한다. 그렇게 카세 후우비는 홀연히 모습을 감추었다.

"카세 후우비는 《정보상》에게서 탈옥의 도움을 받았다는 거야?"

시에스타가 입에 담은 그 가설에 나도 고개를 끄덕였다. 모든 건 그 교도소 습격 사건부터였다. 그건 시에스타를 《명탐정》으로 되돌리기 위해서만이 아니라 《암살자》를 탈옥시키기 위한 포석이기도 했다. 그렇다면 어째서 브루노는 후우비 씨의 탈옥을 도운 것일까.

"그녀도 브루노 베르몬드의 동지였어."

시에스타는 주황빛으로 물드는 하늘을 올려다보며 중얼거렸다.

"《검은 옷》도 그랬던 것처럼 브루노 씨는 자신과 같은 생각을…… 위기감을 가진 이들을 동료로 삼아 무언가를 완수하려 한 거지."

그래, 그게 그 식전에서 일어난 일련의 사건이다. 브루노를 필두로 그에 협력하는 이들이 《미답의 성역》의 사자를 가장해서 세계에 저항했다.

그리고 지금 생각해보면 브루노와 협력자들은 《연방 정부》에 해석불가능한 접촉을 해왔다고 했는데 그걸 실행한 게 《발명가》

스티븐이 아니었을까. 아마도 그 남자는 그 밖에도 브루노의 계획에 필요한 기술과 발명품을 제공했을 것이다.

예를 들어 교도소 습격에서 사용된 그 기묘한 무기, 혹은 아마도 까마귀 마스크가 장착한 것으로 보이는 광학 위장 로브. 지금 돌이켜보면 《발명가》의 그림자는 곳곳에 숨어 있었다.

"그래서 시에스타 쪽은 어땠는데."

이번에는 내가 시에스타의 수확을 물었다. 일주일 동안이나 사무소를 비우고 어딜 갔었던 것인지.

"세계 여행."

아무렇지도 않게 말하는걸.

"좀 신경 쓰이는 게 있었거든. 이곳저곳 세계를 보고 왔어."

"왜 나를 데리고 가지 않은 거야."

"너는 학교 가야 하잖아."

어디로든 데리고 가준다는 약속은 어떻게 된 거냔 말은 지금은 눌러뒀다.

"지난 1년은 눈 깜짝할 새였지."

그러자 시에스타는 여행의 성과는 말하지 않고 대신 추억 이야기를 했다.

"내가 깨어난 날에 너와 샤르가 울면서 안겨 와서."

"나는 안 울었잖아."

"내가 탐정사무소를 여니 아무 말도 안 했는데 당연하다는 듯이 네가 일하러 와서."

"자주성을 살리자고 옛날에 네가 그랬었으니까."

"그렇게 나기사와 함께 셋이서 일하고, 놀고, 놀고, 놀고."

"놀고의 비중이 좀 많지 않아?"

내가 딴죽을 걸자 시에스타는 무심결에라는 느낌으로 웃음을 터트렸다.

"분명 이게 나와 너의 공통된 기억일 거야. 그렇지만 우리는 지금까지의 인생에서 한 가지 배운 게 있지."

이어서 시에스타가 무슨 말을 하려는 건지 왠지 모르게 알 것 같았다.

"사람의 기억은 불확실하다는 것."

그래, 그 말이 맞다. 나는 한때 《베텔기우스》라는 괴물의 꽃가루에 의해 소중한 기억을 잃고 있었다. 그리고 그보다 오래전에는 시에스타와 나기사도 《SPES》의 손에 의해 기억 일부를 빼앗겼다고 한다. 우리는 그 경험을 통해 인간의 기억이 얼마나 무른 건지 안다. 거기에.

"브루노도 비슷한 말을 했었어. 자기 자신을 의심하라고, 무지함을 깨달으라고."

그러므로 요컨대.

"우리는 지금 무언가를 잊고 있는 건가?"

──혹은.

"세계가 무언가를 잊고 있거나."

그렇다면 언제 어긋난 것일까, 역사와 기억이.

대체 무엇이 거짓이고 무엇이 현실인지.

믿고 있던 것이 느닷없이 근본적인 부분에서부터 뒤집힌 듯한 기분이 들어서 다리의 힘이 풀렸다.

"꿈은 아니지?"
네가 여기에 있는 건.

"백일몽 같은 게 아니지?"
그날 시에스타가 깨어난 건.

나는 언젠가 보았던 헬의 꿈을 떠올렸다.
밤의 옥상에서 그녀는 말했었다.
『이런 꿈이 보고 싶었어?』
그건 그때 보고 있던 꿈을 말하는 게 아니었나?
그럼 내가 정말로 보고 있는 꿈의 정체는——.
"있어."
뒤에서 부드러운 충돌이 나를 덮쳤다.
"나는 분명히 여기에 있어."
시에스타의 양팔이 등 뒤에서 내 배에 감기자 온기가 몸 전체
로 전해져왔다.
거짓이 아니다. 꿈이 아니다. 7년 전에 만나서 몇 번이나 헤어
지면서도 이번에야말로 다시 한번 재회를 이룬 사랑하는 파트
너가 그곳에 있었다.
"내가 가짜 같아?"
"아니."

"이게 꿈 같아?"

"의심해서 미안해."

"그럼 내가 지금 연인처럼 끌어안고 있는 건 꿈만 같아?"

"지금 확신했어. 이런 장난을 치는 사람은 시에스타, 너밖에 없어."

서로 웃은 뒤 시에스타는 그제야 팔을 풀었다.

가장 큰 불안이 방금 사라졌다. 그래도 정리해야 할 것, 생각해야 할 것은 산더미처럼 있었다. 나는 크게 심호흡을 하고 나서.

"있잖아, 시에스타. 너는 1년 전에 사실은 어떻게 깨어난——."

그렇게 미래를 향한 대화를 나누려고 했을 때였다.

한 줄기 바람이 불었다. 바람 소리와 나뭇잎이 흔들리는 소리.

나와 시에스타는 누가 먼저라 할 것 없이 하늘을 올려다보았다. 시야에 비치는 건 거대한 나무. 석양빛으로 물드는 하늘을 향해 끝도 없이 높게 솟아올라 있는 나무였다.

"괜찮아."

시에스타가 나직이 읊조렸다.

"우리에게는 위그드라실이 있으니까."

한때 우리가 싸웠던 최대의 적《원초의 씨앗》. 하지만 그 변한 모습이라고 해야 할 이 위그드라실은 우리가 사는 지구에 커다란 은혜를 가져왔다.

위그드라실의《종자(種子)》는 바람을 타고 전 세계로 옮겨진다. 처음에는 위험성이 논의되었지만 추후 연구를 통해 그 종자에는 방사성 물질의 영향과 대기오염으로 생물이 살지 못하게 된 토양과 공기를 재생 및 회복시키는 효과가 있다는 걸 알게 되었다. 한 번은 메말랐던 대지에 녹음이…… 생명이 깃든 것이다.

"이번에 둘러보았던 분쟁지 터도 지금은 이렇게 되어 있었어."

이어서 시에스타는 혼자 원정을 나갔던 여행지의 모습을 나에게 사진으로 보여줬다. 전쟁으로 황폐해져 백 년은 초목도 자라지 않을 거라는 이야기가 돌던 그 토지에는 벌써 새로운 식물이 싹을 틔웠고 무너지려는 건물을 지탱하듯이 덩굴이 감겨 있었다.

"그래, 지금에 와선 위그드라실의 숨결이 느껴지지 않는 지역 쪽이 드물지."

일본도 그랬다. 국내에서 가장 높은 파란 전파탑도 위그드라실과 거의 일체화되었다. 사이카와가 라이브를 한 국립 경기장도 식물에 뒤덮이기 시작해서 머지않아 이용하지 못하게 되리라. 또 저번 파리에서 체험한 센강의 크루징 투어도 역사적 건조물이 위그드라실과 일체화되는 대로 종료된다고 한다. 하지만 그것도 어쩔 수 없는 일이었다.

"이것도 세계의 의지니까."

시에스타가 붉은 하늘을 향해 솟아있는 위그드라실을 우러러보며 말했다.

그래, 맞다. 지구를 지키기 위해서다. 어버이 같은 대지를 살리기 위해, 그걸 위해 인류가 문명을 손에서 놓는 건 어쩔 수 없는 일이다. 그게 평화였다. 우리가 도달한 행복한 결말이었다.

"⋯⋯⋯."

다시금 바람이 불었다. 겨울의 싸늘한 바람이 어째서인지 묘하게 미적지근하게 느껴졌다.

"있잖아, 시에스타."

내가 부르자 시에스타는 고개를 살짝 기울이며 뒷말을 재촉했다.

"만약 이대로 지구가 온통 식물투성이가 된다면 어떻게 될까?"

설령 지구가 오염으로부터 구원받아 깨끗해지더라도 이 도시처럼 위그드라실과 그 종자로 뒤덮여버린다면 우리 인류는 어떻게 되는 것일까. 이대로 살 곳이 없어지거나 하는 일은 일어나지 않을까.

"무슨 말이야, 조수."

그러자 시에스타는 내 그런 의문을 웃어넘겼다.

그래, 내 기우는 언제나 시에스타가 바람처럼 날려준다.

그래서 나는 안심하고 오늘도 바보 같은 소리를 할 수 있었다.

"그래서 있는 거잖아——《××》가."

시에스타가 무언가를 말했다.

틀림없다. 입은 움직였으니까.

하지만 잘 알아들을 수가 없었다. 또다시 불어친 돌풍 때문일까.

그렇게 생각한 내가 되물으려고 했을 때 시에스타는 고개를 갸웃거리고 있었다.

마치 방금 자신이 무슨 말을 했는지 모르겠다는 것처럼.

"——조수."

"——그래."

잠시간의 침묵 뒤에 우리는 마주 보고 고개를 끄덕였다.

특별한 말은 필요 없었다. 지금 보고 있을 방향은 분명 같을 테니까.

탐정은 이미 죽었다.

그렇지만 그 유지는 결코 죽지 않는다.

그러므로 에필로그는 아직 이르다.

——그리고.

지금 다시 탐정은 되살아났다.

그렇기에 우리의 모험담은 이어진다.

이것은 지금까지의 이야기를 전부 뒤엎는 제2막.^{시 퀄}

【Re:birth】

◆Side Charlotte

"고개를 드세요, 샬럿."

그런 말을 들은 순간, 어둡던 시야에 빛이 들어왔다.

──눈부시다. 대체 몇 시간, 아니, 몇십 시간을 눈이 가려져 있었는지.

잠들지만 않았다면 체내 시계로 판단할 수 있었을 것도 약에 당해서는 어쩔 도리가 없었다. 깨닫고 보니 나는 손발이 묶인 채 딱딱한 바닥에 무릎 꿇려져 있었다.

"샬럿 아리사카 앤더슨. 제 목소리가 들리나요?"

들린다. 들리지만 무시하고 있었다. 그 목소리를 알고 있었으니까.

그리고 마침내 시야가 빛에 익숙해졌다.

하얗고 넓은 공간에 의자 일곱 개. 그곳에는 가면을 쓰고 하얀 예복을 입은 인간 일곱 명이 앉아 있었다. 지금 말한 건 그 중앙에 있는 여자겠지. 이곳은 대체 어디인 걸까. 그리고.

"대체 나에게 무슨 용건이야? 아이스 돌."

나는 《연방 정부》 고관의 코드네임을 입에 담았다. 이곳에 있는 건 전원이 정부의 고관 혹은 그에 준하는 자들이겠지.

──며칠 전. 나는 《성환의 의식》에 참가하는 대신 어떤 인물을 쫓고 있었다. 물론 의식도 많이 걱정되기는 했지만 위협은 분명 그것만이 아닐 테니까. 그 사람에게서 눈을 떼서는 안 된다고 생각한 나는 그녀── 카세 후우비의 행방을 쫓고 있었다. 그렇게 나는 마침내 어떤 정보를 확보했고…… 깨달았을 때는 지금 이 자리에 있는 고관들에게 붙잡혀 있었다.

"역시 대단하네요. 《성환의 의식》이라는 미끼에 당신은 쉽게 걸려들지 않았죠."

아이스 돌은 가면을 쓴 얼굴로 나를 보았다.

키미즈카에게 메시지로 받은 보고에 따르면 《성환의 의식》에서 전 《정보상》 브루노 베르몬드가 《연방 정부》에 반기를 들었다고 한다. 그렇지만 정작 고관들은 현장에 없었고 어딘가로 도망친 모양이었다. ……설마.

"당신들은 처음부터 브루노 베르몬드의 반역을 간파하고 있었던 거야?"

한순간의 침묵이 있었다.

"샬럿 아리사카 앤더슨. 당신의 우수함은 익히 들어 알고 있습니다."

그렇지만 아이스 돌은 내 물음에는 대답하지 않고 혼자서 떠들기 시작했다.

"당신의 부모는 군인으로서 한 조직에 머물러 있지 않고 스스로의 정의를 따라 다양한 장소를 전전했죠. 그리고 그런 부모의 등을 좇아 에이전트로 활약했던 게 당신입니다."

그래서 어쨌다는 걸까. 어떤 의도로 아이스 돌이 나에게 그런 수다를 떠는 건지 목적을 알 수 없었다.

　"그렇지만 당신은 금방 그런 부모의 등을 잃게 되었습니다. 그렇게 다음으로 목표로 삼은 게 당시의 《명탐정》. 그렇지만 그런 그녀가 없어지자 이번에는 《암살자》에게 사사했습니다. 그리고 다시 또 다른 누군가의 등을 쫓게 되겠죠. 그렇게 당신은 줄곧 누군가의 그림자를 쫓으며 새로운 장소를 찾아 마치 소라게처럼 살아왔습니다."

　"무슨 도발이야?"

　나도 모르게 아이스 돌을 노려보았다.

　적어도 저 가면만이라도 벗길 수는 없을까.

　"그러니까 당신을 칭찬하고 있는 겁니다. 당신은 임기응변하게 정의의 형태를 바꿀 수 있죠. 끝없이 변하는 이 세계에서 위정자에게 중요한 건 굳어버린 신념이 아니라 유연한 판단입니다. 당신의 변천하는 정의는 바로 그에 적합하죠."

　……이번에는 바로 반박하지 못했다. 그건 분명 나도 자각이 있었으니까. 자신의 정의에 자신을 가질 수 없었다. 그래서 한때 나는 부모님의, 명탐정의, 암살자의, 그들의 정의를 신봉했다. 나는 그렇게밖에 살아가지 못했다.

　"뭐, 그런 건 이미 지나간 이야기지만."

　그런 고민이라면 몇 년도 전에 해결해버렸다. 불합리하다는 말이 말버릇인 소년과 그 동료의 도움으로 나는 변했다. 이제 와서 그런 도발로는 흔들리지 않는다.

"한 번 더 묻겠어. 대체 나에게 무슨 용건이야?"

"《정보상》이 자신만의 목적을 수행한 것처럼 우리의 계획에도 커다란 진척이 있었습니다."

내 말에 아이스 돌은 다시금 그런 이야기를 꺼냈다.

"구체적으로는 《연방 정부》의 적이 판명된 거죠. 《발명가》, 《명배우》, 《혁명가》, 《검은 옷》, 그리고 《암살자》. 그들은 모두 브루노 베르몬드에 의해 《아카식 레코드》의 기억을 되찾았을 가능성이 있습니다."

아카식 레코드? 무슨 말을 하는 거지?

"그에 대한 적절한 대처가 필요하죠. 우수한 당신이 그걸 도와줬으면 합니다."

……설마 에이전트인 나보고 그들을 살해하라는 걸까. 과대평가가 지나쳤다. 아무리 나라도 《조율자》에게 정면에서 덤빌 정도로 만용을 가지지는 않았다. 그렇지만.

"그 발언은 실질적으로 인정한 거나 다름없네. 이번 《성환의 의식》은 《연방 정부》에 대한 배반자를 솎아내기 위한 무대였어. 그런 거지?"

브루노 베르몬드를 포함한 반역자를 붙잡기 위해 《연방 정부》가 획책한 것이다.

"《성환의 의식》 자체는 문제없이 진행되어도 상관없었습니다. 《조율자》가 퇴임하길 바란 건 사실이니까요."

그건 요컨대 《조율자》를 세계로부터 떨어트려 놓고 싶었다는 건가? 무슨 의도로?

"그렇지만 이번에 우리가 우려하던 《특정 위협》 중 한 명인 지식의 왕은 실로 자연스러운 시나리오로 퇴장했습니다. 만족스러운 무승부죠."

"……당신들은 대체 뭘 시작하려는 거야?"

"시작하는 게 아닙니다. 이미 끝난 거죠."

아까부터 말이 통하지 않았다. 나는 고개를 작게 내저었다.

"다음 질문이야, 아이스 돌. 이곳은 어디지?"

대답하지 않으면 목을 베어버리겠다고, 나는 그렇게 세계를 통치하는 한 사람에게 말했다.

"그게 당신이 바라는 변천하는 정의란 거 아니야?"

내가 그렇게 말하자 아이스 돌은 가면 아래로 옅게 웃었다. 그런 기분이 들었다.

"당신도 이미 깨달았으리라 생각했는데요."

그렇게 아이스 돌은 이제야 우리가 지금 있는 현재지를 대답했다.

"이곳은 미조에프국입니다."

미조에프 연방국. 지구의 남쪽 끝에 자리한 대국…… 아니, 대륙 그 자체. 유엔에 가맹한 거의 모든 나라와 국교를 맺지 않고 실질적인 쇄국 상태였지만 그 독립성으로 각국의 완충지대의 역할을 맡으며 오랜 세월 세계 평화에 지대한 공헌을 해왔다. ──그렇게 많은 사람은 생각하고 있었다.

"그래? 설마 미조에프국이 실제로 있을 줄이야."

내가 그렇게 말하자 아이스 돌은 가면 아래로 눈을 가늘게 떴다. 이번에는 확신이 있었다.

"세간에서는 미조에프를 인구와 국토 면적이 세계 최대인 연방국으로 알고 있는 사람이 많지. 실체가 가려진 그림자 대국, 세계 평화의 공로자. 수많은 대전을 미연에 방지한 것도 미조에프 연방이라고. 하지만 실제로는 달라."

거기까지 단숨에 말하자 어째서인지 갑자기 가슴이 아파졌다. 그리고 보니 아까부터 폐 부근에 조금 통증이 있었다. 그래도 이것만큼은 말해야 한다.

"미조에프 연방은 가상 국가일 뿐. 이 세계 어디에도 그런 대국은 존재하지 않아."

요컨대 미조에프 연방이란 국제적인 문제들을 신속히 해결하기 위해 존재하는 허울 좋은 개념이다. 국가 간의 뒷거래, 국민이 알 필요 없는 조약, 그러한 것들을 성립시키는 데 필요한 게 절대적인 지배력을 지닌 국가였다.

미조에프가 판단한 일이라면 어쩔 수 없다——. 인류가 그렇게 생각할 국력을 지닌 가상 국가를 수립시키는 것이 세계를 무사히 운영하는 단 하나의 기발한 방식이었다.

"미조에프국은 있습니다."

그렇지만 아이스 돌은 담담히 단언했다.

"보세요, 있잖아요?"

그리고 다음 순간, 아이스 돌의 배후에 있던 스크린에 빛이 들어왔다. 거기에 비친 건 상공에서 드론으로 촬영한 듯한 풍경. 일면이 얼음인 대지였다.

"저기가 지금 우리가 있는 장소?"

요컨대 이 폐의 통증은 추위에 의한 것이었다. 그렇게 깨달은 순간, 몸도 추위를 느끼기 시작했다.

"이래 봬도 옛날과 비교해서 많이 살기 좋아진 편이에요."

그 말과 함께 화면이 전환되며 마찬가지로 하늘에서 한 지점으로 풍경이 가까워졌다. 물 위에 떠 있는 얼음 대지에 식물이 자라나 있다. 이어서 장면이 전환되며 이번에는 명백하게 인공물인 궁전 같은 건물이 비쳤다. 우리는 지금 저곳에 있는 건가……?

"……저기가 자칭 미조에프국이라고?"

도무지 많은 사람이 살 수 있을 환경으로는 보이지 않았다.

"그렇습니다. 옛날에는 남극대륙이라 부르던 사람도 있었죠."

아이스 돌이 뒤를 돌아 스크린의 영상을 바라보았다. 그곳에는 얼음 대지에 핀 꽃 한 송이가 비치고 있었다.

"당신들 덕분입니다."

뭔가 결정적인 말을 듣게 된다는 예감이 있었다.

"위그드라실의 종자가 이 세상 끝의 땅에도 생명이 깃들게 해 주었으니까요."

어째서인지는 모른다. 그렇지만 참을 수 없는 오한이 등줄기를 타고 흘렀다.

우리는 무언가 돌이킬 수 없는 실수를 저지른 게 아닌가 하고.

"익숙지 않은 지역이니 춥겠죠. 뭔가 걸칠 걸 가져오세요."

아이스 돌이 그렇게 지시를 내렸다. 직후에 등 뒤에서 인기척이 느껴졌다.

"필요 없어!"

나는 등 뒤로 손이 묶인 채 무릎걸음으로 아이스 돌에게 조금이라도 다가갔다.

"당신들의 목적은 뭐지……?! 나를 이곳으로 데려온 이유가 뭐야……?!"

아이스 돌은 움직임이 없었다. 얼음 조각처럼, 인형처럼 한 발짝도 움직이지 않았다.

대신 내 등 뒤에 있던 인물이 재차 코트를 걸쳐주려고 했다.

"……그러니까!"

나는 무심결에 돌아보았다가 눈앞에 있던 인물을 보고 머릿속이 새하얘졌다.

예복 차림에서 가면을 벗은 그의 얼굴을 다른 누구와 착각할 리가 없었다.

내 아버지였다.

"샬럿. 《연방 정부》로 오렴."

변천하는 정의를 향해 오른손이 내밀어졌다.

"우리와 함께 《방주》를 타고 향하자꾸나. 성역으로.^{에 덴}"

◆ Side Mia

"미아 님, 이건······."

목적지에 도착해 헬리콥터에서 내린 올리비아와 나는 눈앞의 광경에 망연히 서 있을 수밖에 없었다. 그곳은 위그드라실의 종자로 식물이 무성히 자라난 도시. 이미 인류가 물러난 이 장소에는 이제 문명이라 부를 수 있는 건 존재하지 않았다.

"미아 님께서 줄곧 꿈에서 보셨다는 게 이것이었나요."

그건 최근에 내가 자주 꾸던 꿈 중 하나였다.

어딘가의 광대한 밀림 같은 장소에서 나는 어떤 거대한 모뉴먼트를 발견한다. 나는 언제나 거기서 거대한 재앙의 의지를 느끼고 폭포수처럼 땀을 흘리며 깨어났다.

1년 전 《대재앙》을 거쳐 미래시의 능력을 잃고도 정기적으로 꾸는 기묘한 꿈들. 《원전》의 꿈도 그중 하나였다. 그리고 이번의 이것도——.

"이게 맞아. 내 꿈에 계속 나오던 거야."

나는 자신의 신장의 몇 배나 되는 모뉴먼트를 올려다보았다.

그건 무척이나 거대한 오래된 시계였다.

이 낡고 거대한 시계가 구체적으로 무엇인지는 모른다.

하지만 어째서인지 이것의 이름만은 알고 있었다.

"《종말 시계》."

바늘은 종말의 12시를 가리키기 직전이었다.
"역시 세계의 위기는 아직 사라지지 않았던 건가요."
현실을 받아들이기 힘든 것처럼 올리비아의 눈이 떨렸다.
나도 그렇게 믿고 있었다.
아니, 나뿐만이 아니다. 분명 선배도, 예전 영웅들도 모두.
"어쩌면 우리는 무언가 중요한 것을 잊고 있는 걸지도 몰라."
나는 다시 한번 1년 전의 《대재앙》을 떠올려보았다.
아니, 사태의 시작은 그보다 조금 더 전—— 대체 언제부터?
"우선은 그날."
나는 세계가 이상해지기 시작한 그날의 일부터 떠올렸다.
바로 인류에 적대하는 흡혈귀의 반란이 일어난 그 날의 일부터.

탐정은 이미 죽었다 7

2023년 03월 20일 제1판 인쇄
2023년 04월 01일 제1판 발행

지음 니고 쥬우 | **일러스트** 우미보즈

옮김 김민준

발행 영상출판미디어(주)
등록번호 제 2002-000003호
주소 07551 서울특별시 강서구 양천로 570 NH서울타워 19층
대표전화 032-505-2973

ISBN 979-11-380-2625-3
ISBN 979-11-6625-457-4 (세트)

TANTEI HA MO、SHINDEIRU。 Vol.7
ⓒnigozyu 2022
First published in Japan in 2022 by KADOKAWA CORPORATION, Tokyo.
Korean translation rights arranged with KADOKAWA CORPORATION, Tokyo.

구매 시 파손된 도서는 구매처에서 교환하실 수 있습니다.
기타 불편사항, 문의사항이 있으신 독자님께서는 노블엔진 홈페이지 [http://novelengine.com] 에서
Q&A 게시판을 이용해 주시기 바랍니다.

노블엔진(NOVEL ENGINE)은 영상출판미디어(주)의 라이트노벨 및 관련서적 브랜드입니다.

제23회 전격소설대상 〈대상〉 수상! 인기 애니메이션 방영작!
평온을 용납하지 않는, 새로운 장이 전개되는 여덟 번째 에피소드

86
-에이티식스-

Ep.8 ~Gunsmoke on the water~

◆

〈레기온〉 완전 정지의 가능성.

끝날 리 없는 전쟁의 끝. 그것은 인류의 비원. 내일을 향한 희망.

하지만 전사들은―― 전장에서 죽을 운명이었던 〈에이티식스〉는 싸움이 끝나면 어디로 갈까.

〈시린〉을 접하면서 죽음을 두려워하지 않는 것의 으스스함을 안 그들은, 닫혔던 미래에 억지로 눈을 뜨게 되었다.

어떤 이는 사랑하는 이를 발견했다.

어떤 이는 세계를 보고 꿈을 그렸다.

하지만…… 그럴 수 없는 이는.

따스한 희망의 빛은 그들의 강철 같은 의지와 결속을 일그러뜨리고, 결국 역대 최악의 희생을 낳는다――.

아사토 아사토 지음 │ 시라비 일러스트 │ 2023년 4월 출간
청춘의 상상,시동을 걸어라!

이세계에서 치트 스킬을 얻은 나는 현실 세계에서도 무쌍한다
~레벨업이 인생을 바꿨다~

1

어릴 적부터 학대를 받은 소년 텐죠 유야. 그렇게 인생에 절망한 소년의 앞에 '이세계로 통하는 문'이 나타났다! 문 너머에는 흉악한 마물이 득실거리는 【대마경】이 펼쳐지는데——.

처음으로 이세계에 발을 들인 자로서 치트 수준의 스킬을 얻은 유야는 마물들을 차례차례 없애고, 레벨을 차곡차곡 올려서…… 최강의 신체 능력을 지닌 완벽한 소년으로 변모했다!

이세계에서는 마물로부터 왕녀를 구해 온 나라에 소문이 퍼지고…… 현실에서도 여자들에게 몰리는 상황. 그렇게 유야는 두 세계에 걸쳐 거침없이 무쌍을 찍기 시작한다…….

**절망한 소년을 살린 것은 이세계×치트 스킬!
2023년 4월 애니메이션 방영 예정!**

미쿠 지음 | 쿠와시마 레인 일러스트 | 2023년 3월 출간
청춘의 상상, 시동을 걸어라!